Gilles Vincent

W0207089

Ce pays qu'on assassine

Du Noir au Sud
est une collection des Éditions Cairn
dirigée par G.D. Noguès

Du Noir au Sud est une collection de polars qui nous transporte dans le Sud, ses villes, ses villages, à la découverte des habitants, de leurs traditions, leurs secrets.
Son ambition : dessiner, au fil des ouvrages, un portrait d'ensemble de la région, noirci à coups de plumes tantôt historiques, ou humanistes, parfois teintées d'humour, mais où crimes et intrigues ont toujours le rôle principal.

Illustration de la couverture : © Djebel
Photos : 123RF. Stefan Schierle.

Les éditions Cairn bénéficient du soutien de la DRAC
et de la Région Nouvelle-Aquitaine
ISBN : 978-2-35068-930-2/ISSN : 2275-2331

Gilles Vincent

Ce pays qu'on assassine

cairn

À la mémoire d'Eugène Thomas,
mon grand-père du Nord,
qui n'a jamais porté d'autre rêve
que celui d'effacer les plaies de l'injustice.

« *Le vieux monde se meurt,*
le nouveau monde tarde à apparaître,
et de ce clair-obscur surgissent les monstres. »

Antonio Gramsci (1891-1937)

Première partie

1

MARSEILLE, LUNDI 31 AOÛT,
VINGT-TROIS HEURES QUARANTE-SEPT.

Quand la commissaire débouche avenue des Chartreux, la première chose qu'elle discerne, tremblotant dans l'air moite du soir, est le reflet du réverbère sur la parka de cuir. Un flottement lumineux, tout en vibrations. De loin, elle devine le corps inerte, les jambes sous la bécane renversée, elle distingue la carcasse affaissée contre le trottoir, les bras en croix.

Elle laisse les clés se balancer à l'aplomb du contact, pousse fermement la portière et pose les deux pieds sur le bitume encore trempé d'orage.

La commissaire Aïcha Sadia respire l'odeur caféinée du goudron chaud après l'averse.

Machinal, le glissement des doigts entre ses boucles brunes, cette façon à elle de mettre un semblant d'ordre entre les mèches. En deux temps trois mouvements, elle allume une mentholée, s'encrasse les alvéoles et fait les premiers pas vers la scène de crime.

Le fourmillement de la machinerie policière la conforte dans l'idée qu'elle débarque avec un sacré retard. Les types de la Scientifique, affublés comme des cosmonautes, fouinent déjà un peu partout, tandis que les gars de l'antigang, debout, un peu à l'écart, échangent à voix basse comme des chasseurs aux pieds du gibier abattu. Sans compter les CRS qui quadrillent la zone, en contrôlent chaque accès. Et puis les journalistes, les photographes, les curieux de tout poil maintenus à distance.

Ce soir, elle n'était pas de service. Aussi, a-t-elle hésité un moment sur la meilleure façon d'occuper la soirée. Finalement, face à l'offensive orageuse, elle a opté pour la solution Palme d'or en avant-première au ciné du quartier. Une histoire de conflit ethnique au Sri Lanka, de réfugiés tamouls, de leur intégration dans la France des quartiers.

En sortant, elle a rallumé son portable, noté les douze appels en absence de Théo Mathias, le légiste de l'équipe.

— Dis, Théo, tu ne peux pas me lâcher ? Pour une fois que je me fais une toile, peinarde.

Puis elle l'a écouté énumérer les raisons de ses appels successifs : la moto, le feu rouge, la balle précédant les coups de grâce, et puis tout le sang autour du casque qui gagne le bitume, dessine sa couronne mortuaire.

Une exécution en règle.

— Et tu crois qu'il n'y a que nous pour s'occuper de ce genre d'affaires ? Des règlements de compte à la con, c'est toute l'année, ici. Alors, franchement, celui-là ou un autre…

— Peut-être, a coupé Mathias, mais là, je te promets, c'est pas le même film.

— Comment ça ?

— Ni quartier nord, ni kalach. Soixante-quinze mille euros en liasse dans une des poches, son portable dans l'autre, sans compter son passeport…

— Et alors ?

— Viens, c'est du lourd.

— Comment ça, du lourd ?

L'enfoiré a raccroché.

*

Un vent du sud s'est abattu sur la ville, charriant dans ses stratocumulus les pluies tièdes égarées au large. Aïcha Sadia remonte le col de la saharienne contre sa nuque. Elle songe à la terrasse de son appartement, face à la plage des Catalans, imagine les chaises renversées par les bourrasques, les poussières ocres de l'Afrique du Nord répandues en couches insidieuses.

À mesure de ses pas, elle reconnaît le visage de ses hommes. Chacun a son allure, sa dégaine, ses gestes propres qu'elle connaît par cœur.

Scène de crime, une expression qui porte bien son nom. C'est ce qu'elle se dit en se dirigeant droit sur son équipe. Un espace délimité, des acteurs bien en place dans une lumière particulière, presque étudiée. Le lampadaire et sa lueur pâlotte, le reflet des gyros, le bleu et blanc des voitures de police, le rouge pétard du Samu, et toutes ces silhouettes affairées, déguisées en Neil Armstrong.

Le commandant Chenet, patron de la Scientifique, lève le nez de son portable.

— Ben alors, on arrive après la bataille ?

Quelques pas de plus, le regard fixe, rivé au corps bloqué sous la moto.

— T'as raison, Chenet, d'habitude, j'aime pas ça. Mais là, c'est pas pareil. Après toi, il reste toujours quelque chose à becqueter.

Laisser ce con derrière elle, livré à son désir de bras d'honneur et de majeur brandi bien haut.

Quelques mètres de plus. Elle découvre la scène, l'équipe au complet qui s'est mise au boulot. Chacun dans son rôle.

Théo Mathias, le légiste du groupe, à genoux sur le trottoir, ses boucles poivre et sel devant les yeux. Un Julien Clerc vieillissant.

À voix haute, il dicte ses premières constatations au lieutenant Perridon, droit comme un réverbère, qui note scrupuleusement sur un carnet à spirales.

Penché sur les roues de la cylindrée, le lieutenant Blanchard, lui, s'applique à quadriller la scène d'une volée de clichés.

Un peu plus loin, le capitaine Fred Pichon, débarqué l'année dernière de son commissariat de Valenciennes, prend les dépositions de ceux qui ont quelque chose à dire. Des voisins, des passants, des qui baladaient leur chien sur le trottoir quand ils ont entendu la première détonation. De loin, ils ont vu la moto s'écrouler, l'ombre immobile du chauffeur derrière le volant et l'autre, celui qui sort et abat. Abasourdis, ils ont suivi des yeux la BM noire disparaître tranquillement au bout de l'avenue.

Un peu à l'écart, au beau milieu de la chaussée, l'inspecteur stagiaire Benoît Volter, surnommé le Che. Des cheveux blond-incertain maintenus contre la nuque par un catogan, une barbe de huit jours sur une peau laiteuse, sans oublier la grande gueule et les tripes bouffées par son envie irrépressible de révolution. Une vraie, comme il clame à tout bout de champ, prolétarienne et rouge comme le sang de la classe ouvrière.

Sa marotte, au Che, c'est d'arpenter la zone, d'élargir la scène du crime, de lui donner un horizon. Sa règle perso, c'est de croire que tout n'est pas inscrit dans les quelques mètres carrés où s'est insinuée la mort. Il est persuadé que, souvent, les causes sont extérieures, environnantes, et que c'est dans ce pourtour prolongé qu'il faut aussi chercher. Dans les secrets de la mise en perspective.

Depuis que Benoît Volter a débarqué pour son stage, la commissaire l'a pris sous son aile. Un peu comme une institutrice à l'ancienne, elle prend la peine, chaque soir, de lui enseigner les ficelles, les petits trucs qui peuvent sauver la vie d'un flic. Aux côtés de ce jeune stagiaire, Aïcha Sadia, l'explosive commissaire de l'Évêché, se découvre patiente. Au début, ça l'a fait sourire. Un regard ironique sur elle-même. Et puis, elle a fini par se dire qu'à presque quarante-cinq ans, quand on a pas eu de gosses, rien d'anormal à vouloir protéger le petit jeunot de l'équipe…

— Et Grenier, il est resté au pieu ?

Perridon quitte son carnet des yeux.

— Non, patronne. Il est chez un gus, de l'autre côté de la rue. Apparemment, le mec était sur son balcon quand ça s'est passé. Même qu'il aurait vu toute la scène.

Théo Mathias lève la tête à son tour.

— Il en aurait même tellement vu, que le tueur lui a tiré dessus avant de partir.

— Blessé ?

— Non, juste quelques impacts dans le béton. Grenier est parti prendre sa déposition.

— Quel genre, le témoin ?

— Un vieux du quartier en tricot de corps, précise Blanchard en rangeant son Nikon Reflex. Le genre de gus qui transpire comme un bœuf et qui arrive pas à pioncer. Alors, il fume toute la nuit sur sa terrasse à guetter ce qui se passe dans le quartier. Un genre de sentinelle, si vous voyez.

Ces guetteurs d'un autre temps, Aïcha Sadia les connaît par cœur. Plutôt usés, lassés aussi de cette vie qui n'en finit plus de foutre le camp. À l'abri d'un balcon, ils passent les nuits à scruter, de loin, les enveloppes qui changent de mains. Ne quittent pas des yeux les silhouettes en capuche s'évanouir entre les blocs comme des chauves-souris. Des vieux bonshommes ruminants de nostalgie, du temps béni où ils tiraient comme des lapins les hommes du djebel.

— Je vois…

Aïcha songe à la tête de l'ancien quand il a ouvert la porte à l'inspecteur Grenier. Dreadlocks, veste de treillis époque Vietnam, et l'haleine d'un VRP de chez Ricard.

Aïcha Sadia s'assoit sur le bord du trottoir.

— Vas-y, Théo. Fais-moi le topo. Je ferme les yeux et tu me racontes. Je veux y être comme au cinéma.

Le légiste se redresse et se pose, pieds écartés, face à son interlocutrice.

— À vingt-et-une heures quarante, le type à moto débouche tranquillement du haut de l'avenue et s'arrête au feu. À ce moment-là, une BM noire stoppe juste à sa hauteur. Pas de temps mort. Première détonation. Le tireur a opéré par la vitre baissée. Viens voir.

La commissaire se lève, suit du regard Mathias qui s'agenouille.

— Le tueur lui a logé une balle dans la gorge. Pas ordinaire, non ?

— Un original ?

— Non, un informé qui savait que sa cible portait un gilet pare-balles.

Tout en parlant, Mathias fait zipper la fermeture de la parka. Sous le cuir, le gris foncé du Kevlar.

— L'homme à la moto, je l'appelle comme ça pour l'instant, s'est écroulé sur le côté et la bécane lui est tombée dessus. C'est là que le tireur est sorti de la BM. Tous les témoins sont OK là-dessus. Il s'est penché sur le motard, a soulevé la visière et lui a tiré deux balles à bout portant. Une pour chaque œil.

Mathias désigne le casque béant.

— Si ça te dit…

La commissaire se penche à l'aplomb du cadavre. Dans le rectangle ouvert, les orbites explosées, le visage en bouillie.

— Et puis, tranquillement, le mec lui a fait les poches. Je ne sais pas ce qu'il cherchait, en tout cas, les soixante-quinze mille euros en coupures de cinquante, il n'y a pas touché. Voilà.

— C'est tout ?

— Presque. Avant de remonter dans la bagnole, le tireur s'est tourné vers l'autre côté de la rue. Là, en face, tu vois l'immeuble de trois étages, un peu en retrait ?

Elle hoche la tête.

— Au premier, il y avait le type que Grenier est en train d'interroger qui fumait sa clope, et qui a failli se prendre le reste du chargeur dans le crâne. Quatre impacts. Le vieux n'a eu que le temps de se jeter par terre. Après, le gars est remonté dans la voiture et ils ont quitté le coin, tranquilles, sans même faire crisser les pneus. Des vrais touristes.

Aïcha Sadia jette un œil autour d'elle.

— Et les douilles, je n'en vois aucune.

— C'est l'équipe Chenet qui s'en est occupée.

— OK. Et je peux savoir qui était sur zone le premier ?

— Moi, patronne.

Grenier a quitté l'immeuble du vieux et s'est approché sans se faire remarquer.

— Bon alors, ce témoin, Grenier ?

— Pas grand-chose à en tirer. Vous savez, le genre vieux Mohamed, pas un mot de français, chacun pour soi et RSA pour tous. Sans vouloir vous offenser, patronne…

Aïcha Sadia se dit que son intuition lui joue des tours. Elle avait imaginé un nostalgique des batailles passées. Un aigri des territoires perdus, bouffé par la mélancolie jusqu'à voter pour les premiers cons à promettre une marche arrière générale. Finalement, ils n'avaient à faire qu'à un vieux nostalgique du bled. Un genre de harki, sans doute, un réfugié hors d'âge. Un ancien sans histoires qui bouffe ses nuits à observer la jeunesse des villes, à ne rien perdre des trafics auxquels il ne comprend rien.

— C'est bon, Grenier. Votre socio à deux balles, vous vous la gardez. Dites-moi plutôt ce que vous foutiez par ici. Comme ça, juste pour comprendre comment vous faites pour être toujours aux premières loges.

— Le hasard, patronne, le hasard.

— Mais encore…

— En fait, je bouffais chez une copine dans un petit immeuble, derrière chez l'ancêtre qu'a tout vu. Moi, avec la musique, j'avais même pas entendu qu'on tirait dans la rue. C'est une voisine qu'a sonné pour nous dire d'éteindre les lumières, que ça flinguait dans le quartier, que c'était peut-être encore un coup fourré des enturbannés, vous voyez le genre…

— Je vois. Et après, vous avez fait quoi ?

Grenier entreprend de se confectionner une roulée.

— J'ai fait du plus vite que j'ai pu, patronne, vous me connaissez. Mais quand je suis arrivé dans la rue, la BM s'était déjà cassée. D'après les témoins, elle a filé, peinarde, jusqu'au feu de la place Pierre-Brossolette, elle a pris sur la gauche et s'est enquillée sur le Jarret[1]. Pour ce qui est du mec sous la moto, pas besoin d'être docteur pour piger qu'il était naze. J'ai essayé de vous appeler, mais vous vous étiez mise en off, alors j'ai prévenu Mathias qui a débarqué avec le reste de l'équipe.

— Et le commandant Chenet ?

— Avec ses gars déguisés en Odyssée de l'Espace, il s'est pointé le premier. Ce con m'a dit que je puais la vinasse et que je devais surtout toucher à rien. Après, ils ont commencé à faire leur cinoche, genre série US. Moi, j'ai attendu que Théo arrive avec l'équipe, et puis on s'est tous mis au taf.

Du bas de l'avenue, côte à côte, remontent Fred Pichon et Benoît Volter.

— On est combien, au juste ?

Elle identifie chacun de ses hommes, compte mentalement. Blanchard, Perridon, Pichon, Grenier, Mathias…

— Avec le Che, ça fait sept. Tout le monde dans ma bagnole. On débriefe.

---

1 Le Jarret : Boulevard-rocade qui contourne la limite du centre

2

HÉNIN-BEAUMONT, MARDI 1er SEPTEMBRE,
CINQ HEURES QUARANTE

Dans les phares de la Mégane, des voitures en rangs d'oignons le long des murs de briques rouges. Alignées, les vitrines sous la rouille des volets métalliques et cette pluie, comme une brusque fin d'été, qui zèbre le triste faisceau des lampadaires.

La capitaine Carole Vermeer ne peut retenir un bâillement.

L'air chaud de la ventilation évacue peu à peu la buée du pare-brise, offre au regard les façades décrépies, et puis les rues suivantes, désertes, un peu délabrées.

Au loin, au-delà des nécessaires potagers, on devine la pyramide sombre d'un terril.

Dans son rétro, les gerbes grises des flaques traversées en trombe.

Au bout du boulevard Pierre-Mendès-France, un rond-point franchi sur les chapeaux de roues, et puis la départementale 39 qui file en ligne droite jusqu'aux abords de la base de loisirs du Pommier.

Au téléphone, les mots du commissaire elle aurait presque pu les compter. « Magnez-vous, Vermeer, on vous attend au Pommier. »

Pas le temps de demander ni quoi ni comment, ce con avait raccroché. Pas le temps de lui dire qu'elle n'est pas de service, que c'est son jour de pause. Envie de le choper bien en face, de lui balancer, une bonne fois pour toutes, qu'elle ne supporte plus qu'il la vouvoie alors qu'il tutoie tous les autres. Ras le bol d'être tenue à l'écart de ceux qui partagent tout. Plein le cul, aussi, de cette putain de périphérie !

Un peu plus loin, sur la gauche, en lisière des premiers peupliers noirs, l'orange et le rouge des gyrophares.

Sur le bord de la route, des habitants du quartier marchent par grappes vers les lueurs clignotantes. Des gens du coin fringués à la va-vite, leurs gosses traînés par la main, les plus jeunes encore en pyjama sur le dos des pères ou des grands frères.

La capitaine Vermeer songe un bref instant à cette attirance pour les catastrophes humaines. Elle se dit qu'il est plus facile de faire se lever les gens pour un corps écrabouillé sur le bord de la route que pour aller bosser…

Elle dépasse les collègues qui tentent un cordon de sécurité, puis se glisse entre deux véhicules du Samu 62.

La pluie se met de la partie. Un crachin serré qui fouette et glace en quelques minutes.

La capitaine Vermeer enfouit sa tignasse rousse sous la capuche de son blouson. Devant elle, un chemin de pierres grises s'enfonce entre les arbres. À pas cent mètres, sur la gauche, un peu en retrait, ce qu'elle identifie d'emblée comme une probable scène de crime.

Les gars de l'équipe ont tendu une toile plastique au-dessus de la zone. Une bâche de chantier aux reflets bleutés. Le long du chemin, courent les câbles qui alimentent un générateur au vacarme de tondeuse. Dans le contre-jour d'un des projecteurs amenés sur place, l'ombre chinoise du commissaire Kapriski. Celles des hommes aussi, à genoux, en arrière-plan, dans le sous-bois.

Kapriski se détache de la lumière et vient à sa rencontre.

Dès leur première entrevue, avec son bide à faire péter les boutons de veste, son crâne lisse comme un cul et ses grands yeux bleus de poisson mort, Carole Vermeer a su qu'entre eux ça ne serait pas le grand amour. Elle a compris sans attendre qu'il lui faudrait la boucler le plus souvent, tourner sa langue sept fois avant de l'ouvrir et apprendre à serrer les dents.

— Une affaire pour vous Vermeer. Du sur-mesure. Et inutile de râler. Je sais bien que vous êtes en repos, mais là, franchement, si je ne vous avais pas appelée, vous m'en auriez voulu.

Elle n'aime pas ce sourire faussement amical, cette façon qu'il a de la prendre par le bras. Encore moins le ton qu'il emploie pour les mots qui suivent.

— Vous avez beau essayer d'être discrète, capitaine, il y a un petit moment que j'ai deviné vos petits penchants, vous savez.

Le crachin se mue en averse crépitante.

— C'est d'ailleurs pas bien compliqué. Il suffit juste de vous avoir un peu à l'œil. C'est pas que je vous espionne, capitaine, ne vous méprenez pas. Mais bon, faudrait être aveugle…

Elle ne dit rien, semble compter les points de suspension.

— Quels penchants, patron ?

Il dégage son bras du sien, lui pose maintenant une main contre le dos. Une pousse amicale.

— Remarquez, vous n'êtes pas la seule, dans le coin. On peut même dire qu'ici, vous êtes en terre conquise. Le jeune maire, les idées neuves, bientôt peut-être une nouvelle présidente de Région. Tout ça a l'air de vous convenir, non ?

Elle sent son cœur en début d'emballement. L'envie, au creux du ventre, de lui balancer à la gueule ce qu'elle pense. Tout ce qu'elle veut pour la région, le pays tout entier. Une grande révolution par le propre, pas plus compliqué que ça. Et le jeune maire, comme il dit, et bien, il a commencé à nettoyer le terrain, et franchement, c'est pas du luxe.

— En pleine période de migrants, poursuit le commissaire, vous allez être servie. Vous allez voir, Calais et sa jungle, c'est de la gnognotte à côté de ce qui nous arrive. Du vrai pipi de chat. Croyez-moi, avec ce qui nous tombe sur la gueule cette nuit, demain on a toutes les télés, c'est sûr. Et là, capitaine, comptez pas sur moi pour jouer les vedettes. C'est vous qui serez en première ligne.

Elle préfère se taire et découvrir ce qui l'attend.

— Va falloir faire vos preuves, mademoiselle Vermeer. À moins que je sois con, il me semble que le maire ne vous perd pas de vue. Plus haut sans doute, aussi.

D'une pression entre les épaules, il lui fait faire un pas de plus, franchir la zone à moitié abritée sous la toile tendue.

— Et maintenant, à vous de jouer.

Les hommes ont levé la tête. Du regard, ont lâché la boue et les brindilles, les feuilles et la terre collées aux peaux sombres des jeunes femmes.

Ce qui la frappe d'emblée, c'est la position des deux corps. Cette façon qu'ils ont de reposer dans la bouillasse, enfoncés dans la terre comme s'ils pesaient des tonnes.

À genoux, le docteur Beaurepaire.

Vermeer ne quitte pas les mains du légiste des yeux. Ses doigts qui effleurent la peau, démêlent les mèches crépues.

Elle contourne les quelques mètres carrés.

— Là, je peux marcher ?

— Agenouillez-vous près de moi, capitaine, murmure Beaurepaire, je vais vous raconter la fin de soirée de ces demoiselles. Et puis, ça vous évitera de piétiner le secteur.

Elle s'accroupit près du médecin, détaille les jambes, les cuisses, les fesses rebondies sous la lumière crue. Elle prend conscience que ce qui la gêne depuis le premier coup d'œil, ce sont les angles. L'improbabilité de la géométrie. Celle des cous, des épaules, les brisures étranges qu'offrent les genoux, les coudes, les doigts de chaque main.

— On dirait qu'on les a balancées d'un avion.

Beaurepaire quitte la position à genoux, s'assoit dans l'herbe rase. Il se frotte le front, dégage la sueur qui perle, puis il remonte ses lunettes, les coince au milieu de son crâne dégarni.

— Disloqué, capitaine. C'est ce qui qualifie le corps lorsqu'il subit une chute de plus de trente mètres. Newton, la vitesse, l'énergie cinétique, tout concorde pour qu'à l'arrivée ce soit la grosse explosion intérieure.

— Et là ?

— Là ? Pas de chute, pas d'écrasement au sol. Ni camion, ni rouleau compresseur.

— Alors, à votre avis ?

— Non, vous d'abord, capitaine.

Être en première ligne, putain, en première ligne...

3

Marseille, mardi 1er septembre,
minuit cinquante

Au travers des vitres du break Peugeot, on peut distinguer les épaules, les profils entassés.

La commissaire fait craquer son briquet.

Volter sort son paquet.

— On peut cloper, patronne ?

Elle fait coulisser la vitre passager, tire une taffe, expire vers l'extérieur.

— *No problem*, Volter, mais c'est chacun son tour et c'est moi qui commence.

Elle se tourne vers Mathias assis à ses côtés.

— Vas-y, Théo. On t'écoute.

Constatations d'usage, observations, chronologie supposée des faits.

— … Les gars de Chenet n'ont pas osé toucher au casque. Sans doute par peur de se retrouver avec un échantillon de cervelle sur le macadam.

De sa veste, le légiste extirpe une poche plastique au fond lesté d'une douille aux reflets dorés. Avec soin, il enfile un gant latex, entrouvre la poche transparente et se transforme le pouce et l'index en pince de précision.

— Voilà ce que j'ai trouvé, glissé entre le casque et la boîte crânienne. Et là, les enfants, je préfère vous le dire tout de suite, on est dans l'exceptionnel. Du grandiose, même ! Imaginez, du 7.62 tiré par un revolver nagant. Géant, non ?

Mutisme dans l'habitacle, respirations suspendues.

— Excusez-moi, les gars, mais là, j'ai vraiment l'impression d'avoir affaire à une bande d'incultes.

Aïcha ne le quitte pas des yeux.

— Il ne tient qu'à toi de combler nos lacunes, docteur.

— OK. Alors, explication de texte.

À mots pesés, Théo Mathias leur raconte l'histoire du nagant. Un revolver conçu par les Belges à la fin du dix-neuvième, puis fabriqué en Russie dans les années 20. Une arme qui équipait les officiers de l'Armée Rouge et les commissaires politiques du NKVD.

— ... Arrêt de la fabrication en 1945. Inutile de vous dire que c'est pas le genre de flingue qu'aujourd'hui on trouve à tous les coins de rue. À la louche, il s'en est fabriqué environ deux millions d'exemplaires, et on peut penser qu'il en traîne encore environ vingt mille dans la nature. La dernière fois qu'on a vraiment vu ce revolver à l'œuvre, c'est en ex-Yougoslavie, pour les massacres de musulmans. Pas compliqué, ce joujou, c'est un truc conçu pour les balles dans la nuque. Alors autant vous dire que ce soir, on a pas affaire à des tueurs ordinaires.

— Et comment peux-tu être sûr de ce que tu avances, avant tout examen balistique ? intervient Aïcha Sadia.

Du pouce, Mathias enclenche la loupiote du plafonnier, expose la douille sous la lumière.

Dans la brillance de ses yeux, toute sa passion pour la Russie. Sur le tard, Théo Mathias, au hasard de ses lectures, s'était laissé envoûter par les pages enfiévrées de Dostoïevski. Et puis Tolstoï jusqu'à Soljenitsyne. Une littérature de plaines glacées qui lui avait inoculé le virus des terres slaves. De l'Ukraine à la Sibérie, une passion pour l'est du monde qui, en dépit des années, n'avait jamais perdu de son souffle.

En quelques phrases, il évoque son dernier séjour à Moscou, sa visite du musée de la Révolution. Sous les vitrines d'un présentoir, étaient exposées quelques douilles de nagant. Comme des bijoux dans un écrin.

— ... Je ne sais pas dans quel alliage spécial elles sont fabriquées, mais ce reflet doré, c'est une lueur qu'on oublie pas.

Puis il expose le second point de son raisonnement.

— Le type qui a flingué le motard lui a d'abord tiré une balle dans le cou, puis une dans chaque œil. Après, il a tiré en direction du vieux sur le balcon. En tout, on a relevé quatre impacts dans le béton. Je résume : une balle dans le cou, plus une dans chaque globe oculaire, ça fait trois, et quatre dans le balcon, ça fait sept. Ni six, ni huit, non, juste sept. Difficile d'être plus précis. Et bien, figurez-vous que le nagant est le seul revolver au monde dont le barillet contient sept cartouches. Pas mal, non ?

Aïcha Sadia fait claquer ses doigts.

— Dis-moi, un revolver n'éjecte pas les douilles, si je ne m'abuse.

— Exact. Le type a vidé le barillet et les a balancées sur le trottoir. Un peu comme le Petit Poucet. Pourquoi ? Alors, là, je n'en sais fichtre rien.

Aïcha balance son mégot par la fenêtre.

— Et vous, Pichon ?

Le lieutenant du Nord tourne les pages de son bloc-notes.

— Rien de plus par rapport au déroulé de Théo. Mais il y a quand même un ou deux points qui me tracassent. D'abord, pourquoi le type lui a mis une balle dans chaque œil ? Franchement, s'il voulait juste l'achever, une entre les deux yeux, c'était suffisant. Pas la peine de s'amuser à lui creuser les orbites, non ? Vous en pensez quoi, patronne ?

— C'est pas faux. Peut-être que c'est sa signature. C'est vrai, une balle dans chaque œil, plutôt perso comme dédicace. Faudra vérifier dans les archives si on a déjà repéré cette manière d'opérer. À voir. Autre chose ?

— Oui. Ce qui me frappe, c'est la façon dont ils ont évacué la zone. En général, ceux qui fument un type dans la rue se tirent sans demander leur reste. Et là, c'est tout le contraire. D'après les témoins, le tireur est remonté tranquillement dans la bagnole et la BM, a descendu la rue comme à la parade. Étrange, non ?

— Oui, c'est curieux. Peut-être une façon de nous signifier que la police, ils n'en ont rien à foutre. Ou une manière à eux de nous mettre en garde. J'en sais rien. À creuser.

Elle réfléchit un instant sans quitter Pichon des yeux.

— Mais dites-moi, lieutenant, aucun des témoins n'a pris de photos ? Avec tous ces téléphones portables, ce serait quand même dingue que personne n'ait eu le réflexe

— J'y ai pensé, patronne. Mais vous savez, depuis *Charlie Hebdo*, dès que ça flingue dans une rue, tout le monde se jette par terre. Il y a bien quelques types qui ont filmé avec leur portable, mais ils étaient trop loin. Pas moyen d'en tirer un cliché exploitable. Rien à…

Volter, installé dans le coffre du break, se redresse d'un coup.

— Excuse-moi de te couper, Fred, mais moi, j'ai peut-être mieux que des photos.

Le jeune stagiaire savoure l'attention soudain portée sur lui, puis il écarte les lunettes de son nez, plante les branches dans ses cheveux noués et son regard dans celui d'Aïcha Sadia.

— Un film, patronne. Un vrai déroulé de la scène en vingt-quatre images secondes.

Il se colle le nez à la vitre et poursuit.

— C'est en remontant la rue que ça m'a frappé. Vous voyez, le parking de la petite supérette, là, juste à droite de la moto. À gauche de l'enseigne, il y a une caméra de sécurité. Je ne sais pas qui est le con qui l'a trafiquée, en tout cas, au lieu d'être orientée sur l'entrée du magasin, elle est carrément braquée sur la rue. Et vu l'angle qu'elle a, je parie que…

La commissaire a déjà ouvert sa portière.

— Pas la peine de parier, Volter. Si la caméra fonctionne, c'est gagné d'avance.

Elle traverse la rue en direction du parking commercial, se tourne vers son équipe toujours dans la voiture.

— Volter, vous venez avec moi. Tant que vous êtes dans le coffre, chopez-moi un pied de biche et une cisaille. C'est enroulé dans une vieille couverture. Pour les autres, réunion à huit heures dans mon bureau.

Accompagnée du jeune lieutenant-stagiaire, elle se dirige sur la porte d'entrée.

— Allez, mon petit Volter, vous n'allez pas me dire qu'une porte d'épicerie sait vous résister plus de trente secondes.

Dans la rue, une dépanneuse de la Ville manœuvre autour de la moto. Au nord de la cité, bien au-delà des toits et des antennes perchées, la lueur lointaine des éclairs.

Dans une poche, les vibrations de son portable.

— Qu'est-ce qu'il y a, Théo ? J'ai oublié quelque chose ?

— Juste de me demander à quoi ressemble le passeport.

La chaîne et le cadenas se retrouvent au sol, en quelques secondes la porte alu cède à la pression.

Trois mètres au-dessus, une sirène d'alarme se met à gueuler.

— Avec cette histoire de caméra, j'ai complètement zappé ton histoire de passeport. Et ne me fais pas le coup de raccrocher comme toute à l'heure. C'est qui alors, ce mec ?

— Tarek Bsarani. Ça te dit quelque chose ?

Elle fronce les sourcils, observe Volter disparaître entre les premiers rayons.

— Vaguement. J'ai l'impression d'avoir entendu ce nom-là quelque part. T'as une idée, toi ?

— N'oublie pas que je t'ai dit que c'était du lourd. Du très lourd, même.

— Bon, enchaîne. C'est qui, ce mec ?

— Un Franco-syrien qui bosse dans la com' et l'import-export avec le Moyen-Orient. Villa d'enfer sur la Corniche, bagnole de sport, mannequin au bras, standing à tous les étages et soirées VIP. Tu vois, toujours pas ?

— Non, mais continue, j'ai l'impression de jouer à question pour un grand con. J'adore, tu te doutes…

— OK. Dernier indice : sur le répertoire de son portable, tout le gratin du coin, politique, finance, patronat, banquiers, syndicats et tout le reste. Jusque-là, rien de bien original pour un cador des beaux quartiers. Là où ça se corse, c'est quand on sait à qui il avait offert ses états de service. Tu vois…

— Laisse tomber, je sais. On l'a même croisé, en début d'année, à un meeting du PNF[2].

— Exact.

À son tour elle s'engage dans le magasin.

2 Parti National de France

— Je récupère la vidéo, je la dépose au labo et on se retrouve chez moi.

Pas le temps pour Mathias de lui dire qu'il est tard et que…

Elle a déjà balancé son portable au fond d'une de ses poches.

D'un pas tranquille, il regagne son Nissan cabossé. Une fois au volant, il laisse son regard dériver sur la rue, suit les loupiotes arrière du camion-benne qui disparaît à l'angle de la place Brossolette et de l'avenue des Chartreux.

Il ignore le claquement des premières gouttes sur le toit, néglige celles qui commencent à battre le pare-brise, à fouetter l'asphalte des trottoirs.

Sur les murs, des graffitis, des affiches sauvages. Placardé à la paroi d'un abribus, le visage tagué de Manon Péan. *La nièce* comme certains l'appellent. D'autres préfèrent dire *La petite fille*…

Lui, il sait déchiffrer le regard sombre des femmes sans pitié.

*

Au fond du magasin, un escalier métallique mène à une mezzanine qui ouvre sur un modeste bureau.

Volter se précipite sur le moniteur qui commande la vidéo-surveillance.

— C'est bon, patronne. Tout est sur CD.

Il extrait le disque de la tour.

— Et voilà. Pas plus compliqué.

La commissaire enfouit l'enregistrement dans une de ses poches.

— Je vais réveiller les gars du labo. D'ici demain matin, ils vont nous en faire une version en 3D.

Dans un coin de la pièce, un réfrigérateur américain.

Quelques secondes plus tard, Volter découvre les bouteilles alignées dans la lumière.

— Qu'est-ce qu'on fait, patronne ? On les laisse pioncer sans en réveiller une ?

Aïcha Sadia n'a rien croqué de la soirée. Deux heures de ciné, la course jusqu'aux Chartreux, la scène de crime, les premières observations…

— On fait, Volter, on fait. Décapsulez-moi une blonde et envoyez le saucisson à l'ail. C'est pas terrible pour l'haleine, mais c'est pas grave, je n'ai pas prévu de vous embrasser.

— Je sais, faut pas rêver.

Elle retient un sourire, saisit la canette tendue.

Dehors, l'alarme extérieure a baissé d'intensité.

— J'ai coupé le courant, explique Volter. Vu l'état de la sirène, il y a des chances que la batterie soit quasiment hors-jeu. Les gens du quartier devraient avoir la paix d'ici deux minutes.

La commissaire pose un coin de fesse sur le bureau. Lui, se laisse tomber dans un large fauteuil en rotin.

— Je peux vous poser une question, patronne ?

Elle trempe le saucisson dans un pot de moutarde et croque à pleines dents.

— Allez-y. Je vous écoute. Qu'est-ce qui vous tracasse ?

— Tracasse, pas vraiment.

Il s'enfile deux bonnes gorgées au goulot.

— En fait, c'est votre équipe qui m'étonne. Vous voyez, ça fait trois semaines que j'ai débarqué chez vous, et je comprends rien. Rien aux champs de compétences de chacun, rien à la façon dont tout s'organise. Franchement, avouez que c'est pas du classique, chez vous ! Théo Mathias, médecin légiste qui déserte les salles de dissection et passe son temps avec nous sur le terrain, votre compagnon, Sébastien Touraine, détective privé qui semble directement incorporé à l'équipe, et vous qui paraissez au-dessus de toute hiérarchie. Comme si vous aviez carte blanche H24. En fait, j'aimerais juste que vous me racontiez. C'est quoi, l'histoire, au juste ? La genèse du groupe ?

Elle finit sa bière, allume une clope.

Elle déroule l'histoire des hommes qui l'entourent.

Sébastien Touraine, son compagnon. Ex-commissaire aux stups devenu privé.

— Chez nous, il y a des bavures qui ne pardonnent pas, Volter. Parlez-en à Sébastien. Il vous racontera.

Puis, Théo Mathias, médecin légiste, ami de toujours. Rouage indispensable de l'équipe. Ses boucles grises, son élégance d'âme, la douceur de son geste quand il déshabille un corps.

— C'est le seul homme que je connaisse qui ouvre au scalpel avec autant de respect. De pudeur, même.

Entre deux phrases, elle suit des yeux la fumée dans la lumière dorée provenant de la rue.

— Mon groupe, je l'ai monté comme ça. Au gré des affaires, des événements. Très vite, au vu des résultats, on m'a laissé carte blanche. Je sais, on n'est pas très orthodoxes et je sais aussi que ça fait grincer des dents. Mais c'est comme ça, Volter. Vous verrez, on est bien plus qu'une famille. Bien mieux, en fait…

4

HÉNIN-BEAUMONT, MARDI SIX HEURES DIX

Carole Vermeer a bien vu Kapriski s'éloigner de la scène, sans doute rejoindre sa voiture. Elle a compris que cet enfoiré lui laissait le merdier sur les bras.

Dans moins de deux heures, les rédactions de toutes les chaînes et antennes possibles allaient se répandre dans la ville entière. Une armée de fouille-merde accrochés à leurs caméras, et qui n'allaient pas lui lâcher les baskets. Sans compter le nouveau maire, ceux des communes voisines aussi, et tous les autres. Sans oublier la hiérarchie du Parti National de France qui disséquera le moindre de ses gestes, de ses propos. Un véritable examen de passage.

Cette histoire ne se contentera pas d'être une simple affaire d'homicide. Non, la couleur des peaux, les corps fracassés de ces deux migrantes, tout ça à quelques semaines de la campagne des Régionales aura valeur de…

— Je vous écoute, Carole…

Les mots du médecin la ramènent à la glaise, au sang qui peine à sécher sous la pluie.

Se lancer. Laisser les mots sortir et prendre possession de l'événement.

— Poignets entravés dans le dos à l'aide d'un fil de fer, chairs tuméfiées, traces évidentes de sperme, chiffons serrés à bloc autour du cou d'une des victimes. Pas très compliqué à résumer. Viols suivis d'un double homicide par strangulation. Vous voyez autre chose ?

Le docteur Beaurepaire, d'un geste habitué, fait descendre ses lunettes sur l'arête courbe de son nez. D'une pression de l'index, il allume sa lampe frontale, consulte les lettres griffonnées dans le carnet où il a l'habitude de consigner ses premières observations.

— Il va vous falloir de la méthode, Carole, sinon, ils vont vous éreinter. Vous ne tiendrez pas deux jours, et si vous vous écroulez, ça vous poursuivra tout au long de votre carrière. Et encore, si carrière il y a.

Il se tourne vers elle, pose une main gantée de latex sur son avant-bras.

— Je vais vous aider. D'accord ?

Du lard ou du cochon, elle n'en sait rien. Décide de faire confiance, pas le choix, on verra bien.

— Merci, Beaurepaire.

À vingt mètres de là, à quatre pattes sous la pluie, le lieutenant Forster et le brigadier Martin. Le jeune et le vieux, l'Alsacien et le Vosgien. À leurs regards rivés au sol, aux mots inaudibles qu'ils échangent, la capitaine Vermeer comprend qu'ils ont saisi la situation.

Toute cette tension, cette solitude annoncée, ils en pressentent l'effet dévastateur. Comme elle, ils savent qu'il leur faudra courber le dos et s'accrocher aux branches.

De ce petit groupe, elle est soudain devenue le chef de meute.

Beaurepaire reprend possession de son index, le pointe sur le noir des corps.

— Commençons d'abord par les victimes, Carole.

Il se glisse entre les jeunes femmes, fait pivoter sur le dos celle qui semble la plus jeune, puis lève les yeux.

— Je peux vous appeler par votre prénom ? Je veux dire, ça ne vous gêne pas ?

Elle le connaît, le toubib, car elle a mené sa petite enquête. Elle sait pour son divorce, pour ses enfants qui ne viennent jamais ; elle a compris depuis un moment la solitude du pavillon qui l'abrite. On lui a rapporté, aussi, les filles qu'il ramène parfois et qui repartent à l'aube, les poches froissantes de billets. Alors, si ça l'amuse de l'appeler par son prénom. Tant qu'il ne l'invite pas à partager une heure de sa putain de vie…

— Pas de souci. Mais comptez pas sur moi pour la réciprocité. J'ai jamais su être familière avec les plus vieux que moi.

Beaurepaire sourit à la mise à distance, à la différence d'âge, aux pions de la vie qu'il faut bien avancer.

Il tourne les pages de son calepin.

— Betiel Seyoum, c'est son nom. Douze ans. L'autre, c'est sa grande sœur, Yohanna, dix-neuf ans. Toutes deux sont nées à Amsara. C'est la capitale de l'Érythrée.

— Comment vous savez ?

— On a retrouvé leurs passeports dans un sac à dos balancé par-là, dans les ronces.

Carole Vermeer fait le tour de ses poches.

— Vous croyez que je peux fumer ?

Il sourit.

— C'est vous la patronne.

Une tige entre les dents, la première taffe jusqu'à l'incandescence.

Elle regarde la fumée dans la lumière vive des halogènes, songe à ces gens, par milliers, qu'on voit défiler sur les écrans de toutes les chaînes. Ces gens qui déferlent sur l'Europe comme une vague. Cette putain d'invasion dont personne n'a voulu entendre parler. Les politiques, les technocrates, tous aveugles. À part quelques-uns. Trop rares…

— C'est où l'Érythrée, au juste ?

— Sur la mer Rouge, au nord de l'Éthiopie. Un peu la Corée du Nord de l'Afrique, si vous pouvez imaginer. Une dictature de merde. D'après ce que j'ai lu, dix pour cent de la population s'est déjà enfui, et le reste se tait en attendant de pouvoir partir. Un demi-million de blacks sur les routes en direction de l'Angleterre, faut imaginer…

Il se penche sur le visage de la plus jeune, d'un geste de la main, lui glisse une boucle derrière l'oreille.

— Ces deux-là, comme tant d'autres. Une trajectoire entre la corne de l'Afrique et les grillages du port de Calais. Ce que j'en pense, c'est que…

— Excusez, coupe Carole Vermeer, mais on va essayer d'éviter les analyses à la con. Votre opinion de citoyen, docteur, j'en ai rien à battre. Ce que je veux, c'est du concret. Pays de merde, misère, baluchon sur le dos, tous ces gens en route pour l'Europe, c'est bon, on connaît la musique. Moi, ce qui me saute aux yeux, c'est que sur leur trajectoire, comme vous dites, ces deux-là sont tombées sur un os. Un putain d'os qui les a mis dans cet état. Et c'est cet os-là qu'il va falloir dénicher. Alors, d'après vous, c'est quoi le scénario ?

Il se dit qu'elle joue un rôle. Au fond, il en est certain, elle n'est pas si dure. C'est la première fois qu'elle a carte blanche sur un dossier pareil, et la trouille qui lui bouffe le ventre l'oblige juste à être dans le ton.

— Dans ce genre d'affaire, Carole, il faut d'abord savoir lire sur les corps tels qu'ils nous sont livrés. Interpréter les formes, les marques sur la peau, tout ce qui va nous aider à reconstituer la scénographie de l'histoire.

Alors, il raconte. Comme s'il avait assisté à la scène en direct.

Il s'étonne que ces jeunes filles aient été seules, sans l'élémentaire protection qu'offre le groupe. Il émet l'hypothèse qu'elles aient été exclues, abandonnées sur le bord de la route pour une raison encore inconnue. Ce n'est qu'une hypothèse. Du doigt, il désigne l'autoroute du Nord, plus près d'eux, derrière d'interminables clôtures grillagées, les projecteurs du parking IKEA. Il décrit la marche sous la pluie, la main de la petite dans celle de sa sœur.

Forster et Martin, se sont accroupis autour du légiste.

— En tout cas, fait remarquer Forster, je ne pense pas qu'elles étaient sur l'autoroute. D'abord, si elles y faisaient du stop, elles y seraient restées jusqu'à ce qu'un véhicule s'arrête. Et puis, sur l'A1, c'est bourré de patrouilles, sans compter les contrôles aux péages. Trop risqué.

— Alors, qu'est-ce qu'elles foutaient dans le coin ?

— Si je peux me permettre, tente le brigadier Martin, je pense qu'elles suivaient plutôt la voie ferrée en contrebas. Peut-être qu'elles cherchaient à embarquer en douce sur un train de marchandise, manière de quitter le coin et se rapprocher de Calais.

— Par contre, reprend Beaurepaire, ce qui est sûr, c'est qu'elles sont tombées sur un groupe d'hommes qui les ont traînées jusqu'ici.

Forster réajuste le bonnet marin qui ne quitte pas son crâne de l'année. Puis, il ferme les yeux pour mieux s'imprégner des mots du toubib. Martin, lui, ne lâche pas du regard les corps étendus. Il aimerait tant ne pas entendre ce qui va suivre.

Les corps, Beaurepaire en parle comme s'il les avait vus se disloquer. Les gifles, les coups de poing, les lèvres éclatées, les pommettes ouvertes. Il raconte les vêtements arrachés, les dos plaqués contre la boue, les jambes écartées, les doigts maintenus au sol, écrasés sous les talons. Le ventre des hommes qui se frottent, les mains qui pétrissent, les insultes comme des pierres, et toute cette semence dans les bouches forcées.

— … Vu les traces, les agresseurs devaient être au moins six. Et puis, une fois la folie passée, ils les ont étranglées et sont rentrés chez eux.

Carole Vermeer, par une question, parvient à s'arracher.

— Parce que vous croyez que ce sont des types d'ici qui ont fait ça ?

*

Avant de grimper dans la Mégane, aux gendarmes qui débarquent en renfort, elle a donné ses consignes. Pas de presse, pas de reporters. Ni reportages, ni photos, que dalle. Elle doit pouvoir revenir sur zone quand elle veut et retrouver l'endroit intact. Comme il était quand on a découvert les filles.

Repasser chez elle en vitesse. Le temps d'une douche avant de filer au commissariat. Se laver de toute cette saloperie et replonger dans la mêlée.

Elle sait que le téléphone sonnera toute la journée, qu'avec les heures, la pression va monter. Elle sait qu'on va l'observer, les notables, les journaleux, ses supérieurs, les élus et toute la machine électorale de Maryse Péan. Trois mois avant les Régionales, des bataillons de militants prêts à donner l'assaut.

Hénin-Beaumont, treize mille habitants, c'est un peu le laboratoire du PNF. Alors, surtout pas de faux pas…

Dans son rétroviseur, la silhouette blanche et rouge du Samu qui va livrer les corps à la médecine légale.

Deux pauvres négresses, c'est ce qu'elle pense en bifurquant vers sa résidence, qui auraient mieux fait de rester chez elles. Dans la merde, c'est sûr. Mais vivantes. Là-bas, au grand bordel du monde.

5

MARSEILLE, MARDI SIX HEURES QUARANTE-CINQ

Sept étages plus bas, le grincement des freins, le choc des poubelles versées dans le camion-broyeur.

Théo Mathias se redresse sur le canapé.

Un coup d'œil à sa montre. À peine trois heures de sommeil.

Il découvre ses chaussures abandonnées près de la table du salon, les tasses poussées sur le côté, le cendrier débordant des cigarettes d'Aïcha.

Disséminées sur le parquet, les feuilles qu'ils ont imprimées une partie de la nuit. Des portraits par dizaines de Tarek Bsarani, des articles, des reportages, des chroniques financières et des échos mondains. Le visage souriant de ce Franco-syrien promu, il y a deux semaines, directeur de campagne de Manon Péan.

— Déjà réveillé ?

Il ne l'a pas entendu arriver. Pas entendu préparer le café dans la cuisine.

— C’est les poubelles, en bas.

Il s’attarde à la rondeur devinée de ses seins, au regard bleu qui peine à masquer la presque nuit blanche.

Mathias se dit que Sébastien, son ami, a bien de la chance et que jamais il ne veut l’entendre se plaindre.

— Il est où Seb, en ce moment ?

Elle remplit les tasses.

— Paris.

— Boulot ?

— Non, pas ces jours-ci. En fait, il a fermé son cabinet pour deux semaines. Besoin de se poser, de se mettre un peu à distance. C’est ce qu’il m’a dit. Alors au début, il a décidé de rester ici à bouquiner et me préparer des petits plats pour quand je rentre le soir.

— Pas mal comme programme…

Elle ose une première gorgée prudente.

— Tu parles ! Ça n’a pas duré vingt-quatre heures. Tu connais l’oiseau. Un ami d’enfance dans la mouise, et le voilà parti pour deux jours réconforter son pote.

— Et il rentre quand ?

Un regard réflexe à sa montre.

— Vers midi.

Il la regarde s’asseoir face à lui.

— Dis-moi, Aïcha, le petit Volter…

Il cherche les mots justes.

— Eh bien, quoi, le petit Volter ?

— Tu l’as à la bonne, non ?

— Comment ça ?

— Je sais pas. On dirait que tu le couves. Un peu comme si c’était ton gamin. Quelqu’un à protéger. Je ne te parle pas de favoritisme, non. Juste d'une attention particulière.

Un léger sourire en emplissant les tasses.

Comment lui dire ce sentiment étrange, inhabituel ?

— Je ne sais pas pourquoi, mais ce gars, tu vois, il m'a touchée dès le premier jour. C'est surprenant, mais je sais à l'avance tout ce qu'il pense, tout ce qu'il va dire. Comme si je le connaissais depuis un bail. Et en même temps, il arrive à me surprendre. Son regard posé sur les choses, son acuité. Cette manière qu'il a d'appréhender une scène de crime. Comme s'il voyait les événements sous un autre angle. Du coup, je me sens investie d'une sorte de mission. À la fois pédagogique et protectrice. Un peu ce que doit ressentir une mère-prof quand elle a son fils en classe, j'imagine…

Elle hésite un instant. Puis, décide de poursuivre.

— Cette nuit, quand on était dans la supérette, il m'a dit qu'il avait du mal à comprendre comment on fonctionnait. Toi, moi, l'équipe. Alors, je lui ai raconté l'histoire.

— Toute l'histoire ?

— Presque…

Théo Mathias feuillette la liasse de feuilles imprimées. Des photos piquées dans *La Provence*, *Match*, *L'Express*, *Valeurs Actuelles*. Une flopée de clichés style star du show-biz.

— Excuse-moi, mais je reviens à Bsarani. Tu ne trouves pas ça bizarre, ce type à qui tout semblait réussir et qui se retrouve au Parti National de France ?

Aïcha allume la première clope de la journée.

— Moi, ça ne m'étonne pas vraiment. Ce genre de patrons, tu sais, à force d'être considérés comme des stars, ils finissent souvent par être attirés par la politique. Les palais, le pouvoir, les ministères, ça brille bien plus que le fric. Alors, Bsarani, il est comme les autres, il se colle dans le sillage d'une étoile montante, style Manon. Et comme il est bourré de fric et de relations, sans parler de son charisme, il se fait bombarder directeur de campagne. C'est pas plus compliqué.

Elle se lève, finit sa tasse d'un trait.

— Je vais me préparer et on file au bureau. J'aimerais qu'on soit un peu en avance et qu'on achète des croissants pour tout le monde.

Il la regarde écraser sa cigarette à peine allumée, reste accroché à ses considérations sur les hommes, le pouvoir.

— Tu sais, moi, la politique…

Une porte claque puis, le temps à Mathias de se lever, le fouet de la douche, à l'autre bout de l'appartement cingle déjà la faïence.

Mathias ouvre la baie vitrée, avance sur la terrasse jusqu'au parapet de fer forgé.

Face à la plage des Catalans, les premiers joggeurs du matin filent vers la Corniche. Il regarde au loin. Nulle part.

Il revoit les yeux éclatés de Tarek Bsarani, le portable laissé dans une des poches, les billets liés entre eux par un élastique. Il imagine les claquements secs du nagant, l'odeur de la poudre, l'éclair dans la nuit des détonations.

Il tente de se remémorer les rares fois où il a pu croiser le Franco-syrien. Se souvient nettement de ce soir de janvier dernier où il avait accompagné Aïcha et son équipe à un meeting du PNF.

Service de sécurité publique. Faire barrage aux *antifas* et aux mecs de l'ultra-gauche venus foutre le souk. Dans la rue, des citoyens aussi, des étudiants, des lycéens, des profs, des vieux qui ont connu les guerres…

Une partie de la nuit à soigner les bastonnés des deux bords.

Charges des CRS, ripostes désordonnées, fumigènes, lacrymos, insultes et haines de toutes les couleurs.

Soir de meeting au Parti National de France.

Il se souvient du chapiteau, des mains levées, des applaudissements, des visages exaltés, luisants de sueur. Il n'a pas oublié la blondeur de la tante et de la nièce sous les projecteurs, le sourire ardent de Tarek Bsarani, assis au premier rang de la tribune d'honneur. Et tous ces hommes, ces femmes par milliers, qui scandaient leur cri de guerre : *On est chez nous ! On est chez nous !*

Comme si la terre appartenait aux hommes…

6

Hénin-Beaumont, mardi, huit heures

À la machine à café, les collègues se sont éparpillés comme des moineaux.

Un petit signe de la main, un sourire. Une stratégie délibérée d'évitement.

Devant le bureau déserté de Kapriski, Carole Vermeer a ralenti le pas. Derrière les cloisons, elle a senti le silence bien installé pour la journée.

Au bout du couloir, comme des élèves attendant leur professeur, les quatre membres de son équipe. Forster et son éternel bonnet, le vieux Martin et sa gueule de brigadier de carrière, Beaurepaire et ses lunettes rondes et enfin la dernière recrue, Florian Dumas, élève officier de police. Un jeune doué pour la poésie égaré chez les flics, c'est ce que s'était dit la capitaine Vermeer au premier contact. Dès l'entretien d'accueil dans la brigade, Dumas avait laissé son regard dériver au-delà de la fenêtre. Puis, quand les autres s'étaient mis à toussoter, il avait juste souri, suggéré qu'il allait pleuvoir des rivières.

Des rivières ! Et pourquoi pas les chutes du Niagara. Toute l'équipe en avait ri pendant deux jours.

Elle ouvre la porte, fait clignoter les tubes néons. Elle avance jusqu'au *paper board*, arrache la première page. Dans son dos, le bruit des chaises, le glissement des hommes qui prennent place.

Trouver le ton juste, le timbre approprié.

— Pour faire court, il ne vous a pas échappé que le patron nous a refilé le bébé.

Elle ne peut s'empêcher de sourire. De démarrer par un mensonge, aussi.

— Prenons-le pour une marque de confiance. En tout cas, c'est comme ça que je l'ai compris. Alors, inutile de vous dire que cette affaire, on va se la gérer comme des grands.

Les hommes ne la lâchent pas du regard.

— Pas de temps à perdre, c'est la règle. Pas de grands discours, pas de débriefing pendant des heures. Finies la réunionite et les palabres à longueur de journée. Ma méthode à moi, c'est pas compliqué : trois groupes, trois missions, trois sources d'info. Chacun a un objectif simple. Chacun s'y tient et rapporte aux autres les *news* collectées.

Elle ôte le bouchon du marqueur et trace quatre lettres en majuscules.

— IKEA. C'est la première direction. Martin et moi, on s'y colle.

Elle fixe un instant le nom de la chaîne suédoise.

— On va interroger les vigiles en poste la nuit dernière. Le bois du Pommier est à pas huit cents mètres de chez eux. Ils ont bien dû entendre quelque chose.

Puis elle se tourne vers le médecin de l'équipe.

— Vous, Beaurepaire, vous filez au CHRU de Lille.

Les lettres de la métropole du Nord apparaissent sur la page.

— J'ai eu le légiste au téléphone, il vous remettra le rapport d'autopsie. Mais surtout, je veux que vous fassiez une collection de prélèvements. La totale : sperme, salive, cheveux, tout ce qui est exploitable. Quand on aura chopé des suspects, il faudra bien comparer les ADN.

Tout en écoutant la patronne, Forster se grattouille les cheveux à travers son bonnet marin.

— Quant à vous, Forster, vous filez à la gare de triage.

Elle écrit *GARE*. Sent que ses hommes ne la quittent pas des yeux, sont prêts à la suivre. Dans son ventre, une boule d'énergie maintenant maîtrisée. Une force intérieure canalisée par l'action, par l'image qu'elle se fait des heures qui vont suivre.

— Une fois sur place, Forster, vous me trouvez les cheminots qui ont bossé sur la voie depuis hier soir. Peut-être qu'ils auront remarqué quelque chose, eux aussi. Dumas va vous accompagner.

En bas de page, elle ajoute *Érythréens*.

— De mon côté, j'ai demandé aux collègues de la région de localiser les groupes d'Érythréens qui traînent dans leur secteur. Tout le monde est sur le pont : Lille,

Arras, Saint-Omer et Calais. On ne devrait pas tarder à retrouver leur trace. Des questions ?

Beaurepaire fait mine de lever la main.

— Docteur…

— Vous ne croyez pas que les types qui ont bossé cette nuit à IKEA ont été relevés depuis ? Ceux des rails aussi, d'ailleurs. En gros, un fonctionnement d'équipe de nuit. Si c'est le cas, il y a de fortes chances que les gars soient chez eux à roupiller. Du coup, vous risquez de perdre du temps et…

— Vous fatiguez pas, docteur. Mon père a bossé toute sa vie sur ces putains de rails. Des nuits entières à arpenter les voies ferrées. Et je peux vous dire que le matin, à l'heure de la relève, il y avait un rapport à remplir.

Elle lève la main, écarte le pouce et l'index.

— Un carnet épais comme ça où consigner chaque événement de la nuit, le moindre incident. Et puis, au pire, si faut aller les voir chez eux, les mecs doivent pas crécher à l'autre bout du monde. Autre chose ?

Les gars se regardent entre eux, vite fait.

— OK. On gicle.

Un coup d'œil au travers de la baie vitrée. Là-haut, les nuages se sont déchirés, bousculés par les rafales du grand ouest. Un vent à dégager le ciel pour quelques heures.

*

Au rez-de-chaussée, la fille de l'accueil tend son téléphone bien haut.

— C'est pour vous, capitaine.

Carole Vermeer se retourne à peine. Elle pousse la porte vitrée qui ouvre sur l'avenue des fusillés.

— Pas le temps. Dites qu'on m'appelle sur mon portable.

La fille pose une main sur le combiné et prend un air de confidence gênée.

— C'est le maire…

Décidément, il ne leur a pas fallu longtemps.

Elle laisse la porte se fermer dans son dos.

— Capitaine Vermeer à l'appareil…

La voix du maire, elle la reconnaîtrait au premier mot. Depuis qu'il s'est engagé pour le canton, l'enfant de la ville, élu conseiller général en 98, maire aux dernières municipales, et au premier tour en plus, elle n'a pas dû manquer un de ses discours. Un gamin parti de rien et qui sera peut-être ministre un jour. Quand même…

— Je ne veux pas vous déranger dans votre enquête…

— Du tout, monsieur le maire, du tout.

— J'ai cru comprendre que vous aviez l'entière responsabilité de cette triste affaire. Aussi, je tenais à vous encourager.

— Merci. Merci beaucoup.

— Sachez que nous sommes tous derrière vous, capitaine. Je veux dire, personnellement aussi. Cette histoire risque d'être compliquée à gérer, si vous voyez ce que je veux dire.

— Je vois très bien.

— Aussi, si vous avez besoin de parler…

— Parler ?

— Ce que je veux dire, c'est que vous risquez de vivre de grands moments de solitude. Alors, sachez que je suis là. À votre écoute.

— Merci infiniment, monsieur le maire. Merci.

— Si je peux me permettre, je voudrais aussi vous conseiller la plus grande prudence.

— Prudence ? C'est-à-dire ?

— Oui. Prudence, et plus que ça, sans doute. Vous savez comme moi que depuis mon élection, on est un peu sous surveillance, ici.

— Je crois comprendre.

— Il ne vous a pas échappé qu'à Hénin-Beaumont, le moindre événement est observé à la loupe.

— Oui, je sais.

— Je ne doute pas un instant, capitaine, que vous nous comprenez et qu'on peut compter sur vous. Cette affaire d'Érythréennes violentées, comprenez bien que vous ne pourrez pas l'extraire du contexte actuel. Je veux parler de ces flots de migrants qui font la une chaque jour depuis des mois.

Elle a envie de lui dire qu'elle avait pigé, qu'elle n'est pas si conne. Préfère se taire et le laisser poursuivre.

— … Ce qui est sûr, c'est que vous allez vous retrouver avec toutes les chaînes du pays sur le dos. Chaque mot que vous allez dire sera disséqué, analysé, parfois même extrait de son contexte. Et ça, je peux vous le dire, ils savent faire !

La capitaine toussote légèrement. Lui faire comprendre que ses hommes l'attendent, et que cette foutue bouillabaisse médiatico-politique, elle en a parfaitement conscience.

— Je vous laisse, capitaine. Je voulais juste vous dire que s'il s'avère que ces sauvages se mettent à se massacrer entre eux, il vous faudra sans doute faire preuve de prudence dans les mots que vous choisirez. De la retenue et du discernement dans vos conclusions, si vous voyez…

— Je vois, monsieur le maire, je vois.

Elle hésite à conclure, se dit qu'après tout, il vaut mieux qu'il soit informé au plus tôt des possibles développements de l'affaire.

— Surtout que l'enquête peut s'orienter sur des gars d'ici.

Elle laisse les mots faire leur petit effet. À l'autre bout du fil, comme une respiration coupée.

Et puis la phrase suivante et ses points d'interrogation.

— Vous voulez dire, des gars de chez nous ?

— L'hypothèse n'est pas écartée, monsieur le maire.

Quelques secondes de silence.

— Tenez-moi au courant, capitaine. Surtout, n'hésitez pas…

7

Marseille, au même moment

Quand la commissaire Aïcha Sadia pousse la porte de son bureau – son terrier comme elle aime l'appeler – elle ne peut déroger aux règles obligatoires et précises qui se sont imposées à elle depuis des années. Des gestes peu à peu mis en place, formant, saison après saison, sa trame quotidienne matinale. Qu'elle soit seule ou accompagnée, le scénario s'avère immuable. Avant de prononcer un mot, de donner une directive ou de prendre une décision, par la plus imposante des vitres du bureau, Aïcha Sadia s'offre un plongeon sur la ville bouillonnante.

Marcher jusqu'à la fenêtre coulissante, repousser les lames du store sur le côté. Sa façon à elle de bannir la nuit. De chasser l'obscurité une fois pour toutes et de s'ouvrir à la lumière en attente.

Dans son dos, les hommes entrent en prenant soin de parler à voix basse. La machine grésille, les senteurs de café envahissent la pièce.

Ce matin, elle perçoit le froissement des sacs en papier contenant les croissants. Théo Mathias lui apporte un gobelet fumant. Sans prendre la peine de se retourner, elle le remercie, tente une première gorgée.

Cinquième étage, le port autonome se donne en spectacle.

La lumière encore vive de septembre rase de ses jaunes multiples les silhouettes dressées des grues. Les palans grincent au loin. Depuis le lever du jour, suspendus aux filins, les containers dansent à l'aplomb des quais leurs folles suspensions.

Filant vers la sortie de la ville, la rocade trace ses courbes au-dessus des quartiers en rénovation. La Joliette, Saint-Louis, l'Estaque. La face ouvrière de Marseille en voie de boboïsation.

À l'extrême ouest, des tours encerclent un centre commercial livré à la poussière. En terrasses, des parkings bousculés par les vents et le sable. D'immenses rectangles de goudron abandonnés, la nuit, aux rodéos des destins en panne. Plus loin encore, des villas de parpaings, des accessions à la propriété qui gagnent peu à peu du terrain, avalent chaque année des pans entiers de collines sèches.

Quelques secondes, elle ferme les yeux. Sa manière à elle de s'extraire du décor, d'oublier les dockers, les marins, de réintégrer le bureau, de faire enfin face à l'attente des hommes. À voix basse, elle se murmure les premiers mots. Répète en silence la première phrase de la scène suivante.

Puis, elle se retourne.

— Messieurs, bonjour. Pour ceux qui ne seraient pas encore au courant, le type de cette nuit s'appelle Tarek Bsarani. Vu le CV du bonhomme, inutile de faire les présentations. J'imagine que vous connaissez tous le personnage ou, du moins, sa réputation.

Elle porte son paquet de Menthol à la bouche, du bout des lèvres extirpe une cigarette.

— Vous connaissez l'expression *en terrain miné,* ou encore *marcher sur des œufs*? Alors, sachez que c'est ce qui nous attend dans les heures qui viennent. Le directeur de campagne de Manon Péan qui se fait flinguer à trois mois des Régionales, je ne vous dis pas le bourbier.

Elle tire une chaise à elle, s'installe devant son équipe en demi-cercle.

— Vous n'imaginez même pas la pression qu'on va se prendre. Ça va tomber de partout. Le *big boss*, la direction du PNF, la presse, les télés, Beauvau et sans doute plus haut encore. En ce qui nous concerne, ce qui est sûr, c'est que les premiers résultats doivent tomber dans les vingt-quatre heures.

D'une poche arrière de son jean, elle sort une feuille pliée en quatre.

— Cette nuit, je me suis dit que le plus simple pour se soustraire à cette putain de pression, c'est qu'on s'éparpille tous. Chacun sur sa mission, portable éteint. Tous déconnectés, uniquement concentrés sur ce qu'on doit faire. Chacun de vous a la journée pour boucler son dossier. Pas une demi-heure de plus. Rendez-vous ici demain, même heure, avec un maximum d'infos. Au moins de quoi élaborer une hypothèse, qu'on puisse mettre en avant une piste plausible. Nuit blanche, H24, c'est pas mon problème. Avant demain, il me faut du concret.

Elle déplie soigneusement la page, parcourt les lignes, se remémore les grands axes.

— Pour commencer, exploitation à cent pour cent de la scène de crime. Il faut dire qu'on a du bol. Sur la vidéo récupérée dans la supérette, on a un plan parfait de la BM. Couleur, modèle et même la plaque d'immat. Grenier, vous vous en occupez. Bagnole piquée, louée, empruntée, peu importe. Je veux son pedigree depuis sa sortie d'usine, mais surtout vous me la logez. Vous vous démerdez comme vous voulez, mais demain, huit heures, je veux les clefs de contact sur mon bureau. Des questions ?

Le lieutenant Grenier cesse un instant de mâchouiller une de ses dreadlocks.

— *No soucy*, patronne. C'est comme si c'était fait.

De sa sacoche en cuir, la commissaire extirpe une enveloppe kraft.

— On a bien fait de secouer les gars du labo, même à deux heures du mat'. J'y suis repassée en venant, ils m'ont refilé les premiers clichés.

Une bouffée profonde.

— Blanchard, vous allez vous occuper de l'exécuteur.

Elle étale les photographies en éventail sur ses genoux.

— Là, c'est suffisamment net. Regardez.

Elle brandit un des clichés bien haut.

De trois-quarts droit, l'homme est penché sur le motard allongé. Le bras tendu, l'ombre du nagant pointé sur la visière ouverte. L'homme est mince, suffisamment pour sembler un peu perdu dans son costume sombre. Ses cheveux ont la teinte presque noire des hommes du sud. Sur le front, les mèches s'éparpillent.

— Deux possibilités, reprend Aïcha Sadia. Si on se fie au type méditerranéen du bonhomme et à la nationalité de la victime, il me semble impératif de fouiller la piste syrienne. Blanchard, c'est vous qui vous en chargez. Vous me retournez la communauté syrienne comme un tas de sable. Les bars, les commerces, les bordels, les Baumettes, vous me foutez le souk là-dedans jusqu'à trouver quelque chose. N'importe quoi, mais au moins un élément qui nous mette sur la piste de cet enfoiré.

Elle écrase sa cigarette, vide son gobelet d'un trait.

— Maintenant, si on se fie à l'arme, à ce fameux nagant, difficile d'ignorer les filières de l'Est. Et ça, c'est pour vous, Perridon. Les Serbes, les Kosovars, les Tchétchènes, les Russes, tous ces connards des Balkans qui nous refourguent leurs kalachnikovs, vous me foutez un grand coup de pied dans cette fourmilière. Demain matin, ce flingue, je veux tout savoir sur lui : d'où il vient et, surtout, par quelles mains il est passé avant de massacrer Bsarani.

Un bref coup d'œil à la page posée sur ses genoux.

— S'il te plaît, sers-moi un autre café, Théo.

Puis, elle plante ses yeux dans ceux du capitaine Pichon. Depuis qu'il a débarqué, un an auparavant, elle a eu l'occasion d'apprécier son sens de la méthode, son art de la synthèse, aussi.

— Vous, Pichon, vous allez vous coller à Bsarani. Sa bio, sa carrière, ses amis, ses ennemis, je veux tout savoir. Son parcours au Parti National de France, ses liens avec les Syriens, les Russes aussi, vous me passez tout au crible. J'ai eu les RG au bout du fil, vous avez carte blanche. Toutes les portes vous sont ouvertes.

À pleine bouche, elle croque dans le dernier croissant.

— Toi, Théo, tu te charges de l'aspect scientifique du dossier. Normal.

— Tu veux dire, l'autopsie ?

— Pas seulement. Il y a le mode opératoire, aussi. Une balle pour chaque œil, ça sent la signature. Il faut chercher de ce côté-là. Si tu trouves la trace de types assassinés de la même façon, ça nous fera un indice sérieux. Et puis, il y a la vidéo, également. Le labo t'en a fait une copie. Tu verras, la scène dure un peu plus d'une minute, mais en vingt-quatre images secondes, tu vas pouvoir la séquencer à volonté, et la retourner dans tous les sens. Ce que je veux, c'est que ce film, tu me le fasses parler. Tu vois ce que je veux dire ?

— Très bien. Une autre forme d'autopsie, au fond.

— Si tu veux.

La commissaire se lève.

— Allez, tout le monde en piste ! Demain, même heure, même endroit.

Les hommes se lèvent, balancent leurs gobelets dans la corbeille, près de la machine à café.

— J'ai une question, patronne.

— Je vous écoute, Blanchard.

—Tout à l'heure, vous avez dit *déconnectés*. Ça veut dire qu'on coupe tous notre portable ?

Aïcha Sadia s'assoit sur l'angle de son bureau.

— *Déconnectés*, c'est une expression, Blanchard. Une image. Vous pensez bien qu'on doit tous pouvoir se joindre à tout moment. D'ailleurs, Théo prendra de vos nouvelles régulièrement. Disons, environ toutes les deux heures. Ce que j'ai voulu dire, lieutenant, c'est qu'en dehors des numéros de l'équipe, on ne répond à personne. Une sorte de vase clos. OK ?

Tandis que Blanchard réajuste sa cravate en bredouillant une vague approbation, Benoît Volter dégage les fesses de son tabouret.

— Et moi, je fais quoi, patronne ?

Les hommes sortent un à un, disparaissent dans le couloir. Aïcha semble immergée dans ses pensées.

— Reste une seconde, Théo.

Elle relève la tête, se tourne vers le lieutenant stagiaire.

— Je vous emmène, Volter. Vous allez voir, vous ne serez pas déçu du voyage.

— On peut savoir, patronne ?

La commissaire consulte sa montre.

— On a rendez-vous dans moins d'une heure à l'hôtel Jules César, à Arles ? Vous connaissez ?

— Jamais entendu parler. C'est quoi, au juste ?

— Un des plus beaux palaces de la région. Du pur cinq étoiles, vous verrez, entièrement redécoré l'année dernière par Christian Lacroix. Il paraît que ça vaut le coup d'œil.

Le jeune Volter réajuste son catogan, petit sourire aux lèvres.

— Et on va faire quoi à l'hôtel tous les deux, patronne ?

Elle fait craquer son briquet, savoure la tiédeur de la fumée au sortir de ses narines.

— Une conversation en *live* avec Manon Péan.

À son tour de sourire.

— Ça vous dit ?

Le jeune stagiaire enfile son blouson.

— Pas de problème. J'ai toujours pensé que le diable valait bien un tête-à-tête.

Quelques pas jusqu'au couloir.

— Je vous attends en bas.

Aïcha Sadia se débarrasse de son gobelet vide. Mathias s'extirpe du fauteuil cuir dans lequel il s'était affaissé.

— Tu voulais me dire quelque chose ?

Dans la vitre, la commissaire croise son visage, ses mèches à peine coiffées.

— Tu les appelles toutes les deux heures, et tu me tiens au courant. J'attends ton premier coup de fil pour midi. Normalement, je devrais en avoir fini avec *La Nièce*. On y va ?

Le chuintement de l'ascenseur qui file vers le rez-de-chaussée.

— C'est elle qui t'a appelée ?

— Oui, souffle Aïcha à l'ouverture de la porte métallique. Dès qu'elle a su que c'était moi qui étais sur le coup, elle a voulu me joindre. De toute façon, je l'aurais convoquée dans la matinée.

Appuyée contre le break Peugeot, Volter semble observer les quelques nuages, dans le ciel, le maigre résidu des orages de la nuit.

— En gros, conclut Théo Mathias, elle t'a prise de vitesse, non ?

La commissaire s'installe derrière le volant.

— Disons qu'elle a un peu anticipé.

Elle fait descendre la vitre à fond.

— Salut, docteur. À tout'…

Quelques minutes plus tard, les derniers quartiers de l'Estaque disparaissent dans le rétroviseur. La commissaire aimante un gyro sur le toit, se colle sur la file de gauche. Face aux appels de phares, les voitures dégagent le passage sans broncher.

La Côte Bleue laissée sur le côté, bientôt le viaduc autoroutier de Martigues. Puis, Fos-sur-Mer et sa campagne pelée, parsemée de structures métalliques géantes bourrées de gaz et d'hydrocarbures.

— C'est lunaire, par ici, fait remarquer Volter.

— C'est comme ça dans le coin, lieutenant. Une alternance de pétrochimie et de vergers. Du gris et du vert. Vous allez voir, la plaine de la Crau, c'est tout à fait ça.

Elle songe aux gens d'ici, se dit qu'ils sont un peu comme la terre de la région. Accueillante mais aride. Et la majorité des habitants du cru, tout pareils, sourire avenant mais prêts à virer l'étranger à la première occasion…

Elle relève sa vitre, allume la radio.

Au flash de France Info, les corps sans vie de deux migrantes retrouvées dans un bois d'Hénin-Beaumont, dans le Pas-de-Calais. Suit un bref reportage du correspondant dépêché sur place. Des mots de pluie, de terre sombre.

8

HÉNIN-BEAUMONT, MARDI, NEUF HEURES

En approchant de l'enseigne spécialisée, Carole Vermeer réalise à quel point tout a été pensé. Rien n'a été laissé au hasard. Le bleu et le jaune du drapeau de Suède, la hauteur du bâtiment qui le rend visible à des kilomètres à la ronde, et l'emplacement : cent mètres de la voie ferrée, à peine plus de l'autoroute du Nord.

Vingt mille mètres carrés d'entrepôts et d'espace commercial posés dans les champs, tel un jouet démesuré. Une vitrine géante bordée des routes de l'Europe.

Une heure avant l'ouverture, les immenses parkings semblent déserts, occupés çà et là par les véhicules du personnel. Munis de balais XXL, des employés évacuent les traces de l'orage de la nuit. Des branches brisées net, des feuilles en traînées éparses, des fringues abandonnées, des pubs, des emballages cartonnés, tout ce qu'une zone commerciale peut laisser derrière elle un soir de grand vent.

La capitaine Vermeer se gare entre deux flaques. Elle remarque, devant l'entrée, un homme en costume qui semble les attendre et vient à leur rencontre.

— Jean-Luc Péchenard. Je suis le directeur du magasin.

Poignée de main chaleureuse, sourire du cadre sup qui reçoit les flics et ne veut surtout pas d'emmerdes.

Dans les travées, le personnel s'évertue à jouer les fourmis. Suivie du brigadier Martin qui n'a pas desserré les dents depuis qu'ils ont quitté le commissariat, la capitaine observe ce monde qui l'entoure et tourbillonne. Elle se dit en souriant que tout est normal dans le meilleur des mondes possibles : les chariots élévateurs élèvent, les chefs de rayon rayonnent et les caissières s'apprêtent à encaisser. Le genre d'humour qu'elle garde pour elle et qui la fait se marrer en douce.

Le bureau du patron, de l'IKEA pur jus. Des fauteuils aux noms imprononçables, des posters écolos, un plan de travail grand comme le Danemark encombré d'objets divers à ergonomie mondialisée.

En quelques mots, elle lui résume la situation : le corps des deux migrantes abandonnées entre les arbres, puis le viol et le meurtre en bande organisée.

— La nuit, qui assure la sécurité du magasin et des entrepôts ?

— NSF. Je veux dire National Sécurité France. C'est une boîte de Lens qui…

— Je connais.

Plus d'une fois, elle a noté leur présence lors des meetings du PNF. Service de sécurité, maintien de l'ordre. Des crânes rasés aux Ray-Ban vissées aux tempes.

— Ils sont combien, au juste ?

— Cinq ou six, ça dépend.

— OK. Et vous savez comment ils organisent la surveillance du site ?

Le directeur ne sourcille pas. Le genre de type, se dit Vermeer, qui connaît ses dossiers et qui ne doit pas souvent se laisser étouffer par le doute.

— Il m'est arrivé plusieurs fois de leur rendre une petite visite, histoire de voir comment ça se passe. En fait, le plus souvent ils sont six. Deux font des rondes à l'intérieur du magasin et des entrepôts, et quatre s'occupent des extérieurs. Je veux dire les parkings, les voies d'accès et les environs immédiats. Mais dès la semaine prochaine, l'équipe va être renforcée. Deux gars en plus, je crois. Il faut dire qu'avec tous ces migrants qui traînent dans la région en ce moment... Des milliers de plus chaque semaine, et c'est pas près de s'arrêter. Franchement…

Carole Vermeer se lève brusquement, suivie du brigadier Martin. Par la fenêtre, elle jette un coup d'œil au ciel.

— Ça ne va pas tarder à tomber. Ils ont même prévu de la grêle. Alors, avant que ça ne dégringole, j'aimerais que vous nous accompagniez sur le parking, là-bas. Il me semble que de loin on y aperçoit la base du Pommier.

*

Au nord-est du parking, légèrement en hauteur, la base de loisirs dont on devine les premiers arbres.

Carole Vermeer se tourne vers le directeur.

— À quelle distance vous évaluez le bois ?

Péchenard fronce les sourcils, estime en silence.

— Sept cents mètres. Peut-être huit cents, mais pas plus.

La capitaine garde le regard au loin, sur les hauteurs boisées.

— Les deux jeunes femmes ont été retrouvées derrière les peupliers noirs dont on aperçoit la cime, à l'extrémité gauche du bois. Vous y êtes ?

— Très bien. Je vois.

— Pensez-vous qu'ici on pourrait entendre des cris, des hurlements venant de là-haut ?

— Des cris ?

— Oui, des cris. Avant d'être violées et étranglées, elles ont été battues à mort.

Les corps fracassés, comme balancés d'un hélicoptère, pas près de s'effacer de sa mémoire.

— Une putain de dérouillée, je peux vous dire. Alors, j'imagine qu'elles se sont défendues, qu'elles ont dû appeler au secours. Aussi, je vous répète ma question, monsieur Péchenard : à votre avis, est-ce qu'on a pu les entendre de ce parking ?

Péchenard se gratte le front, porte le regard au loin, juge à niveau la distance.

— Dans l'absolu, capitaine, je répondrais par l'affirmative. Des hurlements de femme, à cette distance, c'est jouable. Des voix aiguës, qui plus est la nuit, probable qu'elles parviennent jusqu'ici.

— Très bien.

— En revanche, je vais sans doute vous décevoir, mais je crois que vos deux victimes, les hommes qui bossaient ici la nuit dernière n'ont pas pu les entendre.

Maintenant, elle ne le lâche plus des yeux.

— Pour quelle raison ?

— La météo, capitaine. Oui, la météo. Des rafales à faire tomber les pylônes. Les hommes ont passé une partie de la nuit à surveiller le vent, à vérifier le bon état des structures métalliques. Ça a soufflé comme ça jusque…

En écoutant le directeur lui faire le topo de la nuit passée, Carole Vermeer se remémore la peine qu'elle a eue à trouver le sommeil. Le claquement du volet contre la fenêtre de sa chambre, le soufflement sourd du vent quand il s'engouffre dans le hall de son immeuble avant de gagner les couloirs, les étages. Tel une bête qui rugit.

Elle ne peut s'empêcher de revoir les branches arrachées aux arbres sur le sentier qui mène à la scène de crime. Inscrits dans sa mémoire, les mains écrasées, les corps dans la glaise, comme broyés par la tempête.

— Vous avez raison, Péchenard. Là-haut, elles ont dû gueuler pour rien.

Les premières gouttes, lourdes comme des fruits, éclatent sur le goudron.

Vermeer fait zipper la fermeture de son blouson, d'un geste vif, protège ses boucles rousses sous la capuche.

— En tout cas, je vous remercie. Si j'ai encore besoin de vous…

Contre le grillage, tourné vers le bois du Pommier, le brigadier Martin.

— Bon, vous venez, Martin. On ne va pas y passer la journée !

Le vieux Vosgien rejoint les deux autres d'un pas rapide.

— C'est qu'en regardant par là-bas, je me disais quelque chose, capitaine.

— Mais encore…

— Je me disais que les filles, avec ce satané vent, ici, personne n'a pu les entendre. Pour moi, ça tombe sous le sens. Mais là-haut, il a bien fallu les y amener. Alors, vu que d'après les traces de sperme, les agresseurs, ils étaient au moins cinq, peut-être même six. Et que six violeurs plus deux gamines, ça nous fait huit. Vu tout ça, il a bien fallu deux véhicules pour monter tout ce monde-là.

Martin plante ses petits yeux noirs dans ceux de Péchenard.

— Et les phares, de là-haut, vos vigiles, ils ont bien dû les voir. À mon avis, à moins d'être aveugles, ils ont pas pu faire autrement. Surtout qu'avec la tempête d'hier, les voitures, au Pommier, il devait pas y en avoir des masses.

Il se tourne vers sa supérieure en souriant.

— Voilà ce que je me disais, capitaine. Le bon sens vosgien, comme qui dirait…

9

Route d'Arles, mardi dix heures vingt

Un quart d'heure maintenant que la commissaire Aïcha Sadia et Benoît Volter ont quitté l'hôtel Jules César.

À peine installés sur les sièges du break Peugeot, ils ont baissé les vitres au maximum, ont laissé le courant d'air chasser la chaleur de l'habitacle.

Cinq minutes de bouchon sur la rue principale, un coup de gyrophare et la rue dégagée comme une veine ouverte jusqu'à la voie rapide.

Très vite, la plaine de la Crau et ses rangées d'arbres fruitiers alignés sur des kilomètres. Des vergers en colonnes, des files d'oliviers ordonnés en procession jusqu'aux premiers massifs des Alpilles.

La commissaire laisse le tourbillon d'air lui battre les mèches en anarchie.

À côté d'elle, le jeune Volter n'a pas bronché depuis qu'il est monté dans la voiture. Pas dit un mot non plus pendant l'entretien avec Manon Péan. Silencieux, il n'a pas quitté la blonde des yeux.

Ces trente minutes d'échange avec la plus jeune députée du pays, Aïcha crève d'envie d'en parler. D'entendre son stagiaire de l'ultra-gauche lui dire ce qu'il en a pensé. D'échanger leurs points de vue, de comparer ce qu'ils ont entendu, ressenti. Profiter de la route jusqu'à Marseille pour faire le *debriefing*.

— Alors ?

Volter sort un paquet de blondes, des Karelia Agrinio ramenées d'Athènes. Quinze jours plus tôt, de retour de Grèce, il avait exhibé un sac de sport rempli de cartouches. *Un acte militant !* C'est ce qu'il avait clamé en alignant les rangées de paquets sur les étagères de son coin-bureau.

Il se coince une tige entre les dents, sort son briquet-tempête et tire une taffe.

— Ce qui me fout en l'air, c'est qu'elle sera présidente un jour.

— Qu'est-ce qui vous fait dire ça ?

— C'est comme ça. Une putain d'évidence. Je ne sais pas si vous avez remarqué, mais je ne l'ai pas lâchée une seule seconde.

— J'ai vu.

— J'ai pas loupé un mot, pas ignoré une seule de ses respirations. Et je peux vous dire qu'elle est forte, la garce. Une putain de maîtrise ! Quand je pense qu'elle n'a pas trente ans…

Il se tait, le temps d'une bouffée supplémentaire.

— Ce qui est sûr, c'est qu'on a pas fini d'entendre parler d'elle.

Au bout d'une interminable ligne droite, surgit le premier rond-point de Fos-sur-Mer. Un horizon d'herbe rase et de cuves métalliques rouillées par les saisons.

*

UNE HEURE PLUS TÔT.

Dans l'un des salons de l'hôtel, des colonnes blanches, des fauteuils Voltaire drapés d'orange et beige. Presqu'appuyée contre une vitre, le regard orienté vers les jardins, la candidate du Parti National de France.

Jeans, chemisier blanc, blazer noir à boutons dorés, le blond des cheveux flottant sur les épaules. Elle s'est tournée vers eux, s'est avancée, leur a tendu la main. Comme si elle était chez elle, elle les a invités à s'asseoir, a commandé du thé, du café, des jus d'orange.

À première vue, s'est dit Aïcha Sadia, elle a l'allure d'une étudiante en droit, rien de plus. Et puis, au sombre du regard, à la minceur des lèvres, à la manière qu'elle a eu de s'avancer vers eux, la commissaire a senti la force de l'ambition. Comme un destin en marche.

La jeune élue a dit, *je suis bouleversée*. Elle a expliqué que Tarek Bsarani, avant d'être son directeur de campagne, était avant tout un ami. Quelqu'un qu'elle aimait profondément. Elle voulait savoir ce qui s'était passé, s'ils avaient déjà des pistes, une idée, quelque chose.

Dans la voix de la jeune femme, Aïcha Sadia a noté une réelle peine. Un sentiment de détresse que Manon Péan a eu du mal à dissimuler.

Dans le marron de ses yeux, la commissaire a remarqué un menu strabisme, plus que léger. Une fragilité dans le regard.

Aïcha a laissé le serveur disposer la théière en argent, emplir de café fumant la porcelaine des tasses.

Puis, elle lui a dit que la mort de Bsarani n'était pas une affaire de voyous. Pas un simple meurtre mais une exécution en règle. Pour retrouver la trace des coupables, de tous les coupables, exécuteurs et ordonnateurs, il fallait qu'elle lui raconte ce qu'elle savait de lui. De leur première entrevue jusqu'à aujourd'hui.

Manon Péan a bu sa tasse d'un trait, puis elle s'est adossée au fond de son fauteuil. Son regard s'est égaré un instant sur les frises romaines du plafond.

Au rappel de sa première rencontre avec Bsarani, elle a souri. De ce sourire qu'ont parfois les femmes lorsqu'elles évoquent une lointaine image paternelle…

*

À hauteur de Port-de-Bouc, des barres d'immeubles bordées de résidences crépies. Des bonheurs en parpaing bâtis en moins d'une saison. En face, le défilé lancinant des tankers qui vont vider à Fos.

— Vous l'avez trouvée convaincante, vous, patronne ?

Lui dire oui.

Et non.

— Quand elle nous a parlé de Bsarani, je l'ai trouvée sincère. Je crois qu'elle l'appréciait vraiment.

La commissaire songe à l'âge de la candidate, à la violence des campagnes électorales.

— Je pense que, d'une certaine manière, Bsarani la rassurait.

À son tour, elle allume une mentholée, se coince le filtre entre les lèvres. Puis, elle poursuit son propos comme on pense à voix haute.

— Ce que j'ai ressenti, Volter, c'est que derrière ce que Manon Péan affiche, la dureté, la raideur, la conviction extrême, vous voyez, son côté « rien à négocier », derrière tout ça, il y a une femme de moins de trente ans qui a sans doute besoin de protection. Je ne parle pas des deux gardes du corps à l'entrée du salon. Non, je veux parler de réconfort et de tranquillité.

Elle négocie en douceur la première courbe après le pont de Martigues.

— Je crois que Bsarani lui apportait tout ça à la fois. Un peu comme un père. D'ailleurs, il en avait l'âge.

La sortie Lavéra laissée sur le côté, les kilomètres de voie rapide défilent vers Carry-le-Rouet.

*

Pour l'instant, aucune piste n'est exclue. C'est ce qu'Aïcha lui a dit.

Et quand la commissaire a prononcé les mots suivants, elle n'a pas lâché le regard de son interlocutrice.

Hypothèse syrienne impossible à écarter. La possibilité slave ou russe non plus, à cause de l'arme.

Et puis la question est tombée, sans prévenir.

— Vous croyez que Bsarani aurait pu tremper dans un trafic de migrants ? Il y a tellement de fric à se faire en ce moment. Et je crois qu'il aimait l'argent, non ?

La réaction fut immédiate. Sans sommations.

Une véritable plaidoirie.

Tarek Bsarani était un ami de longue date de Bachar el-Assad. Le Président syrien et lui étaient du même âge et avaient fréquenté le même établissement scolaire à Damas ; l'école Le Frère, un lycée de France. Bsarani était fidèle en amitié, jamais il n'aurait fait d'affaires avec les insurgés. Jamais ! Quant à sa ligne politique, elle était on ne peut plus limpide. S'il était devenu son directeur de campagne, c'est que sa lecture du monde était celle du parti. D'un côté, soutien à Bachar el-Assad dans sa lutte contre les extrémistes musulmans. De l'autre, soutien aux Russes dans leur politique d'aide au régime de Damas.

— Mieux vaut soutenir un régime autoritaire et laïque que de livrer le pays aux fous d'Allah. Pour Tarek Bsarani, je vous assure que les choses étaient parfaitement claires…

Sur la gauche, au loin, l'herbe rase de l'aéroport de Marignane. Les silhouettes grises, presque transparentes des avions en partance.

— Vous voyez, Volter, c'est sur la fin que j'ai un petit doute.

Quand Aïcha Sadia s'était levée, les deux femmes s'étaient serré la main. Avant de prendre congé, la commissaire avait laissé tomber son ultime question.

— Dites-moi, Bsarani, vous l'avez vu quand pour la dernière fois ?

Depuis le début de l'entretien, premier instant de flottement, infime tangage. Une lueur de surprise dans le regard, à peine une seconde.

— Avant-hier, je crois...

Aïcha lui avait soutenu son regard avant de lâcher la dernière phrase.

— J'aurais aimé que vous en soyez sûre...

La descente sur Marseille et la voie rapide en larges courbes jusqu'au Port Autonome.

— Vous voyez, mon petit Volter, elle nous a dit beaucoup de choses, votre future présidente, mais je crois qu'elle a préféré garder un tiroir secret. Peut-être même qu'elle nous a menti.

10

Lens, mardi, dix heures trente

Brusquement, le ciel se voile de sombre, le vent fait valser la cime des arbres.

Et puis, ça craque et ça s'enchaîne. Une pluie de grêlons comme de l'artillerie. La route sous le blanc de la couche, le brusque crépitement contre la tôle, les essuie-glaces affolés, le pare-brise couvert d'une buée soudaine.

Carole Vermeer vire sur le bas-côté. Elle laisse le moteur tourner, enclenche la ventilation à fond.

— On va attendre que ça passe, Martin. Pas la peine de se fiche dans le décor. On est presque arrivés.

Le parc d'activités des Moulins.

Au sud du stade Bollaert, une zone industrielle coincée entre l'A211 et un faisceau de voies ferrées. Des rues bordées de préfabriqués, de hangars, d'entrepôts et d'aires plus ou moins en friche.

— Bon, ça a l'air de se calmer.

Rue Thomas-Edison. Un peu plus loin, sur la droite, se dresse une bâtisse de parpaings surmontés d'un sigle lumineux : NSF.

Un parking de terre semé d'ornières et de graviers épars. La Renault s'immobilise devant le panneau VISITEURS. Au pas de course, sous la pluie redevenue cinglante, blouson relevé sur le crâne, les deux policiers traversent la zone jusqu'à l'accueil.

À l'intérieur, un vaste salon en rotin, des plantes vertes, des halogènes et, accrochés aux poutres apparentes, de petits projecteurs aux trajectoires étudiées. Aux murs, des vues géantes de Yann Arthus-Bertrand. *La Terre vue du ciel*, l'Amazonie, Mexico, Le Caire, les courbes élégantes du Danube ou de la Volga.

Sous une sorte de palmier d'intérieur, la secrétaire décolle les yeux de son écran.

— C'est pourquoi ?

La capitaine lui décoche un bonjour sonore avant de lui coller sa carte tricolore sous les yeux.

— Ah oui. Je crois qu'il vous attend.

Elle saisit le combiné de la ligne interne.

— La police…

Premier sourire à ses visiteurs.

— Sympa, la déco, non ?

Pas le temps de répondre qu'elle enchaîne en pointant du doigt les vues aériennes.

— C'est le patron qui a tout choisi. Il dit que l'altitude, c'est le seul remède. Au moins, de là-haut, on ne voit pas toute la racaille qui grouille sur terre. Pas bête, non ?

Carole Vermeer lui dirait bien que de là-haut, on n'entend pas les conneries, non plus, et que ça doit sérieusement reposer. Mais elle préfère se taire, d'autant que la porte vient de s'ouvrir sur un géant en costume trois-pièces. Deux mètres de carcasse faite pour les abattoirs et qui avance, sourire Ultra-Brite et main tendue.

— Nino Fontani.

Il contourne la secrétaire, pousse une porte qui ouvre sur un couloir.

— Vous n'avez qu'à me suivre. Sur le parking, il y a une entrée directe à mon bureau, mais avec ce qui tombe, je vous fais passer par les coulisses.

Au fond d'un couloir encombré de cartons, un bureau grand comme une salle de réunion. Aux murs, des graphiques punaisés, des stats, des plannings. Au fond de la pièce, face à une baie vitrée donnant sur le parking, un plan de travail posé sur des tréteaux.

Fontani contourne le meuble, s'installe dans un fauteuil cuir à roulettes. D'un geste, il invite ses hôtes à disposer des chaises.

— Comme vous m'avez demandé au téléphone, Dragan Lukic devrait pas tarder. C'est le chef d'équipe pour IKEA. Les autres, sont tous rentrés chez eux se pieuter. Faut comprendre, ici, c'est comme à l'usine, les gars font les postes. Mais si Lukic ne vous suffit pas, capitaine, pas de problème, je vous organiserai une rencontre avec les autres.

Carole Vermeer a noté la chevalière à l'auriculaire droit, la gourmette en or massif, la chaîne à grosses mailles au col ouvert de la chemise. Sans oublier les dents à cinq mille balles la rangée.

À travers le panneau vitré, garé face à l'entrée, un 4x4 Mercedes toutes options.

— Ça a l'air de marcher, les affaires ?

Fontani sort un paquet de Dunhill.

— Ça vous gêne pas ?

Un non du bout des lèvres.

Une première taffe et le discours entendu cent fois du patron qui n'en peut plus de bosser pour les autres et de nourrir la terre entière…

— Faut pas se fier aux apparences, vous savez. Le costard, la bagnole, les bagouzes, tout ça c'est pour impressionner le client. De la com', si vous voulez. On peut pas dire qu'on bosse pas. Non. De ce côté-là, ça va. Mais c'est les charges. Toutes ces putains de taxes…

Par la baie vitrée, vue grand écran sur le parking.

Du monospace qui vient de se garer, descend un type en veste de treillis qui traverse la cour au pas de charge.

Bientôt des pas dans le couloir.

— C'est Lukic, annonce Fontani. Il est Serbe, mais vous verrez, si on s'accroche un peu, on arrive à le comprendre.

Le Serbe fait son entrée. Jeans, santiags, tee-shirt et veste kaki. Petit et pas un gramme de bide. La ceinture serrée au dernier cran, les joues en sillons pas rasés depuis deux jours.

À peine un regard aux deux policiers.

— Vous m'avez demandé, patron ?

Carole Vermeer se lève.

— Non, c'est moi qui vous ai demandé.

Elle le dépasse d'une tête et ça lui plaît.

— Je suis la capitaine Vermeer du commissariat d'Hénin-Beaumont.

Martin se dresse à son tour.

— Mon adjoint, précise Vermeer, le brigadier Martin.

Lukic semble étonné. Il se tourne vers Fontani.

— Pourquoi police, patron ? J'ai fait amende de vitesse ?

Fontani écrase sa clope.

— Du tout. La capitaine Vermeer veut simplement t'interroger sur la nuit dernière à IKEA.

Le Serbe fonce les sourcils.

— Dernière nuit ?

Carole Vermeer va chercher une troisième chaise, invite tout le monde à s'asseoir.

— Vous êtes au courant de ce qui s'est passé, monsieur Lukic ?

L'autre ne quitte pas son patron des yeux.

— De quelle chose faudrait savoir ? Rien de spécial. Nuit passée, rien du tout…

La capitaine cherche à accrocher le regard du chef d'équipe.

— C'est à moi qu'il faut parler, Lukic. Ce matin, c'est moi qui pose les questions. OK ?

Elle se dit qu'elle a rarement vu des yeux d'un bleu autant délavé. Presque gris, comme dilué.

— OK. Moi j'écoute Madame Capitaine.

Elle choisit des mots simples. Lui raconte le corps des femmes noires dans la boue, au pied des arbres du bois du Pommier. Elle lui dit le viol, la mort par strangulation. Que tout ça s'est passé la nuit dernière, à pas huit cents mètres des parkings dont lui et ses hommes assuraient la surveillance.

— ... Ces deux femmes sont bien arrivées de quelque part, monsieur Lukic. Des hommes ont dû les transporter jusque là-haut, dans le bois. Aussi, je veux savoir si vous avez remarqué quelque chose, des voitures, des phares, n'importe quoi qui aurait pu attirer votre attention.

Le Serbe regarde à nouveau son patron, d'une mimique lui fait comprendre qu'il n'a pas bien saisi.

Fontani lui traduit les propos de Vermeer.

— Vous parlez Serbe ? s'étonne la capitaine.

— J'étais adjudant au 2e REP en 92-93. Alors, deux ans de Yougo, ça aide.

Il allume une autre Dunhill.

— Lukic va pouvoir vous répondre, maintenant.

Le Serbe cherche ses mots, visiblement tient à se faire comprendre.

— Hier, grosse tempête toute la nuit. Beaucoup de vent, beaucoup de pluie, même grêle. Les rondes dehors, minimum. Les hommes et moi, beaucoup à l'intérieur.

Il se tait, attend un encouragement à poursuivre.

— C'est bon, continuez.

— C'est triste pour femmes, capitaine, mais nous, rien vu. Rien remarqué. Dommage.

— Vous étiez combien ?

— Six, capitaine. Avec moi, six.

Elle s'adresse à Fontani.

— Quel genre, les autres ?

— Comment ça ?

— Quel âge, quelle expérience ? Leurs profils, si vous voulez.

Fontani ouvre un tiroir, sort une chemise cartonnée qu'il pose sur son bureau.

— C'est leur CV. Vous pouvez les photocopier et les emmener. Vous verrez, ils ont tous un peu le même pedigree. Entre trente et quarante ans, souvent des anciens militaires. Pour la plupart, ça fait plusieurs années qu'ils bossent chez nous, et j'ai rien à redire. Même pour les missions les plus délicates.

— C'est-à-dire ?

Un sourire qui voudrait en dire long. Un genre de complicité.

— Les meetings du Parti National de France, par exemple, disons que c'est pas simple. Les militants, c'est rien. C'est juste des passionnés qui prennent Maryse Péan pour Jeanne d'Arc. Entre parenthèses, je les comprends, vu la merde dans laquelle les politicards nous ont laissés. Vous ne croyez pas ?

Lui taire qu'elle est à peu près d'accord, que les corrompus de droite et de gauche, ils ont creusé le trou dans lequel le PNF va les enterrer pour de bon.

— C'est pas que ça ne m'intéresse pas, mais vous savez, dans la police…

— Je comprends, capitaine. Devoir de réserve, comme on dit. Mais vous inquiétez pas. Tout ça va changer un de ces jours. Suffit d'être patient…

— Je crois qu'on s'éloigne, monsieur Fontani.

— Oui, excusez-moi. En fait, je voulais parler des provocateurs qui viennent chercher la cogne, se faire du facho, comme ils disent. Et là, faut avoir du doigté. Parce que faut les voir, les *assoces*, les droits de l'homme, les conneries antiracistes et tout le bordel. Surtout qu'en général, il y a des caméras qui traînent un peu partout. Et les journalistes, vous les connaissez comme moi…

Martin soulève ses fesses de sa chaise, se penche à l'oreille de sa supérieure.

— Dites-moi, monsieur Fontani, coupe Carole Vermeer, quel genre de véhicule utilise l'équipe de Lukic ?

— Lukic ? Son groupe fonctionne avec des Ford Kuga. Ce sont des petits tout-terrain, pourquoi ?

— Et qui s'occupe de l'entretien de ces véhicules ?

— C'est simple, chaque équipe est responsable de l'état de sa flotte. Mécanique, propreté, entretien. Mais pourquoi…

— Est-ce que vous pouvez demander à monsieur Lukic le type de pneumatiques montés sur vos Ford Kuga ?

En quelques mots de Serbe, Fontani interroge son chef d'équipe.

— Ce sont des 235/55 R en 18 pouces. En général, du Bridgestone. Pourquoi, ça vous intéresse, la mécanique ?

Elle se lève, remonte la fermeture éclair de son blouson.

— Ce matin, sur la scène de crime, le brigadier Martin a pu photographier des empreintes de pneus laissées dans la glaise, à deux pas des victimes. Apparemment, ça n’est pas le même modèle que les vôtres.

Elle tend la main à ses interlocuteurs.

Quelques mots de remerciements et, moins d’une minute plus tard, la Mégane franchit la grille.

— Qu’est-ce qu’on fait maintenant, patronne ?

— On rentre au bercail, Martin. Mais avant, j’aimerais faire un tour au Pommier.

— Mais on a déjà tout fouillé, cette nuit.

— C’est vrai. Mais c’est au grand jour que je veux voir ce foutu endroit. Sans Kapriski, sans toubib, sans halogènes. Sans aucune pression. À la lumière, juste vous et moi…

Dans l’habitacle, chacun se tait, occupé à revisionner l’heure passée.

— Comment vous les avez trouvés, Martin ?

Le vieux brigadier vosgien semble réfléchir.

Des mots simples pour dire ce qu’il ressent.

— À part leurs sales tronches, capitaine, il y a pas grand-chose à leur reprocher.

Il hésite une seconde avant d’ajouter.

— Pour l’instant.

Pour l’instant, lui, il préfère se taire. Il a trop envie de la surprendre, sa supérieure. Alors, avant d’ouvrir sa gueule, il faut qu’il vérifie, qu’il constate. Le type exact des pneus du 4x4 Mercedes de l’Italien, par exemple. Sans parler de la tôle du tout-terrain qui luisait sous l'orage. C'est quand même une drôle d'idée d'avoir briqué sa bagnole par un temps pareil…

Au creux du ventre, la capitaine Vermeer sent une décontraction s'installer. Soudaine autant qu'inexplicable. Comme un nœud qui cède. L'envie de fouler le sentier du Pommier la pousse vers l'avant, lui donne presque des ailes. S'accroupir là où les corps ont laissé leur empreinte dans la glaise à demi-sèche, reconstituer la violence, imaginer le regard fou des hommes.

Elle appuie sur le champignon, ignore le flash des radars automatiques.

Entre les nuages, du bleu en parcelles. De chaque côté de la voie rapide qui mène à Hénin-Beaumont, des terrils à l'abandon. En mode survie, des arbres s'accrochent aux versants de houille. Le dimanche, sur les pentes noires, des enfants jouent aux ouvriers d'avant.

11

MARSEILLE, MARDI DOUZE HEURES

Sur les quais, les voyageurs en provenance de Paris. Comme une vague. Perdus dans cette marée de costards et d'attachés-cases, quelques touristes, sacs de voyage en bandoulière.

La commissaire Aïcha Sadia le repère de loin, son détective privé.

Précédant sa valise à roulettes, Sébastien Touraine se fraye un passage, porte le regard à l'entrée du quai, au cas où…

Et puis, il lève la main, sourit à celle qui vient de lui faire signe.

— Sympa, d'être venue me chercher.

Il note le bleu prononcé de ses cernes, suppose la nuit courte, mesure la pression qu'elle a sur les épaules.

Dehors, l'escalier de la gare Saint-Charles plonge sur la ville.

— T'es garée où ?

Du doigt, elle pointe le haut du boulevard d'Athènes.
— Là, en double-file, derrière les CRS.
D'une main, il soulève son bagage, de l'autre, laisse leurs doigts s'entrecroiser.
— Ce midi, belle commissaire, c'est moi qui invite. Où tu veux, ça me fait plaisir.
Elle empoigne sa valise, la balance à l'arrière du break.
— Désolée, mais ce midi, c'est pizza-bière dans mon terrier. Avec la putain d'affaire qui vient de me tomber dessus, je te dis pas comme je suis au taquet.
— Je sais. Ce matin, j'ai pu choper les infos.
Puis il grimpe sans broncher.
Par cœur, il la connaît par cœur. Il sait déjà qu'elle va se taire tout le trajet, qu'elle freinera sec sur le parking du commissariat et qu'une fois le moteur coupé, elle lui dira ce qu'elle attend de lui.
Descente de la Canebière en gyrophare, puis le Vieux-Port suivi de quelques sens interdits.
Sur le goudron du parking, les traces de l'orage de la nuit précédente ont disparu.
Elle coupe le contact, se fiche une menthol entre les lèvres.
Son Sébastien, elle sait comment il fonctionne sur le bout des doigts. Sur les événements d'hier, sur les personnages, le décor, il aura d'emblée une vue d'ensemble. Puis, de chaque élément, comme à la loupe, il procédera à une observation minutieuse. Un examen à sa manière.
Depuis longtemps, Sébastien Touraine considère chaque scène de crime comme un tableau, une toile

qu'il faut disséquer, visionner sous tous les angles, appréhender de distances différentes jusqu'à déceler la signature irréfutable de son auteur.

— J'ai besoin de ton regard, Sébastien. Que tu me dises tes premières impressions. Théo, moi, toute l'équipe, on a tellement le nez dedans depuis hier soir, qu'il y a des aspects de l'affaire qui doivent nous échapper. C'est sûr…

Il ouvre la portière, contourne le véhicule.

— OK. D'après ce que tu m'as dit au téléphone, j'ai déjà un petit aperçu. Une sorte d'entrée en matière. Mais là, tu vas tout me raconter. Dans le moindre détail.

Une fois dans le commissariat, ils se précipitent vers l'ascenseur.

— Dis-moi, Aïcha…

— Oui ?

— Je veux bien réfléchir, me secouer les neurones, tout ce que tu veux. Par contre, tu me connais, moi, le ventre vide…

Ils s'engouffrent dans la cabine, laissent la porte coulisser.

— T'inquiète. Un coup de fil chez Aldo et, dans un quart d'heure, tu pourras te goinfrer à volonté.

*

Dix-neuf heures trente

Sur les quais du port autonome, la vie prend son rythme du soir. Les équipes de nuit croisent ceux qui rentrent au bercail, des voitures s'immobilisent, d'autres s'éloignent vers les quartiers. À la verticale des pontons, dans les lueurs encore vives du jour, se balancent des containers en files aériennes.

Aïcha observe de loin les hommes dans leurs gestes rituels. Les sacs déposés dans les casiers, la dernière clope avant la prise de poste.

Dans son dos, la porte s'ouvre.

Elle suit un instant un ferry en partance, avant de se retourner sur Sébastien Touraine.

En début d'après-midi, une fois la *quatre-saisons* avalée, l'ancien flic s'est laissé tomber dans le fauteuil club, a décapsulé sa canette Heineken. Une fois bien calé entre les accoudoirs, il a écouté le récit d'Aïcha sans dire un mot. Tout juste quelques notes prises sur le bloc posé sur ses genoux.

Après avoir vidé sa bière d'un trait, il lui a posé quelques questions, est revenu sur les points qui, selon lui, méritaient une précision. Le portrait de l'observateur canardé sur son balcon, le témoignage des passants, la reconstitution du meurtre élaborée par Théo Mathias.

Puis, il s'est levé. Nécessaire pour lui de voir la scène de crime, de saisir la perspective, la géométrie des lieux, les trajectoires. Besoin d'y respirer l'atmosphère…

— Alors, l'œil du maître ?

À nouveau, il s'empare du fauteuil cuir.

Au bleu brillant de ses yeux, il sait qu'elle a dormi. Au chiffonnage de ses mèches brunes, il devine le sommeil profond dans lequel elle est tombée. Un endormissement comme une chute.

Au presque effacement des cernes, il sait qu'elle a récupéré.

— J'ai passé un peu plus de deux heures sur place. Après, je suis repassé à l'appart et j'ai pris une bonne douche. Ensuite, je me suis installé sur la terrasse, et là, tu me connais, je me suis mis à écrire, à dessiner, tout ce que tu m'as dit, tout ce que j'ai observé, aussi.

Sa mine se tend.

— Cette scène de crime, tu vois, cette fois-ci, ça n'est pas un tableau. Non, c'est une scène de théâtre. Tout y a été étudié, comme pour une représentation.

D'abord, le décor : ce tronçon de l'avenue des Chartreux, le feu rouge, l'immeuble en arrière-plan avec ses balcons.

Et puis, les acteurs : Bsarani sur sa moto, le tueur à la BM, son chauffeur, et puis le vieux qui a tout vu de sa petite terrasse, sans compter les passants, couchés par terre après le premier coup de feu, et qui n'ont rien manqué du spectacle.

Et puis, les accessoires : la moto, la BM de service, le nagant et ses cartouches d'un autre temps.

Et enfin, le parfait déroulé de l'action. D'une fluidité absolue, comme si ça avait été tourné en un seul plan : la moto qui stoppe au feu, la BM à sa hauteur, la vitre passager qui se baisse et le premier coup de feu tiré dans la gorge. L'homme au nagant descend, achève Bsarani, puis il se tourne vers le balcon, de l'autre côté de la rue, et vide son chargeur en direction du pauvre vieux qui a tout vu. Enfin, l'homme remonte dans la voiture qui disparaît tranquillement au bout de l'avenue devant les yeux effarés de tous ceux qui passaient par là.

Sébastien se tait un instant.

— Si ça, ça n'est pas de la mise en scène, franchement, je change de job.

La commissaire s'installe dans le canapé, face à son compagnon.

— Objection, votre honneur.

— Je t'écoute.

— Que ce meurtre soit parfaitement orchestré, c'est normal, Sébastien. Que tout ait été minutieusement préparé, cela me semble également normal. J'ai presque envie de dire *obligatoire*. Franchement, l'exécution du directeur de campagne de Manon Péan, ça n'est pas une affaire de petit banditisme. C'est une opération commando, rien d'autre. Inévitable que ce genre de projet soit préparé avec minutie, non ? Alors, toi, qu'est-ce que tu veux dire exactement par *mise en scène* ?

— Ce que je veux dire, c'est que tout a été organisé pour vous livrer chaque détail de l'opération. L'immat de la caisse, l'arme, les cartouches. Tout a été fait pour qu'aucune info ne vous échappe. Avoue que c'est quand même rare, chez les tueurs, de jouer les Petit Poucet à ce point. Non ?

Elle ne répond pas.

— Alors moi, ce que je crois, c'est qu'il va falloir regarder au-delà de tout ça. Dépasser le film qu'on vous propose. Et c'est sans doute là que la vidéo va jouer son rôle. Parce que ça, à mon avis, les mecs ne l'avaient pas prévu. Du théâtre, c'est clair, mais une version cinéma, ça m'étonnerait.

Sur le bureau, les vibrations du portable d'Aïcha Sadia.

— C'est Théo.

Elle écoute sans rien dire. Se contente de hochements de tête réguliers.

— OK. On arrive.

Aïcha enfile sa saharienne.

— Il nous attend devant chez le vieux. Celui du balcon. Apparemment, un truc pas clair. Il m'a juste dit, *je crois qu'ils se sont foutus de notre gueule*.

Touraine s'efface devant la porte ouverte.

— Tu vois, je l'avais dit. Tout ça, c'est de la comédie. De la poudre aux yeux des flics…

12

Hénin-Beaumont, douze heures quinze

À l'entrée du sentier qui mène au bois du Pommier, elle salue les gendarmes, prête une oreille attentive à l'énumération qu'ils font de la cohorte de journalistes refoulés depuis le matin.

Dans la voiture, au flash RTL de midi, elle a appris pour le directeur de campagne de Manon Péan. À Marseille, exécuté sur sa moto, au beau milieu d'une avenue, comme le juge Michel en son temps.

Elle et Martin ont écouté la réaction de la candidate à la présidence de la région PACA. Puis les premiers commentaires des spécialistes, les réactions des politiques, les analyses, entre les mots de certains l'insidieuse supposition que la victime aurait pu tremper…

La capitaine Vermeer a préféré couper la radio. Balayer les foutaises, les soupçons indignes, tous les ragots de la presse, cette soi-disant liberté d'expression.

Elle a serré les dents parce qu'il faut se taire, ravaler cette envie de hurler qui la submerge parfois.

— Nous, on a une mission, Martin – c'est ce qu'elle s'est contentée de dire – faire la lumière et commencer à nettoyer la merde.

Accroupis dans la boue, les spécialistes de la Scientifique.

Le commandant Renaud, responsable du groupe d'enquête de criminalistique du SRPJ de Lille, a ouvert le coffre de son break, s'est assis sur le bord, un ordinateur portable sur les genoux.

Carole Vermeer contourne la zone balisée par les techniciens.

Renaud lève les yeux.

— On vient aux nouvelles, capitaine ?

En s'approchant, elle se dit que, contrairement à d'habitude, les lumières du jour n'ont rien modifié à la scène de crime telle qu'elle l'avait gardée en mémoire. Dans la glaise, l'empreinte des corps s'est juste quelque peu rigidifiée, l'herbe autour ne semble pas avoir été piétinée plus que ça.

— J'avais envie de revoir l'endroit, mais en plein jour. Et j'avoue que je suis surprise. Des fois, à la lumière, les choses nous paraissent différentes, mais là, rien ne semble avoir changé depuis cette nuit.

Le commandant referme son portable.

— Déçue ?

— Non. En fait, ça me conforte dans ma première impression.

— C'est-à-dire ?

Elle songe à la peau noire des filles dans la boue, à leurs doigts écrasés. Elle revoit les côtes saillantes sous la lumière crue de l'halogène, et les traces de sperme dessinant des traînées translucides pareilles à celles des limaces.

— Dites-moi, commandant, combien d'empreintes de véhicules vous avez relevées ?

Renaud ouvre à nouveau son ordinateur.

— D'après les marques de pneus, je suis catégorique : un seul véhicule, un tout-terrain chaussé grand luxe. J'ai transmis les clichés au labo. Il devrait nous fournir le type de pneumatiques dans les deux heures. Mais vous ne m'avez pas dit, pour votre première impression.

Les yeux rivés à son téléphone portable, le brigadier Martin s'approche d'eux.

— Excusez-moi, commandant, mais pour les boudins, on a déjà l'info. C'est du 295/30 R20. Du haut de gamme à près de trois cents euros pièce.

Dans les yeux de Carole Vermeer, un éclat d'insolence.

— Vous voyez, on est peut-être dans le trou du cul du monde, ici, mais on est pas des traîne-patins.

Un clin d'œil au brigadier.

— Maintenant, Martin, il n'y a plus qu'à identifier les bagnoles équipées de ce genre de pneus.

Le soleil de septembre perce entre deux nuées, se met à chauffer gentiment les nuques.

Un coup d'œil à sa montre. C'est bon, Beaurepaire devrait rentrer de Lille vers quatorze heures. Ça lui laisse le temps de déposer Martin au commissariat et de rentrer chez elle casser une petite graine. Elle est comme ça, Carole Vermeer, pas de bouffe, pas de boulot. Un hot-dog maison, des frites surgelées, une bonne dose de ketchup, et c'est le bonheur. Rien à cirer de ses bourrelets. Après tout, les poignées d'amour, ça peut aussi se conjuguer au féminin…

— Dites-moi, capitaine…

— Oui, excusez-moi, j'étais dans mes pensées. Ça m'arrive, des fois. Ma première impression, puisque vous voulez savoir, c'est qu'on nous prend pour des billes. Cette scène de crime, vous voyez, ça sent le piège à cons à deux kilomètres.

Excitée d'exprimer à voix haute ce qu'elle se murmure en aparté depuis des heures, elle sort son paquet de blondes, s'en coince une entre les lèvres.

— C'est simple, commandant. Vu les traces de sperme relevées sur les deux victimes, les agresseurs étaient au moins six. L'examen des légistes nous le confirmera, j'en suis sûre. Alors, six violeurs et deux victimes, ça nous fait huit. Peut-être neuf, même. Et sur la scène de crime, on a relevé les traces que d'un seul véhicule. Alors, excusez-moi, mais neuf personnes dans un 4x4, ça commence à faire beaucoup. Alors, pour moi, c'est évident : c'est après avoir été violées que les deux Africaines ont été transportées ici. Elles ont été tuées ailleurs, j'en suis certaine. Je ne sais pas ce qu'on veut nous cacher en nous faisant croire qu'elles ont été assassinées dans ce bois, mais je peux vous assurer que je vais le découvrir. Et pas dans quinze jours !

Elle jette un coup d'œil aux techniciens à genoux dans l'herbe rase du sous-bois.

— En gros, commandant, ça n'est pas une scène de crime que vous analysez ici, c'est une scène d'après crime. Le véritable lieu des meurtres, il est ailleurs.

Quelques pas en direction de Martin qui disparaît au bout du sentier.

Elle lève la main.

— Salut, commandant ! Et je compte sur votre rapport. Ça m'aidera. Disons, demain…

Renaud sourit à la jeune policière qui s'éloigne.

— Vous pouvez compter sur moi. Et bon courage ! Parce que cette affaire, entre nous, c'est pas un cadeau !

13

MARSEILLE, MERCREDI 2 SEPTEMBRE,
HUIT HEURES VINGT

Les mots défilent en boucle en bas des écrans.

Sur les télés du monde, un petit garçon, face contre terre, une joue contre le sable.

Inerte et trempé.

Bermuda bleu marine, tee-shirt rouge, semelles de crêpe tournées vers le ciel.

Minuscule échoué, les petits bras le long du corps, les mains ouvertes.

Près de lui, debout, un officier ne peut que constater sa mort.

Sur toutes les chaînes d'infos en continu, l'image se répète. Une infinie reproduction.

Aylan Kurdi, jeune Syrien d'origine kurde âgé de trois ans, a été retrouvé sur une plage de Bodrum, en Turquie. Mort noyé, avec son frère et sa mère... Aylan Kurdi, jeune Syrien d'origine kurde âgé de trois ans a été retrouvé sur une plage de Bodrum en Turquie. Mort noyé, avec son frère et sa mère… Aylan Kurdi, jeune Syrien d'origine kurde âgé de trois ans a été retrouvé sur une…

Aylan Kurdi devenu enfant de la planète.

La commissaire Aïcha Sadia, au travers des couloirs qui parcourent le commissariat, a vu les écrans allumés. Dans chaque bureau, les commentaires, les silences.

Une sidération.

Une fois dans son terrier, elle a allumé la Samsung haute définition. Elle a zappé, fait défiler les chaînes, n'a pu échapper à l'image du jour.

Elle n'a pas eu d'enfants, et pourtant, face au corps allongé d'Aylan, c'est une drôle de douleur qui lui brûle le ventre.

Elle monte le son, entend l'histoire de Rehana Kurdi et de ses deux petits garçons, Aylan et Galip. L'histoire du pays abandonné, du fracas de la guerre laissé derrière eux. Le récit de ceux qui tentent à tout prix de rejoindre les autres, heureux, déjà en Angleterre.

L'histoire des bateaux livrés à la nuit, aux forces des courants.

Rehana, Aylan, Galip… L'histoire de la mort qui a bien voulu d'eux.

On apprend que seul le père s'en est sorti. Il a le visage posé au creux des mains.

Par la porte restée entrouverte, défilent un à un les hommes de son équipe. Chacun s'installe. Les regards ne quittent pas l'écran.

Sur d'autres images, on voit le militaire, bienveillant dans sa manière de prendre l'enfant dans ses bras. De le soustraire au photographe.

Aïcha ne sait pas pourquoi, mais elle est triste comme si elle avait perdu un fils. Elle a envie de pleurer. De hurler le deuil soudain qui la gagne.

Face aux regards de ses hommes, à leur silence, elle sait ne pas avoir le droit de craquer. Alors, elle se concentre sur les mots qui viennent.

Elle songe un instant à Tarek Bsarani. Se dit que lui aussi fut un enfant de Syrie. Elle espère simplement qu'il ne l'avait pas oublié.

Se lancer.

— Aujourd'hui, c'est pas une journée comme les autres. Il y a parfois des images qui changent le regard qu'on porte sur le monde. On a tous le 11 septembre 2001 en tête. Plus près de nous, les attentats de Charlie, l'hyper casher et le reste…

L'évocation de l'actu canalise sa pensée.

Elle pointe l'écran du doigt.

— Des gamins qui meurent, il y en a tous les jours. Les réfugiés qui disparaissent dans la Méditerranée, on n'y fait même plus attention. Mais celui-là, le petit Aylan, je ne sais pas pourquoi, c'est pas la même chose. On se l'est tous pris dans la gueule, ce matin, un peu comme si c'était notre gosse.

Elle se tait, ravale sa salive, son émotion.

— C'est tout. Voilà ce que je voulais dire.

Un regard circulaire.

— Quelque chose à ajouter ?

Le jeune Volter lève la main.

— Juste souligner que Tarek Bsarani était Syrien, lui aussi. Comme le gosse. C'est fou, non ?

Le regard de la commissaire croise celui de Sébastien Touraine. Elle sait ce qu'il pense, connaît ses théories sur les trajectoires étranges, les convergences inattendues.

— Exact, Volter. Le petit Aylan et Bsarani étaient tous deux Syriens. Mais ça n'est pas leur seul point commun.

Elle note le froncement de sourcils du jeune lieutenant stagiaire.

— Ce qu'ils partagent désormais, c'est d'avoir laissé leur peau.

*

HÉNIN-BEAUMONT

À sept heures, elle descend à la cuisine, laisse tomber deux cuillères à café de chicorée dans une grande tasse qu'elle fait chauffer une minute au micro-ondes.

Carole s'enroule dans le plaid qui traîne sur le canapé, boit une première gorgée tout en cherchant la télécommande.

Sur les chaînes d'info, la photographie d'un enfant noyé, son petit ventre contre le sable d'une plage turque.

Carole Vermeer fixe l'écran, écoute les commentaires.

Elle n'a pas le courage de couper. Elle pose la tasse chaude sur la table du salon, puis elle s'adosse contre le velours côtelé de la banquette et ferme les yeux. La voix du journaliste se fait lointaine.

Dans sa tête, comme un rembobinage du film de sa vie. Des images en accéléré, des picotements le long du dos, une soudaine moiteur de la nuque. Jusqu'au vertige.

Dans sa mémoire, les miroitements de l'étang du village. La rouille de l'automne qui s'installe.

Dans sa main, celle du petit frère.

À la maison, c'est son père qui a gueulé le premier. Comme un coup de tonnerre, un cri à faire trembler les murs.

De sa chambre, à l'étage, Carole a entendu une chaise tomber. La voix du père s'est faite plus forte, celle de sa mère, elle ne l'a plus entendue.

Elle a l'habitude. Elle connaît le scénario sur le bout des doigts.

Quand la seconde chaise a touché le sol, quand elle a deviné le dos de sa mère cogner les portes de l'armoire, Carole a pris son petit frère par la main.

Ils ont descendu les escaliers, sont sortis par l'arrière-cuisine. Devant eux, le jardin à traverser. Et puis le goudron de la départementale sur une centaine de mètres. Les gravillons à suivre jusqu'au chemin de terre qui descend à l'étang du Pont Rouge.

Ils se sont approchés de la rive, se sont assis dans l'herbe.

Le petit a demandé à sa sœur si elle voulait jouer à cache-cache. Elle a dit oui. Le gamin s'est levé, a dit qu'il ne fallait pas compter plus que vingt parce qu'il n'avait pas appris plus loin. Il a ajouté qu'il n'avait même pas peur.

Tout autour de l'étang, une forêt de sapins. Sombre et verte comme dans les livres d'enfants. Carole s'est éloignée entre les premiers arbres. Derrière elle, les mains posées contre les yeux, le petit Jason, son bermuda en jean, son tee-shirt rouge, ses petites tennis scratchées. Derrière elle, la voix du gamin qui compte jusqu'à vingt. Qui hurle les derniers chiffres parce qu'il n'a même pas peur. Presque pas.

Elle s'est accroupie derrière un buisson. Elle a fermé les yeux. S'est laissée envahir par les senteurs du sous-bois, a perçu le clapotis du lac contre la berge d'herbes folles. Elle a entendu nettement Jason crier l'ultime nombre. Alors, elle a guetté le froissement des feuilles sous les pas. À attendu qu'il vienne…

*

Dans la Megane, à travers la ville, la capitaine Vermeer choisit de rouler doucement.

Le temps de se calmer.

De se ressaisir.

À voix basse, elle se fait la morale, tente de recadrer un peu les choses.

Après tout, ce gosse, ça n'est qu'un réfugié de plus englouti par la mer. Des comme lui, on peut les compter par bateaux complets, chaque jour, et c'est pas près de s'arrêter. Tout le monde sait bien que dans ces pays-là, les gamins, on s'en occupe moins qu'ici. De toute façon, là-bas, des mômes, ils en font jusqu'à plus savoir les compter. Alors, un de plus, un de moins…

Et puis, il ne faut pas tout mélanger, sa vie, celle des autres. Chacun ses chagrins, sa merde, son fardeau à traîner…

En approchant du commissariat, elle songe aux deux Érythréennes, à ceux qui les ont fracassées comme des brindilles. Elle pense aussi aux hommes qui les ont abandonnées, larguées quelque part sur le bord de la route. Pas question de les oublier, ceux-là. Il va falloir les retrouver. Après tout, ils ne sont pas moins coupables que les autres.

Elle freine d'un coup sec sur le parking, claque la portière et fonce jusqu'à la porte vitrée.

Dans ses cheveux encore mouillés de la douche, le vent se glisse entre les mèches. Des touffes rouquines qui ne ressemblent à rien et lui battent la nuque.

Chaque matin, face au miroir de la salle de bains, Carole se dit que la vie ne lui a pas vraiment fait de cadeau. Pour s'en sortir, il a fallu se battre, et il faudra se battre encore. Nettoyer la crasse et tout lustrer jusqu'à épuisement…

Elle salue la fille de l'accueil, grimpe les marches quatre à quatre.

Tente d'oublier le rouge des tee-shirts.

Deuxième partie

14

DEUX MOIS ET QUELQUES JOURS PLUS TARD,
HÉNIN-BEAUMONT, JEUDI,
VINGT-TROIS HEURES QUARANTE-CINQ

Quand Kapriski entend son portable vibrer sur la table de nuit, il sait déjà que ça sent mauvais. Un pressentiment. Un peu comme un virage qu'on voit de loin, dont on devine la courbe sinueuse et glissante, l'arc de goudron trempé d'où le tracteur hérissé surgira à l'ultime seconde.

Il saisit son mobile, s'assoit au bord du lit.

Au bout du fil, le vieux Martin cherche ses mots, patine entre les syllabes. Finit par lâcher le morceau : le sang partout sur les parois de plexiglas, le cœur qui bat encore, par intermittence. Et le cerveau, une bouillie sans nom.

Putain ! Il l'avait senti. La merde complète jusqu'à ne plus savoir qu'en faire.

Maintenant, tout le monde va lui tomber sur le dos. Ils ne vont pas se gêner. La hiérarchie, le ministère, la presse, sans compter ces enculés de la mairie qui n'attendent que ça. Un faux pas.

Kapriski enfile son costume de la veille. Il sait que sur ce coup-là, il doit se préparer au pire. La chute jusqu'au fond du puits.

À deux pas de l'axe autoroutier, la résidence *Marie*. Un ensemble d'immeubles de trois étages, reconnaissable de loin à ses toitures verticales en zinc. Habitat de standing, mariage de l'ancien et du moderne, prix du mètre carré qui ne sait plus se tenir.

Sur le parking, l'animation des grands soirs. Autour du Samu, le fourgon des pompiers, les breaks de la gendarmerie, toute la flotte du commissariat. Sans compter les gyros, les flashs, et les CRS venus en renfort.

Partout, les fenêtres en rectangles éclairés, les cages d'escalier qu'on devine grouillantes sous les néons. À chaque immeuble, les appartements éveillés comme pour une finale de Coupe du monde. Les gens penchés aux balustrades des balcons échangent en criant. D'autres, connectés à l'écran de leur portable, commentent à voix basse. Autour des voitures, dans le halo orangé des phares et des lampes, des jeunes et des vieux, des femmes et des hommes qui cherchent à voir quelque chose, à en savoir un peu plus. Ils n'ont pour info que ce qui a filtré et tentent malgré tout d'expliquer. Racontent un événement qui s'étire et se déforme dans les cages d'escaliers. Un récit de revolver et de désespoir. Une histoire de métier de merde.

Kapriski bouscule les fonctionnaires qui barrent l'accès à l'immeuble C. Quatre à quatre les marches de béton moucheté. Au deuxième gauche, la porte est restée ouverte.

Dans l'entrée, debout, adossé contre la tapisserie, le brigadier Martin lève les yeux vers celui qui vient d'entrer et qui reprend son souffle.

— Elle est où ?

Martin se décolle du mur.

— Venez, patron.

C'est tout ce qui réussit à sortir. Deux mots, pas un de plus.

Aux épaules voûtées du brigadier, à la façon qu'il a de faire ces quelques mètres, Kapriski se dit qu'il suffit parfois d'une seule soirée pour prendre dix années de plus.

En trois pas, ils traversent la cuisine dite américaine. Un bar bidon, une fausse table de bistro, des tabourets montés sur échasses. Des murs tapissés vert-prairie, un carrelage gris-ardoise et des cadres figurant des galets qui s'emmerdent. Dans un coin du salon, une télé grand écran à la technologie larguée depuis un bail, deux poufs en simili, une table basse *made in China*. Autour des sièges, comme semés çà et là, des emballages de chips, des paquets éventrés de Choco BN, des sachets Haribo jetés en boules chiffonnées.

— Venez, c'est dans la salle de bains.

Dans le couloir qui mène à l'unique chambre, la civière du Samu.

Enveloppé dans une couverture de survie, le corps de Carole Vermeer.

Son visage dissimulé d'un drap semble percé d'un entrelacs de tuyaux.

Beaurepaire, qui a assisté le médecin urgentiste, laisse passer le brancard.

— Ils l'emmènent au CHRU de Lille. Il n'y a pas de temps à perdre.

Le praticien hospitalier lève la tête.

— On l'a intubée et on a fait ce qu'on a pu, mais c'est pas gagné. On file en neurochir'. Si elle tient jusque-là.

Kapriski suit des yeux la forme dorée sous sa couverture disparaître derrière la porte du couloir. Escorté du docteur Beaurepaire et de Martin, il rejoint la salle d'eau où les attend le lieutenant Forster.

Dans la douche italienne, le rouge vif a éclaboussé les murs, dessiné sur le carrelage ses arabesques mortuaires.

— Maintenant, commence Kapriski, j'aimerais bien qu'on me raconte ce qui s'est passé. Je veux tout savoir : le quand, le comment, le pourquoi. Qui a donné l'alerte et la bonne raison aussi de m'avoir prévenu le dernier. J'ai l'air fin, c'est vrai, merde !

On n'entend plus que le goutte-à-goutte qui tombe du pommeau. Qui claque sur les carreaux de faïence jusqu'à ce que Forster prononce les premiers mots.

— C'est le voisin du dessous qui a donné l'alerte. Peu après vingt-deux heures, il a entendu un coup de feu et ensuite la douche qui n'arrêtait pas de couler. Finalement, il est monté et, vu que ça ne répondait pas, il a préféré appeler le commissariat.

— Pourquoi vous ne m'avez pas alerté, à ce moment-là ?

— Parce qu'à ce moment-là, on ne savait pas ce qui s'était passé, patron. Une fois sur place, on a défoncé la porte et quand on a trouvé la capitaine, on a d'abord appelé le Samu, et puis le docteur Beaurepaire. Normal, un médecin. C'est après que j'ai pensé à vous joindre.

Le commissaire Kapriski enfile des gants en latex, s'accroupit au bord de la douche, tente d'imaginer la scène.

— Vous avez pu reconstituer le déroulement des faits.

Beaurepaire s'accroupit à son tour.

— Quand les hommes sont arrivés, ils l'ont trouvée toute recroquevillée, avec la douche qui lui coulait dessus.

Le toubib toussote un peu, dilue son émotion dans un raclement de gorge.

— Ce qui s'est passé, Kapriski, c'est assez simple à imaginer. Une fois assise dans la cabine douche, d'une main, elle a libéré la flotte et, de l'autre, elle a positionné son arme de service sous son visage. Ensuite, elle a appuyé la bouche du revolver contre son menton. Et voilà. Elle n'a tiré qu'une fois.

15

Une heure et demie plus tôt

Elle sait qu'elle n'est pas la première. D'autres l'ont fait avant elle. Au bureau, sur un parking ou dans leur garage. Avec leur arme de service, le plus souvent.

Dépression, surcharge de travail, *burn-out*, violences de la rue, de la nuit, trop de tension sur les épaules, et puis un jour, tout s'écroule. Parfois la corde, souvent une balle.

Les commentaires, elle les connaît par cœur. Les raisons invoquées – celles dont on peut parler, les autres seront tues – la voix chevrotante du ministre face au cercueil, la médaille à titre posthume et la vie des autres qui reprend, exactement comme avant, comme si rien ne s'était passé.

Carole ferme derrière elle et fait coulisser le verrou. Sur le palier de l'appart d'en face, les clameurs d'un match, le bruit des canettes vides qui emplissent une poubelle.

Aller jusqu'au bout ne fait pas de doute. C'est une décision qu'elle a prise tout à l'heure, au bord de la départementale.

En fin d'après-midi, elle a garé la Mégane de service sur le bas-côté, a fait quelques pas dans l'herbe rasant le talus. Dans l'air frais du soir qui chute, elle a observé les champs de mottes sombres, au loin les buttes de terre séparant les parcelles. Perçant la ligne d'horizon, la cime irrégulière des terrils. Dans la brume semblant s'élever de terre, elle a cru voir un monde en voie de disparition. Un naufrage programmé. Inéluctable…

Elle s'est assise sur un parpaing laissé là, a songé aux dernières semaines.

La vérité est parfois une impasse. C'est ce qu'elle a pensé.

L'honneur, une balle dans la bouche…

*

Le commissaire Kapriski écoute ses hommes lui raconter les derniers jours de la capitaine Vermeer. Une errance terrible.

A contrario, les dernières heures, où elle semblait aller mieux. Sur son visage, les signes d'une détente, l'empreinte de cernes estompées.

Le lieutenant Forster insiste sur la décontraction apparente, une lueur inhabituelle au fond des yeux.

— Vous en pensez quoi, vous, Beaurepaire ?

Le médecin ne peut que taire ses désirs enfouis, cette envie qu'il a depuis longtemps de serrer la capitaine

Vermeer dans ses bras. Pas pour lui peloter le pull ou même lui dévorer la bouche. Non, juste la réconforter, lui caresser le chagrin qu'il a deviné profond.

— J'en pense qu'on abandonne pas une fille comme Carole dans un merdier pareil. Elle n'était pas armée pour. Ça a fini par craquer.

— C'est pour moi que vous dîtes ça ?

— Pour vous, Kapriski, pour les autres, pour tout le monde. On est tous concernés ici, parce que tous autant qu'on est, on l'a bien vue s'enfoncer petit à petit.

Ça brille dans ses yeux.

— Et on a laissé faire.

Kapriski abandonne la salle de bain, d'un pas rapide se réfugie dans la chambre attenante.

Punaisés à l'aplomb du lit, des posters de Mike Brant, Nino Ferrer, Marilyn Monroe. Contre un mur, un alignement d'étagères.

Le commissaire fait glisser un index sur la tranche des quelques livres. Des romans à l'eau de rose, et d'autres, en collections complètes d'auteurs : Hemingway, Virginia Woolf, Stefan Zweig.

Dans un coin, un petit secrétaire et son ordinateur. Posée près de l'écran, la photo encadrée d'un homme sur une moto. Le blouson de cuir est élimé, sur le goudron de la départementale luisent les gris des flaques, de chaque côté un talus accompagne la route en ligne de fuite. L'homme a ôté son casque. Il fixe l'objectif et ne sourit pas.

Au modèle de la bécane, estime Kapriski, ce cliché en noir et blanc doit bien avoir dans les vingt ans. Peut-être plus.

Il s'assoit sur le lit défait, remarque la présence d'un cahier à spirales posé sur la table de nuit.

Il ouvre sur la première page, reconnaît l'écriture appliquée de Carole Vermeer. Une calligraphie d'écolière.

Mardi 1er septembre 2015

Un journal parce que je peux tout dire.

Consigner mes colères, mes chagrins, mes ras-le-bol.

J'ai attendu trente-six ans pour tenir un journal.

Jusque-là, j'ai pu m'en passer. J'ai su m'écraser, attendre que ça passe. Mais aujourd'hui, les heures que j'ai vécues m'obligent à raconter l'histoire.

Moi, Carole Vermeer, on peut m'oublier, m'ignorer complètement. J'm'en fiche comme de la première raclée que mon père m'a fichue.

Mais aujourd'hui, ce que j'ai vu, entendu, observé autour de moi, je ne voudrais pas que ça tombe aux oubliettes.

Alors, je vais tout dire. Tout. Sans rien oublier, et surtout sans mentir.

D'abord, la façon dont le commissaire Kapriski, mon patron, m'a tiré du sommeil cette nuit-là.

C'était le 31 août et c'est comme ça que ça a démarré...

Kapriski enfouit le cahier dans la poche de sa gabardine.

Dans la salle d'eau, Forster finit de prendre des clichés tandis que Martin et Beaurepaire discutent à voix basse.

— Dites-moi, Beaurepaire. Votre pronostic de survie.

— De survie ?

— Oui. Ses chances de s'en sortir…

Le légiste plante son regard gris dans celui du commissaire.

— Ça n'est pas la bonne interrogation, Kapriski. La seule question qui vaille c'est de savoir combien d'heures il lui reste à vivre.

— OK. Je vois. Vous savez si elle a de la famille ? Quelqu'un à prévenir.

Sur les lèvres du médecin, un sourire triste.

— Non, personne. Si vous vous étiez un peu intéressé à elle, vous sauriez que Carole Vermeer n'a ni famille, ni amis. De tout ça, elle a fait table rase. Une solitude totale.

— C'est vrai que c'est un expert qui parle…

— Peut-être, Kapriski. Mais moi, la solitude ne m'a pas tué.

Le commissaire rentre son bide, boutonne son imper.

— Je file au CHRU.

Il s'éloigne dans le couloir avant de se retourner.

— Au fait, le maire est au courant ?

Le lieutenant Forster l'escorte jusqu'à la porte d'entrée.

— J'ai prévenu le secrétaire général de la mairie. Apparemment, le maire était en réunion sur Paris. Un truc du PNF. À l'heure qu'il est, il ne devrait pas tarder. Tout ce que je sais, c'est qu'il est fou furieux et qu'il a décidé de vous faire sauter.

Dehors, la pluie a fait son apparition. Un crachin glacé qui vous transit en deux minutes, comme seuls les ciels du Nord ont le secret.

L'averse a repoussé les habitants de la résidence dans leurs appartements. Derrière les voiles gris des rideaux, le halo des postes de télévision.

Kapriski s'installe derrière son volant. Il démarre, actionne la ventilation pour dissiper la buée du pare-brise. Il choisit de patienter un peu, de laisser le temps à l'habitacle de se réchauffer. En attendant, il songe aux conversations, derrière les fenêtres, aux commentaires désabusés. À la probable mort de Carole, au coup de blues, au coup de feu, à toutes les chroniques qui dans quelques heures feront la une des gazettes locales.

À mesure que la chaleur gagne du terrain, il repense aux mots de Beaurepaire, à la solitude de la capitaine Vermeer qu'il n'a pas voulu voir. Il faut dire qu'avec sa tignasse rousse, son caractère de cochon et ses sympathies extrémistes, il l'avait plutôt zappée de ses préoccupations. Juste s'était-il contenté de la gérer de loin, de ne surtout tisser aucun lien. De lui refiler cette affaire de merde, aussi. Histoire qu'elle se casse un peu les dents.

S'il avait su…

Il enclenche la première, roule prudemment jusqu'à l'embranchement qui mène à l'autoroute.

Dans sa tête, trottent les solitudes qu'on se devrait de ne pas ignorer. Devant ses yeux, défilent les posters de la chambre de Carole : Mike Brant, Nino Ferrer, Marilyn, et puis les œuvres complètes d'Hemingway, de Virginia Woolf et de Stefan Zweig.

Et ça lui vient d'un coup. Ces chanteurs, ces acteurs, ces écrivains, tous, ils se sont tous donné la mort.

16

LILLE, VENDREDI, TROIS HEURES QUARANTE

Quand il débarque au service de neurochirurgie du CHRU, l'infirmière de garde lui dit qu'il faut attendre. Ils ont descendu Carole Vermeer au bloc et tentent quelque chose.

Kapriski fait les cent pas dans le couloir. Il se dit qu'une balle dans la tête ne tue pas forcément. Ça dépend de la zone du cerveau touchée. Il en vient même à soupçonner Beaurepaire de pessimisme médical.

Il finit par s'asseoir, feuillette les magazines, les textes insipides des pages *people*. Il ferme les yeux, se cale les fesses comme il peut, finit par s'assoupir sur la chaise en plastique.

Quand le chirurgien vient le chercher, il note son sourire poli, interprète la mollesse de la poignée de main comme un signe de défaite. Il attend sans rien dire, pense à Carole, au fiasco annoncé.

Dans le bureau, le médecin évite les termes trop techniques. Visiblement, il cherche à être compris. À aller se coucher, aussi. Il explique que la balle a pénétré sous le menton et que sur son passage, elle a arraché l'hémisphère droit en partie avant de ressortir en haut du crâne, un peu sur l'arrière. Le tronc cérébral n'a pas été épargné. Tous les tissus et les organes situés sur la trajectoire sont endommagés. Il évoque des lésions irréversibles, l'hémorragie cérébrale qu'ils n'ont pu contenir. Il précise que c'est une question d'heures.

Quand Kapriski demande où elle est, le docteur l'informe du coma dans lequel ils ont décidé de la plonger. Un coma artificiel pour protéger ce qui reste du cerveau. Un peu comme une anesthésie générale qui isole de la douleur.

Quand Kapriski demande s'il peut la voir, il lui est notifié que le service de neurochirurgie adulte est un service particulièrement lourd où les visites sont précisément réglementées. Une heure par jour, de treize heures trente à quatorze heures trente. Une seule personne est autorisée à la fois.

Kapriski insiste. Carole Vermeer n'a aucune famille, aucun ami. Elle n'a personne dans sa vie, et ne recevra pas de visite. Il est le seul à pouvoir être près d'elle, à l'accompagner jusqu'au bout, s'il le faut. De plus, il est son supérieur direct, et – c'est ce qu'il argumente – comme la capitaine Vermeer bossait sur des dossiers sensibles, une tentative de meurtre ne peut être totalement exclue. Un enfoiré qui viendrait jusque-là pour l'achever. On ne sait jamais… C'est la raison pour laquelle elle doit absolument être sous protection, et si ses heures sont plus que comptées, elle doit pouvoir mourir en paix.

Le service de réa est une suite de couloirs bordée de chambres aux parois vitrées. Dans chaque lit, un corps étendu sur le dos est éclairé par une veilleuse.

Le commissaire Kapriski a revêtu les chaussons et la blouse d'usage. Il suit le chef de service sans dire un mot, hasarde un œil à chaque chambre, se laisse impressionner par le silence du lieu, par le calme qui semble y régner. Curieusement, il trouve l'endroit apaisant.

On a installé Carole Vermeer dans la chambre 27.

Son crâne est recouvert d'un voile blanc, le bas de son visage, des lèvres jusqu'à la poitrine, est enrobé d'un savant pansement. Kapriski lui trouve la mine détendue. Il la découvre moins bouffie que d'habitude. Comme dénuée de colère. Il pense à une nonne.

Sur un écran positionné à la verticale du lit, s'affichent les courbes et les chiffres indicateurs du rythme cardiaque, de la tension, de l'activité cérébrale.

Le médecin lui parle d'absence de réponse sensitive aux stimulations extérieures. Il évoque le pouls à peine perceptible, la tension artérielle quasi nulle. Il décrit l'absence totale des mouvements de l'appareil respiratoire. Justifie l'assistance respiratoire extérieure sans laquelle la patiente serait déjà morte.

— Vous pensez qu'elle ne perçoit plus rien ?

Au froncement de ses sourcils, Kapriski devine que le toubib va quitter le champ des certitudes.

— Dans l'état actuel des connaissances, les frontières entre les différents états de conscience restent floues. Difficile pour nous de mesurer quelle est sa perception de l'environnement et d'elle-même. Peut-être entend-elle ? Peut-être pense-t-elle ? Je serais incapable de vous apporter une réponse sûre. En tout cas, vous pouvez lui parler, lui effleurer le bras, la main. Là où elle est, un peu de bienveillance ne lui fera pas de mal.

Le chirurgien s'apprête à sortir.

— Excusez ma question, docteur, mais j'ai besoin de savoir quelle chance elle a de s'en sortir. Et dans quel état.

Le médecin a déjà entrouvert la porte, s'est engagé dans le couloir.

— Je crois que vous n'avez pas très bien compris, commissaire. Votre capitaine n'est en vie que parce qu'on lui maintient l'assistance respiratoire. La balle a commis des dégâts irréparables. Un peu comme une grenade qui aurait explosé en pleine boîte crânienne. Elle ne peut pas s'en sortir. C'est fini.

— Mais alors, pourquoi ne pas la laisser partir ?

— Parce qu'à ce stade de coma dépassé, on n'a pas encore constaté de mort cérébrale, mais, aussi incroyable que cela puisse paraître, ce qui reste de son cerveau fonctionne toujours. Pour tout vous dire, je crois que c'est elle qui va décider. Je suis incapable de vous expliquer comment, mais du fond de son tunnel, c'est elle qui choisira le moment de lâcher la rampe. Ce sera sa décision, et c'est bien comme ça.

17

Lille, vendredi, sept heures vingt

Par les interstices des volets, les lueurs du jour naissant.

Kapriski saisit la tringle, remonte le store. Dans la chambre, la lumière pâle d'un matin d'automne.

En contrebas, sur les parkings, le personnel de nuit s'engouffre dans des voitures glacées. Au-delà des barres d'immeubles, la grande ville du Nord s'apprête à découvrir un matin de plus.

Le commissaire approche une chaise du lit. Il abandonne sa gabardine sur la table, d'une poche, extrait le cahier à spirales.

Il pose une main sur le bras de Carole, jette un œil à l'écran. Les courbes demeurent régulières, sans soubresauts.

— J'espère que tu m'entends, Carole. C'est Kapriski.

Il se tait quelques secondes, attarde son regard sur le visage de la jeune femme.

— On a aucune certitude sur tes capacités de perception, mais moi, je crois que tu m'entends. Je ne sais pas combien de temps on va rester ici. De toute façon, le chirurgien l'a dit, c'est toi qui décides. Moi, je t'accompagne jusqu'au bout. Promis. Avant la fin, faudra que je te parle, aussi. Pour être franc, je ne me sens pas très fier. Avec toi, j'ai agi comme un irresponsable. Un vrai con, même. Mais je t'en parlerai tout à l'heure…

D'une voix régulière, il lui raconte l'appel qu'il a reçu hier soir, son arrivée dans l'appartement, la douche et les hommes autour. Accablés.

— … Après que les gars du Samu t'aient emmenée sur ton brancard, je suis allé m'asseoir dans ta chambre et j'ai trouvé ton journal sur la table de nuit. J'ai juste lu la première page et j'ai décidé de venir ici. De rester avec toi et de te lire à voix haute tout ce que tu as écrit. Histoire qu'on partage.

Il ouvre la première page, se racle un peu la gorge.

Mardi 1er septembre 2015

Un journal parce que je peux tout dire.

Consigner mes colères, mes chagrins, mes ras-le-bol…

*

Jamais elle n'a habité son corps de cette manière.

Elle a l'impression de peser des tonnes et, en même temps, c'est un sentiment de légèreté qui prédomine. Une sensation vaporeuse, aérienne. Comme si une partie d'elle ne faisait déjà plus partie du monde.

Elle a conscience d'avoir perdu le contrôle de la matière. De sa matière.

Bouger lui est absolument impossible, même le bout de la langue. Le mouvement ne fait plus partie d'elle. Seuls demeurent les battements de son cœur, confinés en sourde résonance au creux de ses oreilles.

La seule chose qui lui reste, c'est de pouvoir penser. Comme se parler à voix basse. C'est épuisant parce que ça lui demande un effort sans nom. Comme si sa conscience devait forcer un chemin entre les plaies, les blessures, ouvrir une voie au-delà de la souffrance des chairs.

Elle entend la voix de Kapriski.

Il lui parle gentiment. C'est la première fois.

Il a ouvert le journal qu'elle a laissé pour lui, pour les autres. Pour qu'ils sachent tous.

Elle entend les mots qui disent les corps noirs dans la boue, les recommandations du maire qui craint la moindre vague.

Elle écoute le commissaire lui lire l'histoire de ce premier jour d'enquête. Tout y passe, les vigiles, les traces de pneus, le bois du Pommier détrempé par l'orage.

Elle l'entend trébucher sur certains mots, reprendre le cours de sa lecture.

À mesure, c'est tout le film qui repasse.

Les phrases lues par le commissaire la transportent dans le temps, se jouent habilement de la mémoire endommagée.

Le corps du petit Aylan, son short bleu, ses tennis aux semelles de crêpe.

Ce matin-là, quand elle est arrivée dans son bureau, les hommes n'ont rien dit quand ils ont vu le rouge de ses yeux. Rien dit non plus quand elle a dû serrer les dents. Se faire violence pour ne pas pleurer comme une gamine. Laisser tout ça derrière elle, le plus loin possible.

Faire avancer ses hommes de quelques pas dans cette putain d'enquête. Unique priorité.

C'était le mercredi 2 septembre. Il était à peine neuf heures.

Posé sur son support mural, un Panasonic allumé et les infos en continu. Elle se souvient avec précision de la bande qui circulait en bas de l'écran : *Tarek Bsarani, célèbre homme d'affaires Franco-syrien, directeur de campagne de Manon Péan, assassiné en plein Marseille*. Et puis quelques images d'une avenue envahie de flics et de journalistes. Près d'un feu rouge, dissimulé sous une bâche, la capitaine Vermeer avait deviné le corps d'un homme, les angles métalliques d'une carcasse de moto.

18

Marseille, mercredi 2 septembre,
huit heures trente

Au-delà du trottoir, sous la lumière crue d'un réverbère, une grosse cylindrée s'arrête à hauteur du feu. Alors que le motard se tourne légèrement vers la gauche, une BMW noire stoppe à ses côtés. Un modèle de la série 5. Tandis que la vitre côté passager se glisse dans la portière, l'homme à la moto semble opérer une sorte de recul, soudain, comme s'il venait de recevoir un coup. Un choc de face, invisible. Il paraît s'affaisser sur lui-même, couvre vivement son genou gauche de ses mains gantées. De la BM, pointe le nagant au bout d'un bras tendu. S'enchaînent le soubresaut de l'arme, les mains du motard qui lâchent le genou pour se plaquer contre sa gorge. Il s'écroule sur la chaussée, le corps à moitié enseveli sous la moto qui maintenant se couche. Le tireur descend de la voiture, s'approche de Bsarani, et soulève la visière de son casque. Il lui dit quelque chose, deux ou trois mots, pas plus, positionne son flingue au niveau de l'intégral entrouvert et lui tire deux balles à bout portant. Alors qu'on ne s'y attend pas, qu'on croit l'action terminée, l'homme se tourne vers l'autre côté de la rue, tend son bras au-dessus du toit de la voiture et tire quatre balles en direction d'un immeuble, un peu en retrait de l'avenue. Puis il remonte dans la BM qui démarre tranquillement.

Écran noir, fin de séquence. Trente-neuf secondes.

— Alors, messieurs, qu'est-ce que vous en dites ?

Toute l'équipe a formé un demi-cercle autour du bureau, n'a pas quitté l'écran vingt pouces du regard.

Le lieutenant Grenier se gratte les dreadlocks et va poser son cul sur le radiateur.

— On dirait qu'il se prend d'abord une bastos dans le genou, ou un truc de ce genre. Qu'est-ce que c'est que ce bordel ?

Aïcha Sadia se tourne vers le légiste.

— À toi, Théo.

Théo Mathias qui connaît l'enregistrement par cœur est resté debout, un peu à l'écart.

— Bien vu, Grenier. En effet, on a affaire à deux tireurs. Aucun doute là-dessus. C'est vrai que sur le coup, ça nous avait échappé. La bécane était tombée sur Bsarani et nous masquait complètement son genou gauche. Faut dire aussi qu'on était tous focalisés sur les deux balles qu'il avait prises dans les yeux. En fait, c'est les gars de la médecine légale qui m'ont appelé pour me dire qu'il y avait un os.

Le capitaine Pichon lève sa grande carcasse.

— Dis voir, toubib, j'imagine que les gars de la balistique n'ont pas traîné.

Théo Mathias feuillette ses notes.

— Exact. Ils ont fait du super boulot. La balle, c'est du 7,62. Fabrication russe, redoutable à moins de cinq cents mètres. Le genou a explosé comme une orange. Pour ce qui est de l'arme, neuf chances sur dix qu'on ait affaire à un fusil de sniper de type Dragonov. C'est une arme un peu dépassée par les technologies d'aujourd'hui mais qui n'en reste pas moins très efficace. L'étude de l'impact nous indique que le tir a eu lieu à moins de deux cents mètres de distance. Et si on considère la hauteur du genou sur la moto et l'axe de pénétration de la balle, il est probable que l'angle de tir soit quasi horizontal. Sans doute le tireur a-t-il opéré du coffre d'une voiture stationnée sur la chaussée, face à Bsarani. C'est bon ? J'ai répondu à ta question ?

Le capitaine Pichon hoche la tête.

— Si je comprends bien, intervient Blanchard, un type a flingué le genou de Bsarani quelques secondes avant que le gars de la BM l'exécute.

Silence approbateur.

— Ce que je comprends pas, poursuit Blanchard, c'est pourquoi le tireur au fusil russe n'a pas descendu sa cible. C'est vrai, au lieu de lui pulvériser le genou, il aurait pu aussi bien lui faire sauter la tronche. Avec ce genre de bastos, j'imagine que c'est un jeu d'enfant. Alors, à quoi ils s'amusent, ces cons ?

Le jeune Volter se laisse tomber dans le fauteuil club.

— J'sais pas, moi, mais ça sent la synchro, tout ça.

La commissaire l'encourage du regard.

— Tu peux approfondir ?

— Ce que je veux dire, c'est que deux tireurs qui flinguent Bsarani à trois secondes d'intervalle, ça ne peut pas être du hasard. Impossible. Ça sent le coup fourré ou chacun avait un rôle bien précis, non ? Une sorte d'embuscade…

Théo Mathias s'approche de l'ordinateur posé sur le bureau.

— Pas idiot, Volter. Une sorte de machination à la Kennedy, c'est ça ton idée ?

— Machination, je n'en sais rien. Mais ce qui me paraît évident, c'est que chaque tireur avait une mission bien définie. Pour le mec au fusil, blesser Bsarani, et pour l'autre dans la BM, l'exécuter. Pour moi, c'est clair et net. Mais de là à parler de machination…

Le légiste interroge la commissaire du regard.

— Je peux ?... Merci.

Il pianote à son tour sur le clavier.

— Je vais vous passer l'enregistrement au ralenti. Soixante-douze images par seconde. Vous allez voir, c'est du grand art.

À l'écran, la moto semble patiner sur l'avenue. Plutôt piano, le freinage sur le goudron luisant de pluie. Au premier plan, on voit nettement les doigts de la main droite de Bsarani actionner le freinage en douceur. Puis, l'espace d'une seconde, peut-être deux, Bsarani tourner la tête vers la gauche. On pourrait croire que son attention est attirée par la BM sombre dont on voit le capot pointer.

— Je ralentis encore, commente Mathias.

À quatre-vingt-seize photos par seconde, Bsarani semble retenir le mouvement, comme englué dans l'atmosphère. L'image prend une allure virtuelle, chaque geste a l'air de ne jamais devoir s'achever. Le casque du Franco-syrien pivote graduellement sur sa gauche, tandis que sa main droite lâche les commandes, se lève légèrement, remue les doigts, comme pour un léger salut, un discret au revoir.

— Arrêt sur image. Et là, double question : que regarde Bsarani sur sa gauche ? Et à qui a-t-il l'air de faire signe ?

Silence.

— Regardez en haut, à gauche de l'écran. Je zoome.

Dans le gris des pixels, la barre bétonnée d'un balcon, comme accoudée, la tache claire d'un homme en tee-shirt qui lève une main en l'air.

— Putain ! gueule Grenier, c'est le vieux que j'ai interrogé.

Il quitte le radiateur, se plante face à l'écran.

La commissaire se décolle du bureau.

— Exact, Grenier.

— Putain l'enculé ! Sa race !!!

— C'est bon, Grenier. Gardez vos qualificatifs. On s'est tous fait avoir comme des bleus. Vous, moi, les autres. Tous, on s'est tous fait balader.

Dans la pièce annexe, le sifflement de la cafetière.

— Volter, je vous laisse faire le service. Vous savez où sont les gobelets…

Elle allume une cigarette, fait coulisser le vantail de sa fenêtre en grand. Dans son dos, le bruit du café qui coule, le brouhaha des hommes.

Elle remercie pour le jus sucré touillé, regagne son bureau, pose les fesses sur un des angles.

— Avant que chacun fasse son rapport, je vous raconte notre début de soirée, hier, à Mathias, Touraine et moi.

En quelques mots, l'appel du légiste, vers vingt heures, qui lui demande de le rejoindre devant l'immeuble où crèche le vieux au balcon canardé.

À peine dix minutes pour débarquer sur zone. Théo Mathias les invite à grimper dans son Nissan hors d'âge. Sur ses genoux, un ordi portable ouvert. Il n'y a plus qu'à regarder l'écran, visionner pour la première fois les trente-neuf secondes de la séquence. Puis de la revoir au ralenti, de discerner le signe de main de Bsarani, la silhouette du vieux, son bras en l'air qui s'agite.

Trois coups de sonnette. Nada. Un grand coup de latte fait claquer la porte contre le mur. Pas besoin d'être expert pour comprendre au premier coup d'œil qu'ils ont affaire à un appartement inhabité. Abandonné, même. Pas de meubles, à part une table en formica de la grande époque et trois tabourets usés jusqu'à l'os. Dans l'évier, trois verres qui puent la tourbe, le whisky et la lande irlandaise.

— … Une heure après, les gars de la Scientifique étaient sur place. Chenet m'a téléphoné toute à l'heure. Sur un des verres, le labo a identifié les empreintes de Bsarani.

Un instant de silence, chacun dans sa réflexion, son analyse perso.

— Si je comprends bien, commente Pichon, avant de se faire flinguer, Tarek Bsarani a bu un verre dans un appart pourri avec le type, soi-disant témoin du meurtre, en direction duquel le tireur a vidé son chargeur. C'est ça ?

La commissaire écrase le gobelet vide entre ses doigts.

— Oui, c'est à peu près ça. Apparemment, Tarek Bsarani ne fixait pas ses rendez-vous uniquement dans des quatre étoiles. Mais vous allez nous en parler, Pichon, de Bsarani. J'imagine que depuis hier, vous avez fait le tour du personnage…

Tandis que le capitaine ouvre sa chemise cartonnée, Aïcha Sadia lève les yeux vers l'écran de télévision. Le son coupé, ne restent que les images de l'info en continu. Un ciel sombre surplombe un bois aux troncs malmenés par le vent. En lisière, des voitures de police, des gens venus en curieux, des enfants tenus par la main comme en promenade. Sur la bande en bas de l'écran, les mots défilent, évoquent l'assassinat de deux jeunes migrantes.

Aïcha Sadia monte légèrement le volume.

À l'image, les friands de faits divers ne refusent pas le micro tendu. Ils parlent pour dire qu'ils ne savent rien. Si ce n'est les corps abandonnés, là, quelque part dans la boue, de deux jeunes femmes noires. Ils évoquent le Samu aussi, tout à l'heure, qui a emporté les filles vers Lille et ses salles d'autopsie.

Un des hommes sur place, enveloppé dans un K-Way kaki, parle même de négresses.

19

LILLE, DIX HEURES QUARANTE

Les mots de Kapriski, Carole Vermeer les entend nettement. Pas de voile, pas d'obstacle, en dehors de son impossibilité à sortir du silence. Cette incapacité totale du moindre mouvement, ne serait-ce qu'un battement de cils.

Le commissaire lit avec douceur, comme on raconte une histoire, le soir, à sa petite avant qu'elle ne s'endorme.

Carole aimerait réagir, lui dire la colère qui lui a noué le ventre quand elle a compris, sous la toile tendue imbibée d'orage, qu'il la laissait vraiment tomber. Qu'elle allait devoir se débrouiller toute seule avec cette histoire de merde. La peur, aussi, qui s'est emparée d'elle à la vue des femmes noires désarticulées.

Elle n'a pas envie de hurler, mais de lui dire simplement qu'il s'est comporté comme un enfoiré. Un putain d'enculé qui la plantée en rase campagne uniquement pour de pauvres raisons politiques. Rien d'autre. Surtout rien de professionnel. Aucun reproche à lui faire, aucune faute à mentionner. Non, c'est lui qui s'est rendu coupable. D'injustice. De suspicion anti nationaliste, tout simplement. Comme tant d'autres…

Mais les mots ne quittent pas sa petite bulle de conscience. Jamais ils ne parviendront jusqu'à la gorge, ne lui démangeront les cordes vocales. Heureusement qu'elle a tout consigné dans son journal. Loin de toute censure. Au moins, ils sauront tous ce qu'elle a enduré. Sans rien dire. Jamais. Cette peur panique de ne pas être à la hauteur, d'être mal jugée, de décevoir. Les premières semaines d'enquête, jusqu'à l'automne, jusqu'à ce qu'elle comprenne, qu'elle rende les armes. Son chemin de croix…

Dans une case, quelque part aux confins des limbes cérébrales, les mots tournent en rond, cherchent une voie, une possibilité de relief, finissent par faire naître quelques images qui s'enchaînent. Forment des souvenirs.

Carole Vermeer s'y accroche. Par la voix de Kapriski, ils sont ses uniques bagages. Son ultime rampe d'accès.

Elle entend son chef lire le passage sur les cheminots. Ces types, un groupe de cinq, qui avait passé la dernière nuit d'août à surveiller le tronçon de voie qui longe l'A1, à hauteur d'IKEA sur quelques centaines de mètres.

D'après le lieutenant Forster envoyé à la gare de triage, les gars du rail n'avaient pas chômé de la nuit. Des vents à décrocher les lignes électriques, à arracher les kilomètres de grillage qui séparent la voie ferrée des pâtures voisines et de leur bétail. Des pluies comme des gifles qui ravinent les remblais, emplissent en un clin d'œil la moindre fosse, le moindre trou, transforment la première pente douce en torrent prêt à tout submerger.

Elle suit les mots du commissaire comme les images d'un film sur grand écran. Le lieutenant Forster, son éternel bonnet marin noir vissé au crâne comme s'il se l'était collé dessus, elle le revoit comme si c'était hier. Il avait même pris le temps de photocopier les pages du cahier de consigne de la SNCF. Rien ne manquait, ni les heures, ni la tempête, ni les branches brisées ramassées sur la voie. Face à l'écriture appliquée, à l'encre noire du stylo, elle avait repensé à son père. Aux nuits qu'il avait lui aussi passées sur les rails, à sa moto quand il rentrait à la maison, à son pas hésitant sur le carrelage, à sa voix, un peu cassée, toujours prête à basculer…

Forster avait même poussé jusqu'à téléphoner au chef d'équipe. Lui demander si lui et ses hommes n'avaient rien noté d'inhabituel, les traces d'un passage de migrants, des fringues abandonnées, quelque chose. L'équipe n'avait rien remarqué de précis. Juste les hommes, au milieu de la nuit avaient fait une pause, fumé un clope contre le grillage d'IKEA, à discutailler cinq minutes avec les vigiles du parking.

*

Elle a dormi.

C'est ce qu'elle se dit.

Puis, elle sourit intérieurement à l'absurdité de sa réflexion. Dormir quand on est dans le coma…

Près d'elle, le bruit reconnaissable d'un bloc de papier qui frappe le sol, le grincement d'une chaise, la respiration brusquement saccadée de Kapriski.

— Excuse-moi, Carole, je me suis assoupi.

Elle réalise qu'il a fallu attendre aujourd'hui pour qu'il la tutoie, l'appelle par son prénom. Enfin comme les autres.

Elle l'entend ramasser le cahier, tourner doucement les pages. Reprendre la lecture là où le sommeil l'avait arrêté. Le docteur Beaurepaire et son rapport d'autopsie…

Le matin du 2 septembre, devant l'équipe réunie, le médecin avait ouvert son Samsung portable, déplié les petites lunettes rondes qu'il avait déposées sur son nez recourbé.

Elle se souvient encore des cernes prononcés, de cette fatigue qu'on lisait sans peine sur son visage.

Beaurepaire avait passé la nuit au CHRU de Lille, à quelques centaines de mètres du service dans lequel elle est aujourd'hui. Il avait attendu jusqu'à l'aube la fin des examens médico-légaux pratiqués sur les deux Érythréennes. Dans le bureau du médecin chef de service, il avait pris connaissance des résultats des examens, résultats consignés sur une clé USB que le médecin hospitalier lui avait remis.

Les deux jeunes filles avaient vécu un véritable calvaire.

Difficile de dire dans quel ordre, mais avant de mourir, elles avaient été d'abord battues et violées, ou violées et battues. Peu importe, le résultat était le même : deux corps en morceaux.

Comme d'habitude, Beaurepaire s'était approprié le document et l'avait restitué à sa manière, un peu comme s'il avait assisté à la scène.

— Ce qu'on peut dire, c'est que les types qui ont fait ça ne leur ont pas fait de cadeau…

Elle se rappelle encore ses mots.

Des mots qui disent les coups au visage, les côtes brisées net, les corps cognés comme des balles, secoués comme des tiges, piétinés dans le sous-bois trempé.

Des mots qui dessinent les fractures, les doigts et les visages écrasés.

— … Ce qu'on peut dire, avait poursuivi Beaurepaire, c'est que Betiel et Yohanna ont été violées par cinq individus. Des traces de sperme, on en a retrouvé partout : vagin, voie rectale, cou, cheveux, poitrine, langue, gorge forcée.

Carole se souvient du silence de ses hommes, des regards qui disaient leur envie d'être ailleurs. Loin de toute cette saloperie.

La suite, elle l'entend encore.

— La plus jeune, Betiel, avait à peine douze ans. Elle était vierge…

Elle était morte étouffée, les mains attachées dans le dos par un bout de fil de fer, le visage aplati dans la terre gorgée d'eau.

Sa sœur, l'aînée, un des agresseurs avait fini par l'étrangler à l'aide d'un chiffon.

— … Le genre de tissu qui traîne dans les camions, pour vérifier le niveau d'huile sur la jauge, si vous voyez.

Et puis, il avait conclu, par une phrase inattendue. Comme une brèche ouverte.

— Rien à voir avec les autopsies, mais sous les semelles de leur tennis, on a retrouvé des traces de ballast. Vous savez, ce mélange de pierres et de graviers sur lequel on pose les voies de chemin de fer…

*

La porte s'ouvre sur la voix du chef de service.

Carole le devine s'approcher du lit, ausculter brièvement l'écran, à peine s'attarder aux lignes et aux chiffres.

— Vous lui faites la lecture ?

La voix embarrassée de Kapriski qui s'emmêle les pinceaux, justifie comme il peut la page ouverte du cahier.

Elle devine le toubib hausser légèrement les épaules, offrir au commissaire un sourire un brin désabusé.

— Je ne sais pas si je dois vous encourager.

Kapriski ne répond pas, et l'autre conclut avant de refermer derrière lui.

— De toute façon, là où elle est…

De là où elle est, connard, elle songe aux traces grises sous les chaussures des filles, aux gars du rail qui se sont tus. Ont oublié de dire l'essentiel.

20

Marseille, mercredi 2 septembre, neuf heures

Le capitaine Pichon est resté debout. Il a ouvert sa chemise cartonnée, a parcouru vite fait les feuillets agrafés. Légèrement, il a pris appui contre le mur, a jeté un œil aux autres qui attendent.

Dix minutes pour dresser le portrait de Tarek Bsarani, évoquer ce que tous savent plus ou moins. Une succession d'infos que les médias ont déjà balancées à travers tout le pays. Une vie un destin… Père négociant à Damas, mère infirmière dans l'humanitaire, esprit vif, tempérament de feu, scolarité exemplaire. C'est à l'école *Le frère*, un lycée de France, qu'il fait la connaissance de Bachar, le fils du président. Naissance d'une amitié indéfectible, début d'une légende.

— ... Je vous passe sa vie d'entrepreneur. En gros, tout ce que ce mec a touché s'est transformé en or. Un genre de Tapie méditerranéen, les faillites en moins.

Le capitaine énumère les boîtes vendues, rachetées, les holdings, les succursales *off-shore*. Il détaille le réseau aussi, avec ses ramifications.

— Je peux utiliser le *paper board*, patronne ?

Hochement de tête.

À coups de marqueurs, Pichon fait apparaître l'univers de Tarek Bsarani. Une sorte de galaxie où l'homme d'affaires tiendrait la place de planète phare.

— Ce mec, c'est la guerre des étoiles à lui tout seul. Vous allez voir.

Au centre de la page, apparaît le nom de Bsarani relié par des flèches à environ une demi-douzaine de cercles satellites.

— Comme tous les gens qui savent gérer, Tarek Bsarani a organisé son réseau en compartiments bien distincts et plutôt étanches. Même s'il existe des passerelles entre certains. Mais on y reviendra.

Le capitaine finit d'annoter les cercles qu'il a dessinés.

— Pour faire court, on peut compter cinq catégories de relation. Un peu comme des satellites qui formeraient son univers.

En un : la Syrie.

Suit un condensé de l'histoire familiale de Bsarani. Un père négociant en tissu dans la banlieue de Damas, une mère qui soigne les gens dans les bidonvilles. Elle élève aussi ses enfants, et leur enseigne les grands principes du Coran.

— … Elle a vraiment été un personnage central dans l'enfance de Bsarani. Aujourd'hui, les parents sont décédés, et les frères et sœurs de Bsarani vivent à l'étranger. À Londres, pour la plupart. En revanche, l'homme d'affaires a gardé de nombreuses relations dans son pays d'origine, et pas des moindres : généraux, colonels, en gros tout le gotha de l'armée syrienne. Sans oublier le ministre de l'Armée et celui de l'Intérieur entre autres, et bien sûr le président Bachar el-Assad en personne. Comme je vous l'ai dit, leur amitié date du lycée et d'après quelques fuites bien orchestrées, ils se voient encore régulièrement. Peut-être un peu moins en ce moment à cause de la guerre, mais en tout cas, Bsarani reste un soutien inconditionnel du régime et de sa politique.

Le capitaine jette un œil à ses notes.

— En deux : le business.

Puis, il énumère la liste des banquiers du pays, des plus grands patrons du CAC 40, sans oublier les huiles du Medef.

— En trois : les amis.

Suit un florilège de vedettes du sport, de stars de la chanson, du cinéma, quelques journalistes habitués des plateaux de la chaîne numéro 1, sans compter les plus renommés restaurateurs de l'hexagone.

Puis, le chapitre politique.

— En fait, ça n'est pas lui qui draguait les politiques, mais plutôt l'inverse. Depuis que Bsarani affiche sa réussite dans tous les magazines, la plupart des partis importants lui tournent autour. Gauche, droite, centre, PNF, il n'y a que Mélenchon et les Verts qui ne lui ont pas ouvert leur porte. Apparemment, Bsarani est allé renifler dans toutes les écuries. Congrès, universités d'été, d'hiver, voyages, séminaires, et puis il y a environ deux ans, il s'est arrêté au PNF. D'après ce qu'on dit, c'est un ami industriel des environs qui l'aurait présenté à Manon Péan, et là, ça aurait été une sorte de coup de foudre. Un mois plus tard, Bsarani avait sa carte, et depuis, il ne quitte plus Manon d'une semelle. Une sorte d'éminence grise qui la conseille sur tous les sujets. Mais surtout, et c'est super important, il a ouvert au parti les portes des banques russes. Il ne faut pas oublier que depuis que Bsarani est entré dans la danse, le Parti National de France a obtenu plus de dix millions d'euros de prêts. Le tout auprès d'une banque russe dirigée par un proche du Kremlin, Sergueï Lobatchevski, un ami de Vladimir Poutine.

Pichon pause un instant, croise le regard d'Aïcha Sadia, semble reprendre son souffle.

— Dernier cercle : la vie privée. Là-dessus, contrairement au reste, Bsarani c'est plutôt le style *vivons heureux, vivons planqués*. Pour preuve, les dernières photos de famille connues datent de son mariage, il y a une dizaine d'années. Il y a bien quelques paparazzi qui se sont risqués dans la propriété, une villa comme un paquebot qui domine la Corniche, mais apparemment, on les a retrouvés dans un piteux état. Pas morts, non, mais plutôt salement amochés.

Pichon plonge le nez dans ses notes.

— Imane, c'est le prénom de madame. Elle est la fille de Lounis Zahroui, un homme d'affaires libanais. Tout ce qu'on sait, c'est qu'elle a vingt ans de moins que lui, qu'elle a fait des études d'économie dans une université anglaise et qu'ils ont un gamin, Elias, qui vient d'avoir dix ans.

Pichon pose ses documents sur le radiateur.

— Voilà pour le portrait du bonhomme.

Aïcha Sadia se lève et se dirige vers la fenêtre. Un regard aux dockers, là-bas, qui manœuvrent une armée de containers.

Les hommes ont l'habitude de voir leur patronne, de dos, silencieuse, comme si elle cherchait l'inspiration.

Sans se retourner, elle commente.

— Bon boulot, Pichon. Bon boulot. On voit que vous avez potassé votre dossier.

Elle pivote, ne lâche plus son capitaine du regard.

— C'est vrai, vous avez dû passer du temps à éplucher la bio de Bsarani, non ?

L'autre ne sait pas trop quoi répondre.

— Ouais. Quelques heures, c'est sûr. Pourquoi ?

— Parce que, pour tout vous dire, je suis un peu déçue, capitaine. D'habitude, vous nous réservez toujours une petite surprise, un élément de derrière les fagots qui nous laisse sur le cul. Et là, rien. Juste l'énumération de dossiers qu'on aurait tous pu compiler. C'est complet, je ne dis pas, vous avez bossé, pas de souci là-dessus. Mais bon, vous nous avez habitués à autre chose…

Tout en écoutant la commissaire, les hommes se sont tournés vers le capitaine.

Sur la bouche de Fred Pichon, un sourire.

D'une poche de son blouson, il extirpe une feuille qu'il déplie avec soin.

— Ah oui, j'ai failli oublier. Avant-hier, Bsarani a réservé trois places sur le vol Paris-New York de ce soir. Décollage à vingt-et-une heures. Les billets ont été réservés directement sur le site d'American Airlines. Une place pour lui, une pour madame et la troisième pour le fiston.

Il se tait.

— Et alors, s'interroge la commissaire, il n'a pas le droit de voyager ?

— Si, patronne. Il peut même faire le tour du monde autant de fois qu'il veut. Mais pour moi, là, il y a quand même un *big* problème.

De son jean, il sort son portable, pianote sur le clavier, consulte l'écran.

— J'ai eu accès à l'agenda de Bsarani. J'ai même photographié les pages concernant ces jours-ci. Ce soir, à l'heure où l'avion décolle, lancement de la campagne des Régionales à Avignon. Demain, meeting à Carpentras, après-demain, à Nice. Et c'est comme ça jusqu'en décembre. Alors, question : qu'est-ce que Bsarani va foutre à New York alors qu'il est le directeur de campagne de Manon Péan ? La campagne, c'est lui qui l'a organisée dans les moindres détails. Déplacements, télés, radios. Il est un peu le grand superviseur, si vous voyez. Et puis, d'un coup, comme ça, il se barre à six mille kilomètres ? Bizarre, non ?

Aïcha se pose à nouveau sur un coin du bureau.

— Pas mal, Pichon. Pas mal.

— Et attendez, patronne, c'est pas fini. Les billets réservés, c'est juste des allers simples. Aucun retour au programme. Du coup, j'ai fouillé dans ses paiements de cartes bancaires, et je n'ai pas trouvé de réservations d'hôtel. Que dalle. En résumé, on a trois allers simples réservés il y a deux jours, et pas d'hébergement connu, vous en pensez quoi, patronne ?

Elle se dit que Bsarani n'est pas du genre à disparaître en rase campagne. Pas le style du bonhomme.

— À une fuite. Rien d'autre. Une putain d'urgence. Je ne sais pas à quoi il voulait échapper, mais ce qui est sûr, c'est que ça lui a semblé suffisamment menaçant pour qu'il décide de tout laisser tomber et de se mettre à l'abri avec sa famille.

Elle réfléchit quelques secondes.

— Infos des cartes bancaires, billets d'avion, comment vous avez su si vite ?

Sur la mine de Pichon, un sourire satisfait.

— C'est simple. Je me suis pointé hier chez Bsarani. Son épouse m'a reçu sans problème. Et disons que le courant est bien passé. C'est tout. Pas plus compliqué. Vous savez, nous, les gars du Nord…

Sur le bureau, les vibrations d'un portable.

La commissaire décroche, écoute attentivement en approuvant par des hochements de tête.

— Très bien. Faites-la monter.

Un regard à Pichon.

— Décidément, quand on parle du loup…

— Ne me dites pas qu'elle est là.

— Si. Sa villa a été cambriolée pendant qu'elle était en ville. Apparemment, une perquise en règle.

21

Marseille, mercredi 2 septembre,
dix heures cinquante

La commissaire raccompagne Imane Bsarani jusqu'à l'ascenseur.

Une fois dans son bureau, elle demande qu'on la laisse dix minutes. Le temps de griller une mentholée, tranquille, de faire le point sur l'heure écoulée. Après, elle reprendra le cours de la matinée, écoutera le reste de l'équipe, s'imprégnera du rapport de chacun. Il sera alors temps de définir une stratégie et de passer à l'étape suivante.

La fumée de sa cigarette se dissipe dans l'air chaud de septembre. Au loin, collés à la ligne d'horizon, les tankers s'effacent derrière les côtes de l'Estaque avant d'aller se vider à Fos-sur-Mer ou Port-de-Bouc.

Aïcha regarde sans voir, l'esprit encore encombré des mots de la jeune Libanaise.

Un foisonnement de mots.

Un déluge…

Une heure auparavant, quand elle lui a ouvert la porte, la jeune femme s'est engouffrée dans son bureau, visiblement impatiente qu'on lui désigne un endroit où se poser. À peine assise, elle s'est mise à parler, à raconter sa vie, son enfance dans les quartiers poussiéreux de Beyrouth, son père immergé dans les affaires, et sa mère, comme une déesse dans la vaste maison.

Elle a remarqué les cigarettes posées sur le bureau, a demandé si elle pouvait fumer elle aussi, que ça l'aiderait peut-être à retrouver son calme.

La commissaire lui a tendu son paquet. Elle a regardé Imane Bsarani fouiller dans son sac à la recherche d'un briquet, a discerné les reflets roux dans le noir dense de sa chevelure. Quand a jailli la flamme devant son visage, elle a noté l'incandescence des yeux, le pli charnu des lèvres, la blancheur du sourire qu'on peut deviner.

Elle l'a invitée à poursuivre son récit, toute son histoire, depuis le début. La commissaire Aïcha Sadia est persuadée depuis longtemps que, même si l'enfance paraît bien éloignée des drames d'aujourd'hui, il faut toujours remonter à la source, là où le chemin prend naissance.

Alors, Imane Bsarani s'est racontée.

*

Ont suivi les années de l'adolescence, l'école privée et l'ascension sociale paternelle qui lui ouvre les portes d'une prestigieuse université anglaise. Quatre années à

Londres, les premiers *boy friends*, les *fish and chips*, les pubs saturés de fumeurs, les professeurs prestigieux, les cours d'économie de haute-voltige, une compréhension globale du monde.

Un soir de novembre, lors d'une réception à l'ambassade du Liban, elle frôle Tarek Bsarani. Il pourrait largement être son père.

Leurs sourires se croisent, leurs coupes de champagne s'effleurent, la discussion s'engage. Il était une heure du matin quand il m'a dit, *Tu veux m'épouser ?* J'ai ri, puis j'ai dit *dans dix ans, pourquoi pas*… On s'est mariés dix jours plus tard. Tarek était comme ça. Impossible de lui dire non. Inutile, même, de tenter de lui résister. Du coup, la vie à ses côtés ressemblait plus à un slalom géant qu'à une promenade en traîneau. Si vous voyez ce que je veux dire.

La vie en France, Paris quelques mois, Nice quelques semaines, et puis Marseille où ils se posent, achètent une villa blanche et monumentale, là-haut, sur un coin de Corniche. Un balcon sur le sud, sur la mer, l'horizon, le Liban, si loin.

Aïcha lui a demandé si son pays lui manquait.

Imane a semblé réfléchir, laissé son regard se perdre.

Elle a dit que la nostalgie naissait de l'éloignement.

Puis elle lui a souri, lui a demandé de quel côté de la mer elle était née. Elle a écouté la réponse, souri au concept de deuxième génération.

— Si vous étiez née là-bas, en Algérie, la terre vous manquerait. C'est sûr. Les odeurs, d'abord, et puis les gens…

Aïcha a songé à ses parents, à la façon qu'ils ont, certains jours, de regarder au loin. Comme en quête d'un sillage laissé derrière eux, un ciel au goût de sable dispersé, un chagrin.

L'intégration c'est accepter l'exil…

Les affaires de son mari, elle s'en tient éloignée. Trop de gens de passage, chez eux, qu'elle n'aime pas. Les Russes, des sauvages en cravate aux ventres bedonnants de vodka, des types vulgaires aux yeux fendus et bleus comme des lacs polaires. Les Syriens du régime Assad, des pantins en uniforme, des miliciens de l'ordre, prêts aux pires exactions pour garder le pouvoir. Et puis, les politiques, les élus de la ville, de droite et de gauche qui défilent, sourient à ce qui brille, font des promesses de Marseillais.

Quand Aïcha Sadia a évoqué le Parti National de France, sur la bouche d'Imane Bsarani, une moue étrange. Mélange de fatalisme et de dégoût. Comme un écœurement.

— Je crois que c'est la seule erreur de mon mari. Il n'aurait jamais dû se mettre avec ces gens-là.

— Pourquoi ? Qu'est-ce qu'ils ont *ces gens-là* ?

La Libanaise a planté son regard dans le sien.

— Cela n'engage que moi, madame la commissaire, mais je les crois dangereux. Et ne me demandez pas pourquoi, je n'en sais rien. Ce n'est pas vraiment une opinion. Plutôt un ressenti.

Quand Aïcha Sadia l'a questionnée sur le parcours PNF de son mari, son ascension plus que rapide, jusqu'à sa récente nomination comme directeur de campagne de Manon Péan, l'épouse de Bsarani ne s'est pas étalée en longueur.

— Vous savez, Manon, c'est un peu la fille qu'il n'a pas eue. Alors, il l'aide comme un père, qu'est-ce que vous voulez que je vous dise…

Quand elle lui a demandé si, récemment, elle avait noté un changement, quelque chose d'inhabituel dans le comportement de son mari, Imane a levé les yeux, ouvert les paumes vers le haut, sans doute sa manière à elle de convoquer les souvenirs dans toute leur précision.

Comme à son habitude, Tarek Bsarani était totalement investi dans ce qu'il entreprenait. Et cette campagne des Régionales, il allait s'y donner corps et âme.

— … Et puis, il y a deux jours, il est rentré plus tôt que d'habitude. J'ai vu tout de suite que quelque chose n'allait pas. Une ride au milieu de son front que je connais par cœur.

Imane Bsarani a allumé une seconde cigarette avant de poursuivre.

— Quand il est redescendu après avoir couché Elias, il m'a confié des billets d'avion. Trois allers simples pour New York. J'ai regardé la date de départ et quand j'ai compris que c'était pour trois jours plus tard, je lui ai dit : c'est pas possible. Et ta campagne ? Depuis des mois, tu ne parles que de ça.

Il lui a répondu que moins elle en savait, mieux c'était. Il allait s'absenter jusqu'au lendemain soir. Des affaires à régler. Après, ils partiraient tous les trois. Une fois sur place, en sécurité absolue, il lui raconterait tout. Promis. Mais surtout, qu'elle ne parle à personne de leur départ.

— … Question de vie, question de mort, c'est comme ça qu'il a conclu. Je crois bien que jamais je ne l'avais vu perturbé à ce point.

Il est descendu au garage, a sorti la moto. Elle l'a suivi des yeux jusqu'au portail, a vu la lueur rouge du feu arrière s'évanouir au premier virage. Au loin, elle a écouté dans l'air du soir le son vibrant de la grosse cylindrée.

— Je ne l'ai pas revu.

La voix fêlée, les phalanges blanchies, au coin de l'œil comme une perle…

Une digue de fierté.

Aïcha lui a proposé un café.

Quelques instants plus tard, la tasse posée sur les genoux, Imane a raconté les heures de cet après-midi.

L'absence des domestiques, congédiés pour la journée.

— Ce matin, j'ai confié mon fils à une amie. Pour la journée, lui aussi. Qu'il soit loin de tout ça pour quelques heures. Et puis, j'avais besoin d'être seule.

Vers seize heures, elle est sortie faire des courses, marcher un peu le long de la plage pour tenter de faire le vide.

Quand elle est rentrée, la maison avait été retournée du garage jusqu'aux combles.

— Comme dans les films. Tout y est passé. Garde-robes, meubles, vaisselles, bureau, tableaux, ordinateurs. Une vraie tempête.

— Vous savez ce qu'ils cherchaient ?

— Non, pas la moindre idée.

Elle marque une pause.

— Ce que je me dis, c'est que s'ils n'ont pas trouvé, maintenant, ils peuvent s'en prendre à mon fils ou à moi. C'est pour ça que je suis venue jusqu'ici. Pour que vous nous mettiez sous protection. C'est possible, j'imagine.

— Tout est possible. Vous êtes venue comment ?

— En voiture.

— Le capitaine Pichon va vous accompagner jusque chez vous. J'ai cru comprendre que vous vous connaissiez déjà. Moi, de mon côté, j'ai deux ou trois choses à voir avec mon équipe. Ensuite, je vous retrouve à votre domicile.

*

Aïcha Sadia referme la fenêtre coulissante.

Sur le parking, Pichon insiste pour prendre le volant. Imane Bsarani prend place sur la place passager, puis le coupé BM disparaît dans le flot de la ville.

Elle saisit le téléphone intérieur de son bureau, s'apprête à demander à ses hommes de la rejoindre.

Elle repense à la femme qu'elle vient d'écouter. D'observer attentivement.

Elle n'oubliera rien des mots qu'elle a entendus, de la jeunesse libanaise et du reste. Ce qu'elle n'oubliera pas, non plus, c'est le regard étrange d'Imane Bsarani à la simple évocation de Manon Péan. Comme si elle voulait se donner l'apparence de n'y accorder que peu d'importance…

22

Lille, onze heures trente

Entre chaque paragraphe, Kapriski ménage de longues accalmies.

Il pose le cahier ouvert sur le bord du lit, jette un œil aux chiffres et aux lignes fluo qui clignotent sur l'écran. La tension artérielle indiquée lui semble normale, le rythme cardiaque presque apaisant. On dirait qu'elle dort, c'est à s'y méprendre.

Puis, il cale son regard sur le drap, à hauteur de poitrine, de son mouvement régulier. Une ondulation. Il suit le cheminement des cathéters, s'attarde aux teintes diffuses des solutions nutritives.

Tout ça n'est qu'illusion. Il le sait. Une paix provisoire et factice avant l'effondrement.

Il s'apprête à reprendre la lecture, décolle les fesses du plastique de sa chaise, se penche sur le visage de Carole Vermeer. Sous les bandages agencés, il imagine l'éclat pourpre des chairs, le boyau vertical creusé par la balle. Plus haut, là où les médecins ont confectionné une sorte de turban, il se figure les os du crâne perforé. Un cratère cérébral pour des pensées en bouillie.

Il se dit qu'elle n'est sans doute plus en état de cogiter, ni même d'entendre.

Au fond, il sait qu'il n'est là que pour soulager sa propre conscience. Pour lire, aussi. Entendre sa voix lui raconter tout ce qu'il a refusé de voir.

Troisième jour d'enquête. Jeudi 3 septembre.

Forster m'accompagne à la gare de triage. Il est six heures du matin.

J'ai téléphoné hier soir. L'équipe qui était en poste la nuit du 31 août nous attend sur place.

Les mots du commissaire, c'est du cinq sur cinq.

C'est drôle, mais ce qui lui revient en premier, ce ne sont pas les images, mais les odeurs.

Ce matin du 3 septembre, l'eau de toilette du lieutenant, elle se l'est prise dans les narines dès qu'il est monté dans la voiture de service. Un truc sucré pour mec en costard trois-pièces qui vous prend le cerveau dès la première inspiration.

Elle se souvient avoir discrètement baissé sa vitre. De part et d'autre de la route, filaient les talus herbeux, les derniers coquelicots, s'attardait le parfum estival des matins du Nord, celui de la terre mouillée en attente du jour. Tout ça est resté dans sa mémoire, étrangement épargné par l'acier brûlant de la balle.

Des paysages intacts, des parfums, des teintes subtiles et ce silence dans l'habitacle. Avant la tempête intérieure. Une suite de faits qui, elle le sait maintenant, alignés les uns après les autres allaient s'avérer dévastateurs. Une tornade d'existence.

Ils ont contourné le bois du Pommier, ont évité les bâtiments IKEA par la gauche et ont suivi la voie ferrée jusqu'à la gare de triage. Trois bâtisses de briques pour abriter les hommes épuisés par la nuit.

Quand elle a ouvert sa portière, elle se rappelle encore cette odeur de traverses, de bois usé qu'on brûle parfois dans des poubelles en métal, l'hiver, pour se réchauffer le visage. Elle pensait avoir oublié, mais ce matin-là, tout lui est revenu d'un coup. Ce fumet qui collait à son père, peu après l'aube, quand il rentrait de sa nuit à arpenter les voies. Le blouson de cuir usé jusqu'à la trame qu'il posait sur le bord d'une chaise exhalait l'odeur de cramé, des gitanes sans filtre, aussi, qui lui jaunissait les doigts jusqu'aux ongles…

Ce 3 septembre, elle se souvient également de l'odeur du café quand elle a poussé la porte du premier bâtiment.

C'est le chef d'équipe qui nous a reçus. Visiblement, il n'avait pas oublié l'heure de notre arrivée.

À écouter Kapriski disséquer son journal de bord, Carole est surprise par la précision des commentaires, de toutes ces notes qu'elle a écrites, à la va-vite, avant de s'endormir.

Pour s'endormir, en fait. Tenter de retrouver la paix. Vaine tentative de déminage.

Le chef d'équipe, elle le revoit encore. Grand brun aux yeux clairs, bien bâti, plutôt beau mec. Luc, il s'appelait Luc. Il a dit que les gars dormaient un peu, histoire de récupérer avant de rentrer chez eux.

Elle a répondu qu'elle voulait les voir, les entendre maintenant. Qu'ils se reposeraient après.

L'autre n'a pas bronché. Il a posé sa thermos de café sur la table, est allé chercher son équipe.

Trois hommes d'une trentaine d'années, les yeux rougis, la gueule visiblement de travers. Et puis, un quatrième, plus jeune que les autres. Il venait d'intégrer le service, à peine un mois auparavant. Ce qu'elle a remarqué, c'est que contrairement à ses collègues, il gardait les yeux rivés au sol. Franc comme un âne qui recule, qu'elle s'est dit. Et son prénom de série américaine, Brian, elle n'était pas près de l'oublier.

Tous les cinq ont confirmé avoir été de service la nuit du 31 août. La tempête de cette nuit-là, ils l'avaient encore en mémoire.

À chaque question, c'est le grand brun qui prenait la parole. Les autres se contentaient de hocher la tête.

Elle a râlé que ça commençait à bien faire. Chacun devait répondre, assumer ce qu'il avait vu et ce qu'il avait à dire. Si ça continuait comme ça, elle allait les entendre chacun leur tour. Et pas ici, mais dans son bureau. Et pas plus tard que maintenant.

De sa sacoche, elle a sorti les notes prises la veille par le lieutenant Forster. Elle leur a lu les réponses qu'ils lui avaient faites, ce récit de nuit bousculée par les bourrasques, des heures sous l'eau cinglante et tiède de la pluie. L'absence de traces sur les voies, ni vêtements ni souliers perdus ou abandonnés. Et puis, vers trois heures, alors que le ciel semblait se calmer un peu, ils auraient aperçu, de l'autre côté du grillage, les vigiles de chez IKEA. Comme eux, un peu usés par la fureur des orages.

Jamais supporté qu'on mente. Trop vu maman masquer ses bleus aux bras, aux épaules sous des excuses bidon. C'est terrible, mais de voir qu'on me ment, ça me fait péter un câble. Je deviendrais folle...

Elle leur a demandé s'ils n'en avaient pas marre de la prendre pour une conne.

Elle a exhibé le rapport du docteur Beaurepaire puis a décrit les semelles des deux Africaines. Les traces noires et grises du ballast, les prélèvements qui attestaient de l'origine ferroviaire des poussières incrustées.

Elle s'est levée, a chopé le plus jeune par les épaules et l'a regardé droit dans les yeux. Le pauvre Brian, avec sa gueule de maillon faible. Pas besoin de le bousculer, le gamin, un regard, un foncement de sourcil, et c'est parti...

D'un filet de voix, il a dit qu'elles étaient assises, toutes les deux au bord du talus qui surplombe les rails. Comme abandonnées. En tout cas, visiblement perdues. Sur la tête, elles avaient accroché comme elles pouvaient des sachets en plastique Lidl pour se protéger un peu de la pluie.

Il a dit que Luc, le chef, a décidé qu'on allait les emmener à la gare de triage, qu'au moins elles seraient au chaud, et qu'après il appellerait la police.

À hauteur du grillage qui donne sur les parkings d'IKEA, ils se sont fait apostropher par un groupe de vigiles. Les gars du gardiennage ont promis qu'ils allaient leur donner quelque chose à manger, du café chaud aussi, et puis des couvertures. Ils ont prétendu que les flics, c'était pas la bonne solution. Que les deux gamines, elles voulaient rejoindre l'Angleterre, comme tous les autres. Alors, le mieux, ce serait qu'ils les déposent sur la route, à la sortie de la ville.

Avec les gars, il a aidé les filles à passer par-dessus le grillage. Et puis, ils les ont vues s'éloigner entre les flaques, entourées de tous ces hommes qui riaient du rire de ceux qui ont réussi leur coup.

Lui, il n'a rien osé dire, mais sur l'instant, il n'a pas aimé. En fait, il avait peur…

Elle s'est tournée vers le grand brun, lui a juste dit : alors ?

Le bleu de ses yeux avait nettement viré au sombre.

Tout ce qu'il a trouvé à dire, le Luc, c'est que, le lendemain, quand ils ont appris pour les filles, ils ont décidé de la boucler. De toute façon, ceux qui avaient fait ça, avaient sans doute laissé assez de traces pour qu'on les chope rapidement. Inutile de se mouiller dans cette histoire. Vraiment rien à y gagner, à part des emmerdes pour rien.

Dans sa gorge, Carole Vermeer a senti les déraillements de sa voix. La colère et l'envie de hurler. Elle a dit, vous vous êtes débarrassés d'elles parce que tout ça vous emmerdait. Un rapport de plus à faire, les flics, des explications à donner, une bonne heure de sommeil à perdre. Putain, vous vous rendez compte au moins des dégâts !

Elle a déplié les feuillets de Beaurepaire, les notes détaillées de l'autopsie. Et puis elle a lu. Les bouches écrasées, la terre et l'eau sur le corps des femmes, le sperme comme des souillures en giclées, et puis la gorge enserrée de l'une, la bouche étouffée de l'autre…

Vous êtes des sans couilles. Rien d'autre.

C'est tout ce que j'ai su leur dire.

Et puis, Forster et moi, on s'est cassés.

23

Lille, treize heures

Kapriski accélère et s'emballe.

La capitaine Vermeer triomphe intérieurement de sentir son lecteur passionné.

Une jubilation secrète, tant attendue.

Ce qui l'étonne, c'est le revirement du bonhomme. Passer comme ça de l'indifférence à la curiosité, sans autre transition que celle des phrases dans son journal. Elle n'aurait jamais imaginé…

Dans sa tête fatiguée, les souvenirs se pressent.

Les mots prononcés lui reviennent, les chronologies se mettent en place.

— *Qu'est-ce qu'on fait patronne ? Tout le monde vous ment dans cette histoire.*

— *Me ment ? Me prend pour une conne, oui !*

Pour elle, la colère est un truc qui ne s'oublie pas. Pas une blessure, non. Plutôt la matrice de toutes les amertumes, les impuissances. De toutes les déceptions, aussi.

Une fois dans la voiture, elle a fait le décompte de ceux qui ne lui servent que des bobards. Le Luc et ses cheminots, Fontani, le patron de la boîte de sécurité, Lukic, son chef d'équipe, sans compter le directeur d'IKEA qui ne pense qu'à épargner son enseigne, et le maire de la ville qui chie dans son froc à l'idée que des petits blancs soient mêlés à tout ça. Elle ne l'aurait jamais cru comme ça, celui-là. Déçue, vraiment déçue.

— Prenez le volant, Forster. Faut que je téléphone.

Elle a fait le tour de la Mégane sous la pluie qui recommençait à tomber.

— Et on va où, patronne ?

— On file à Lens, chez NSF. C'est la boîte de vigiles. Ils sont ZAC du Moulin, au sud de Lens. Vous n'avez qu'à mettre le GPS, je vais être occupée.

3 septembre, vingt-trois heures trente.

Je viens de balancer mon sac à travers le salon. Les clés, lâchées sur la moquette de la chambre.

Je me pose. Pas eu une seconde de répit.

C'est pas une journée que je viens de vivre, c'est un marathon...

On frappe à la porte.

La voix d'une fille de salle.

— Vu que vous êtes là depuis la nuit dernière, on m'a dit de vous apporter une petite collation. Vous verrez, c'est pas grand-chose, mais quand on a faim…

Carole entend Kapriski la remercier, puis la porte se refermer.

Le froissement déchiré d'un emballage, l'opercule d'un yaourt ou d'une dose de beurre, puis l'eau qui remplit le verre, la carafe reposée sur le plateau de la table qu'elle devine roulante. Le craquement d'un biscuit sous la dent, à moins que ce soit une simple biscotte.

Elle prend conscience de ne pas avoir faim. Ni soif, non plus. Sans doute la nourrit-on par transfusion.

En tout cas, jusque-là, la lecture de Kapriski lui fait du bien. Les mots, les phrases, elle les connaît par cœur, mais de les entendre prononcés par son patron, c'est un peu comme si elle était enfin comprise. Tellement moins seule.

Même si elle connaît la fin de l'histoire. L'écœurement, la panique, l'envie de partir, ne plus rien voir ni entendre…

Elle entend les pages du cahier se tourner.

— Où j'en étais ? Ah oui, *un marathon…*

Il y a longtemps que j'ai pas vécu une journée de merde pareille.

Quand on a quitté la gare de triage, direction Lens…

C'est comme un film qu'elle revoit et dont les images ne peuvent la surprendre. En revanche, elle a beau connaître le déroulement, les coups fourrés, les rebondissements, la peur est là.

Sa peur de ne pas être à la hauteur, de ne pas savoir faire face. La peur de se laisser submerger, aussi, engloutir par le chagrin, par cette peine ineffaçable de n'avoir pu sauver l'autre. Il y a si longtemps, maintenant, le fragile qui avait besoin de sa main, de son attention. Qu'elle soit là, juste là, au moment où il fallait…

Et ce tee-shirt rouge qu'elle a vu, à fleur d'étang, ce petit dos ballotté entre deux courants…

Au téléphone, quand j'ai dit à Fontani que j'arrivais et qu'il me fallait toute son équipe, il a d'abord grogné. Planning, organisation du taf et autres conneries…

Elle se souvient de sa voix, de son ton, aimable comme une porte de prison.

Elle lui a dit qu'elle serait là dans moins d'une heure, et que si l'équipe de Lukic n'était pas sur place au grand complet, c'était garde-à-vue pour tout le monde. Elle avait suffisamment de preuves qu'ils lui avaient menti…

… J'ai téléphoné à madame Barrèges, la proc. Je lui ai dit que j'avançais sur des œufs, que ma hiérarchie s'était un peu mise en roue libre et que je devais me débrouiller seule. Je lui ai parlé d'un possible placement en garde-à-vue, lui ai raconté les vigiles et leurs mensonges. Elle m'a encouragée, m'a dit que je pouvais compter sur elle. Ça m'a fait chaud au cœur…

Le commissaire Kapriski continue de lire tout en grignotant.

Les mots qui disent le parking et ses ornières, le 4x4 de Fontani, celui de Dragan Lukic et quelques autres voitures.

La secrétaire n'a pas été surprise de la voir débarquer accompagnée de Forster et de son bonnet noir, les a même escortés jusqu'au bureau du directeur.

Elle se souvient avoir ouvert tout en frappant, ne pas avoir attendu qu'on lui dise d'entrer.

Debout, autour du bureau, ils étaient tous là, dans la fumée de leurs cigarillos.

Nino Fontani, ses deux mètres de barbaque, son costard, sa chevalière en or et tout le reste de sa quincaillerie. Dragan Lukic, jeans et santiags identiques à ceux de la veille, juste les joues un peu plus sombres. Et puis les autres. Quatre types qu'on aurait dit sortis du même moule. Crâne rasé, tatouages et bombers noirs ou gris anthracite. Une vraie caricature de service d'ordre.

Ils l'ont regardée comme on mate une rouquine qui ressemble à rien et qui vient faire chier son monde.

Elle s'est dit qu'il fallait qu'elle leur rentre dedans, qu'ils comprennent tout de suite à qui ils avaient affaire.

Elle n'a pu s'empêcher de songer aux deux Érythréennes, au sombre des chairs sous la pluie.

Aux taches bleues aussi sur la peau de sa mère, parfois.

Elle s'est avancée jusqu'à faire face à ce Lukic, à ce regard bleu-gris qui ne cille pas.

— Maintenant, vous arrêtez de vous foutre de ma gueule.

C'est comme ça qu'elle a commencé.

— Les cheminots nous ont raconté pour les filles, cette nuit-là. Alors, vous allez me dire ce qui s'est passé, monsieur Lukic. Et si vous me mentez une seule fois, juste une fois, je vous fais tous embarquer. Je vous écoute.

Kapriski déroule les phrases avec lenteur, comme s'il voulait apprécier la scène au ralenti.

... Dans son Français de Serbie, Lukic m'a dit que les filles, ils leur avaient donné à manger, et puis du café chaud. Ils avaient baragouiné en anglais. Même rigolé un peu. Et puis, vers cinq heures, il les avait fait monter dans son 4x4 et les avait emmenées jusque là-haut, sur la route, près du bois du Pommier. Voilà ce qui s'était passé. Pour le reste, il n'avait rien de plus à dire.

Elle le revoit encore, la défier du regard.

Cette colère qui est montée, elle la sent, toujours présente au creux du ventre. Une rage qui lui tord les tripes, lui donne envie de partir en gerbe, et puis les tempes qui se mettent à battre, la chaleur soudaine au fond des yeux, le crâne prêt à exploser.

Presque intact, le souvenir de l'effort qu'elle a dû faire sur elle-même pour ne pas le frapper, cet enfoiré de Serbe.

C'est là que Fontani a pris le relais.

— Faut vous calmer, capitaine. Mes hommes n'ont rien fait que les aider, vos deux bonnes femmes.

C'est là que c'est parti en vrille.

— Mes *deux bonnes femmes,* comme vous dites, elles avaient douze et dix-neuf ans.

Elle s'est tournée vers Forster.

— L'enveloppe, lieutenant.

Sur le bureau de Fontani, elle a étalé les photos du légiste.

— Vous voyez, *vos deux bonnes femmes*, dans quel état on les a retrouvées. C'est pas une raclée, ça, même pas une tabassée pour les punir de je-ne-sais-quoi. Non, ceux qui ont fait ça voulaient juste les tuer. Les fracasser comme des branches, rien d'autre !

Elle a posé un doigt sur les clichés.

— Et vous voyez ces putains de traces sur leur peau, là, là, et encore là. C'est du sperme. De la belle semence de mâle en pleine forme. Cinq mâles, pour être précise.

Elle les a tous regardés, les uns après les autres. Des gueules de connards, c'est ce qu'elle a pensé. Ils n'ont pas lâché les photos du regard.

— Très bien, monsieur Fontani. Si vous voulez jouer aux cons, ça vous regarde. En attendant, je vous fais tous embarquer pour un petit prélèvement séminal, comme on dit. Ensuite, il n'y aura plus qu'à comparer.

Elle perçoit le commissaire Kapriski tourner une page, boire une gorgée d'eau, s'essuyer les lèvres dans une serviette en papier. Elle l'entend murmurer, si j'avais su, putain si j'avais su, avant de reprendre sa lecture.

C'est vrai, j'avoue, je les ai imaginés, ces enfoirés, obligés de se branler dans un flacon. Je peux même dire que ça m'a fait marrer intérieurement. Et puis, c'est Fontani qui a craqué le premier.

— OK, c'est bon. Je vais tout vous dire.

C'est comme ça qu'il a démarré.

Elle, elle s'est laissé tomber sur une chaise, n'a pas perdu un mot de la nouvelle version servie par le patron en personne.

Cette nuit-là, vers cinq heures, Lukic l'avait appelé pour lui dire qu'ils avaient récupéré deux Africaines. En fait, il était plus emmerdé qu'autre chose. Appeler les flics ou les déposer sur la route, il ne savait plus. Un peu paumé, le Serbe.

— Quand je suis arrivé sur place, les filles étaient enfermées dans la pièce qui nous sert de cantine. Vu que je me débrouille en anglais, on a commencé à discuter…

Elle revoit la scène comme si ça s'était passé la veille. Fontani, le cul posé à l'angle de son bureau, la veste déboutonnée sur sa chemise blanche. Et ses mains, ses mains d'homme du sud qui faisaient des moulinets autour des phrases.

Fontani qui raconte les filles et leur besoin d'argent. *Money*, *money*, c'est tout ce qu'elles savaient dire. Elles n'avaient que ça à la bouche, le pognon, le pognon. Rien d'autre…

Les vêtements mouillés sur la peau, l'échancrure des étoffes, la brillance des yeux, la rondeur des bouches, des seins qu'on devine…

— Je sais, c'est con, mais c'est venu comme ça. Elles étaient plutôt mignonnes, pour des blacks, elles avaient besoin de pognon et nous, on n'est que des hommes. Qu'est-ce que vous voulez que je vous dise…

Fontani s'est mis à parler du plus vieux métier de la terre, que c'était comme ça depuis toujours. Une sorte d'arrangement planétaire où tout le monde s'y retrouve…

Puis, il a raconté les filles qui se déshabillent et s'agenouillent. Les canettes de bière qui circulent, les ceintures débouclées des hommes et leurs sexes tendus.

— Je vais quand même pas vous faire un dessin, capitaine. On se les ait faites, et puis c'est tout. Je sais, c'est pas très glorieux, mais c'est comme ça. Après tout, on ne les a pas forcées. Et puis, pour l'âge, franchement, une noire à douze ou treize ans, c'est déjà une bonne femme. C'est vrai, c'est à cet âge-là qu'on les marie dans leur putain de pays, non ?

— C'est possible. J'en sais rien, je ne suis pas une spécialiste. Et après vous les être faites, comme vous dites, vous avez fait quoi, au juste ?

— Pas compliqué. Ensuite, on leur a filé le fric convenu et je les ai ramenées jusque là-haut, près du bois. Et puis, je suis rentré, et les hommes ont repris leur service jusqu'au matin. Je suis même resté avec eux. Pour ce qui est des filles, on ne les a pas revues, j'vous jure.

Elle écoute tous ses mots qui sortent de la bouche de Kapriski.

On ne les a pas forcées. C'est tout ce qu'il a trouvé comme argument.

J'ai trouvé ça tellement énorme que, sur le coup, ça m'a cloué le bec. J'ai pas su lui répondre. Alors, avec Forster, on a plié bagage…

Elle se souvient avoir senti dans son dos le regard des vigiles, leur sourire silencieux devant ce qui ressemblait à une retraite en rase campagne.

Elle a demandé à son lieutenant à bonnet de prendre le volant. Elle avait les guibolles en guimauve, le cœur en affolement total. *On ne les a pas forcées…*

La bagnole est sortie du parking, elle a baissé sa vitre à fond, et puis a demandé Forster de rouler vite, que l'air sur son visage fasse passer cette putain d'envie de vomir.

On ne les a pas forcées. À six sur une gamine de douze ans, c'est vrai, quoi de plus normal !

Elle a empoigné son portable, a composé le numéro de NSF.

Quand la secrétaire lui a passé Fontani, elle a juste dit qu'elle faisait demi-tour. Surtout qu'aucun d'eux ne parte.

Après avoir avisé la proc' de sa décision de mettre toute l'équipe Fontani en garde-à-vue, elle a senti son portable vibrer. A reconnu sur l'écran le numéro du maire.

Elle ne saura jamais par quel mystère, mais il était déjà au courant de sa visite aux vigiles, de leur possible garde-à-vue.

Il ne voulait surtout pas la déranger, mais juste lui conseiller la prudence. Surtout que la gendarmerie venait de mettre la main sur un groupe d'Érythréens.

Elle l'entend encore lui dire les familles en errance, les cousins, les je-ne-sais-quoi, toute une smala qui traînaient du côté de Noyelles-Godault, sur le parking d'une grande surface à piquer de la bouffe et à faire peur aux gens qui venaient faire leurs courses tranquillement.

Il a ajouté que dans ces pays-là, on ne plaisantait pas avec le comportement des femmes. De là à penser à un châtiment familial qui aurait mal tourné.

Alors, inutile de s'emballer…

24

Marseille, mercredi 2 septembre, onze heures

Les hommes reprennent place autour du bureau.

D'Imane Bsarani, ne reste dans l'air que les atomes dispersés de son eau de toilette. Un soupçon de jasmin, de fleur d'oranger et, pour conclure, une note gourmande de vanille.

Dans la pièce, le soleil a pris toute sa place. À peine entré, une lumière vive fait cligner les yeux, donne envie de baisser le store ou de déplier ses lunettes de soleil.

Debout, dos contre la vitre, la commissaire laisse les rayons lui tiédir la nuque. En silence, elle donne à ses hommes le temps de s'installer, goûte jusqu'à la fin les effluves de ce parfum aux senteurs musulmanes, dernières molécules avant dispersion. Parcelles d'enfance qui montent et montent comme des bulles d'eau gazeuse…

— Messieurs, dans moins d'une heure, on débarque chez Bsarani. La maison a été visitée de fond en comble.

Apparemment, rien n'a été volé. Ce que je veux, c'est savoir ce que les types cherchaient. Je pense que si on s'y met tous, on devrait y arriver.

D'un geste machinal, elle glisse les doigts d'une main entre ses mèches brunes. Puis elle cherche le lieutenant Grenier, le fixe du regard.

— En attendant, je vous écoute, Grenier. Qu'est-ce que vous avez sur la BM ?

Raclement de gorge, extirpation de son chewing-gum avant de le coller au dos de son paquet de Rasta Chill Tobacco.

Grenier démarre sur les chapeaux de verbes. Pas de papier, pas de notes. Le par cœur sans filet, c'est sa marotte. Une des seules leçons retenues de l'école primaire. Unique motif de compliment, rite d'enfance à ne jamais oublier.

Alors, il déroule.

— Avec les photos et la plaque, pas compliqué. BM E60, quatrième génération de la série 5. Pour résumer, un style taillé à la serpe et des motorisations de folie. Là, on a affaire à une 5.40 à injection. Moteur V8 de 306 chevaux, je vous dis pas la bête. Vu le léger restylage opéré par le constructeur par rapport au modèle d'origine, on peut dire que celle de l'autre soir a dû sortir des usines en 2009 ou 2010. Je dois pas me gourer de beaucoup.

Si on se fie à l'immat, la bagnole aurait été déclarée volée en octobre dernier, dans la région de Grenoble. Son proprio, c'est un gros restaurateur du coin. Je sais plus son nom, mais je l'ai noté quelque part. Ce que je sais, c'est qu'il a déclaré le vol de sa caisse le 17 juin dernier exactement. Le problème, c'est qu'on a retrouvé la carcasse de la BM, quelques semaines plus tard, dans une friche au sud de Lyon, complètement calcinée. Ce qui…

— Ce qui veut dire, coupe Aïcha Sadia, que la BM qui nous intéresse circule avec les plaques d'un véhicule totalement détruit par le feu.

— Exactement ce que j'allais vous dire, patronne. Du coup, je me suis dit que si des mecs collent une fausse plaque à leur tire, c'est que c'est pas une bagnole volée. Ils veulent juste qu'on sache pas d'où elle sort, c'est tout.

— Là, je vous suis, Grenier. Alors…

— Alors, j'ai regardé les photos de la vidéo sous toutes les coutures. Un peu comme on mate une meuf avant de se lancer, si vous voyez…

— Pas trop, mais continuez.

— Ben, en gros, j'observe à mort et je déduis. Observation réaction, question d'habitude.

Le lieutenant décolle son chewing-gum du paquet de tabac.

— Je peux me le remettre, patronne. C'est con, mais moi, de mâchouiller, ça m'inspire.

— Mâchouillez, lieutenant, mâchouillez. Mais, surtout, accélérez un peu.

Une fois la tablette Hollywood collée au palais, Grenier reprend le fil de son récit.

— En fait, il y a deux trucs qui m'ont frappé. Un, la propreté de la caisse. Sans déconner, à Marseille, une tire aussi nette, c'est pas tous les jours ! Pas une poussière, pas une rayure, même qu'on pourrait compter les reflets des lampadaires sur la carrosserie. Un peu comme si elle sortait du lavage automatique, mais là, pas une trace de flotte, pas une coulante, que dalle. Alors, je me suis dit que cette bagnole, pour être nickel à ce point, c'est qu'il y a quelqu'un qui s'en occupe. Un mec qui la lustre et qui la bichonne, si vous voyez.

Elle voit et hoche la tête.

— Un peu comme dans les grands hôtels, les préfectures, les trucs de ce genre. Du coup, je me suis intéressé au type qui la conduit. Et là, c'est le deuxième truc qui m'a intrigué. Sur la vidéo, on voit le conducteur, juste de profil. Il bouge pas d'un pète. Même quand l'autre tire sur Bsarani, le chauffeur, lui, il quitte pas la route des yeux. Alors, j'ai pris ma loupe. Cheveux courts, le driver. Pas le crâne rasé comme les mecs à la mode, non, une coupe réglementaire, propre sur lui, comme chez les mecs de l'armée. Et puis ses mains, avec des gants en cuir. Des gants noirs avec un petit dessin brodé. Minuscule, au niveau du poignet.

Le lieutenant Grenier extirpe une enveloppe de sa veste de treillis. Dedans, quelques photos qu'il tend à sa patronne.

— Je suis passé au labo, je les ai fait agrandir.

Aïcha Sadia jette un coup d'œil aux clichés avant de les faire passer au reste de l'équipe.

— Allez, Grenier. Je vous laisse annoncer l'info.

Signe de fierté chez le jeune lieutenant, son tripatouillage, du bout des ongles, de la base de ses dreadlocks.

— Une bande rouge en haut, une bande blanche au milieu avec deux étoiles vertes, et en bas, une bande noire.

— Le drapeau syrien, murmure Touraine.

— Banco, Seb ! Une bagnole officielle de l'ambassade ou du consulat. Pas ordinaire pour l'exécution d'un mec en pleine rue, non ?

Les photographies circulent entre les mains et, une fois l'instant d'excitation passée, la commissaire reprend les rênes.

— Bravo, Grenier. C'est du super boulot. Maintenant, à vous de jouer, Blanchard. Vous vous êtes occupé du tireur, c'est ça ?

À peine la patronne prononce son nom, que les joues de Blanchard commencent à s'empourprer sévère. Puis vient le moment pour lui, une poignée de secondes, de respirer un grand coup, de faire le plein d'oxygène. Et puis les idées se mettent en place, les unes derrière les autres, les mots qu'il doit lâcher, la première phrase.

Le long de sa nuque, ça suinte léger, et puis les mains se font un peu collantes. Comme le regard des autres qui ne le quittent pas.

— C'est ça. Le tireur…

De son blazer bleu marine, il sort un cahier de brouillon, commence la lecture de ses notes.

— Mince, mèches noires sur le front, type maghrébin, chemise blanche, blouson de cuir sombre, jean délavé et tennis de marque Adidas.

Blanchard lève les yeux. Sa phrase, il l'a balancée d'un coup, sans même reprendre son souffle. Comme s'il s'était jeté dans le vide.

— Je sais, je ne vous apprends rien, c'est ce qu'on peut tous voir sur la vidéo. En fait, c'est de là que je suis parti. De ce que tout le monde connaît. L'indiscutable, en gros.

Touraine et Théo Mathias fixent le plafond. Grenier, lui, fait craquer ses phalanges. Perridon connaît son collègue, sa timidité qui frôle parfois le malaise. Alors, il prend le mal de Blanchard en patience tandis que la commissaire se dit qu'il est vraiment chiant et que s'il ne risquait pas la syncope, elle le secouerait un peu…

— Ensuite, j'ai fait tirer quelques clichés et j'ai écumé les bars syriens ou du même genre, comme vous m'avez demandé. Et là, chou blanc, comme on dit. Personne ne connaît ce mec. Jamais remarqué dans aucun des troquets. Patrons, serveuses, barmen, clients, partout la même chose, rien à déclarer, c'est tout.

Aux Baumettes, même opération, même punition: inconnu au bataillon, le bonhomme. Et puis j'ai pensé au nagant, à sa façon de s'en servir, un peu comme un pro. Du coup, je me suis tapé les clubs de tir autour de Marseille. C'est pas ce qui manque. Mais là aussi, que dalle. Personne n'a jamais vu ce bonhomme.

— Si c'est pour m'annoncer que ça n'a rien donné, Blanchard, autant le dire tout de suite. Ça nous évitera de perdre du temps.

Les autres se marrent en silence de la couleur que prennent les joues du lieutenant, à son front, aussi, qui se met à miroiter.

— Je comprends, patronne. Moi aussi, ça a commencé à m'énerver. Du coup, je me suis intéressé à ce qu'on ne voit pas. Du moins, pas au premier coup d'œil. C'est vrai, d'abord on s'intéresse au visage, aux traits, aux expressions, et puis aux fringues, aux marques, aux pompes, à tout ce qui fait l'allure. Eh bien moi, c'est comme Grenier, je me suis penché sur ses mains. Après avoir tiré sur le balcon du vieux, vous avez vu, avant de remonter dans la bagnole, c'est bizarre, mais il retire ses gants. Du coup, j'ai fait grossir deux ou trois photos et je lui ai examiné les paluches.

De son cahier, il sort trois photographies qu'il présente en les maintenant en l'air.

— Eh oui, du cambouis. Des traces de graisse jusque sous les ongles. Mécanicien, notre bonhomme. C'est ça son métier de tous les jours. Mécanicien-tueur à gages, original, non ?

Silence et bide complet.

— Du coup, j'ai passé la fin de la journée d'hier à me faire les garages, les ateliers, les carrosseries, et même les casses.

Entre deux doigts, il déboutonne le dernier bouton de sa chemise.

— Et alors, mon Blanchounet, se marre Grenier, il a fait son CAP dans le coin, ton mécano ?

— Non, mon grand, mais si tu veux tout savoir, il se pointe de temps en temps à la concession BM, boulevard Rabatau. Quand j'y suis allé, le chef d'atelier s'en rappelait parfaitement. Notre gars ne vient jamais pour un problème mécanique, uniquement pour de l'électronique.

— Dites-moi, Blanchard, combien de véhicules le chef d'atelier réceptionne chaque mois, à votre avis ?

Et une couche de rouge supplémentaire aux joues.

— Je ne sais pas, moi, quelques centaines.

— Alors, pourquoi il se rappellerait de celle-là en particulier ?

Là, ça n'est plus du rouge, ni même du pourpre. Ça vire carrément au violacé.

— Parce que de toutes les voitures qu'il supervise, c'est la seule qui a une carte grise au nom du consulat de Syrie ? Rue de la treille, dans le onzième.

Il souffle un bon coup, s'essuie le front, le cou d'un revers de manche. Et puis, son sourire, comme celui d'un gosse soulagé.

— Pas mal, non ?

*

Dans les escaliers qui mènent au parking, Aïcha Sadia distribue les consignes.

— Perridon, vous montez avec moi. Je veux tout savoir sur ce putain de nagant. Vous avez des trucs à me raconter, au moins ?

Perridon s'engouffre à l'arrière du break Peugeot.

— Ne vous inquiétez pas, patronne, vous allez avoir droit à son pedigree complet.

Avant de se glisser derrière le volant, elle se tourne vers le reste de l'équipe prête à s'engouffrer dans une Mégane grise.

— On se retrouve devant chez Bsarani. Si vous arrivez avant nous, vous nous attendez.

Elle avise Touraine, encore au milieu du parking.

— Seb, je peux te demander un service ?

— Dis toujours.

Elle lui lance les clés de son bureau.

— J'ai besoin de quelqu'un pour me disséquer les comptes de Bsarani. Perso, professionnels, actions, obligations, participations au capital. Tout ce qui ressemble à une transaction ou un retrait depuis trois mois. Je peux compter sur toi ?

Touraine fait jouer les clés d'une main à l'autre.

— File. C'est comme si c'était fait.

Du bout des doigts, un invisible baiser.

— Et surtout, si tu tombes sur un truc pas clair, tu m'appelles tout de suite.

Déjà, Sébastien s'éloigne vers l'entrée du bâtiment, le pouce victorieux brandi bien-haut.

Une fois dans la voiture, elle fait coulisser sa vitre, aimante une sirène-gyro sur le toit et s'engage dans la première rue.

— Bon, je vous écoute, Perridon. Alors, ce flingue…

En quelques phrases, le lieutenant établit un portrait-robot de l'arme en question. Conception, chaînes d'usinage, utilisation, arrêt de la fabrication, revente et marché noir. Un flingue aux couleurs de l'histoire de la Russie : sombre comme le canon, blanc comme la nacre de sa crosse, et rouge comme le sang qu'il a fait couler.

— … Le problème, c'est de retracer la route de celui-là en particulier. Alors, je me suis attaché aux détails, aux petites infos que nous livre la vidéo…

D'après les renseignements collectés par le lieutenant, l'immense majorité des revolvers nagant, pour ne pas dire la quasi totalité, sont équipés d'une crosse en bois.

— En général, c'est du mélèze. Un bois de Sibérie, plutôt mi-dur. Facile à travailler mais ferme une fois en main.

En revanche, sur l'enregistrement, au moment précis où le tireur sort de la BM, quand il se penche sur Bsarani, le lieutenant a parfaitement distingué la crosse nacrée du revolver. Comme un éclat dans l'ombre de la scène.

La commissaire Aïcha Sadia, tout en slalomant entre les voitures, ne perd une miette de ce que lui raconte son lieutenant.

— Je me suis rancardé. Moins de cinquante exemplaires de ce genre ont été fabriqués. Des commandes spéciales pour le gratin des officiers supérieurs du NKVD, d'autres pour certains hauts dignitaires du parti. En tout cas, aucun doute, on a affaire à un *collector*.

Le break Peugeot laisse le Vieux-Port sur sa droite, débouche à la hauteur de la plage des Catalans avant d'accélérer sur les premières courbes menant à la Corniche.

— Continuez, lieutenant. Continuez, on ne va pas tarder à arriver.

Perridon ne se fait pas prier.

— J'ai revisionné plusieurs fois le passage où il tire sur le balcon du vieux. Quatre cartouches, à plus de cent mètres. Un tir d'une précision incroyable. Du coup, je me suis dit qu'un type qui maîtrise son arme aussi bien, c'est sûr qu'il doit s'entraîner régulièrement. Et vu le vacarme produit par chaque détonation, l'entraînement ne peut se produire que dans les endroits adéquats.

Le break abandonne la Corniche, s'enfonce en serpentant sur la colline du Roucas blanc.

— Clubs de tir…

— Exact, patronne. Trente-sept clubs, rien que dans le département. Je me les suis tous faits au téléphone. Aucune trace de notre nagant. Du coup, j'ai pensé à la maison Gatimel, rue Paradis. Après tout, c'est le plus grand armurier de la ville. Et s'ils vendent des cartouches en 7,62, ça doit pas être tous les jours.

— Pas con. Et alors ?

— Alors, je peux vous dire qu'on brûle. D'après les dires du patron, deux fois par mois, un type d'origine maghrébine vient s'approvisionner en 7,62. J'ai montré une photo de notre bonhomme au directeur du magasin, pas une seconde d'hésitation. C'est bien lui. Le patron m'a même dit qu'une fois, ils avaient pris le temps de discuter un peu, et que son client lui avait confié qu'il s'entraînait dans un club spécialisé dans le maniement des armes anciennes à Saint-Laurent-sur-Verdon. Un bled dans le 04.

Au fond d'une impasse, à peine dissimulée par une allée de cyprès, la maison des Bsarani.

— On arrive, lieutenant. Si vous pouvez conclure en deux mots.

— En gros, cent vingt bornes et une bonne heure et demie de route. Et encore, sans se traîner. Là-bas, le patron du club de tir est formel. Un nagant à crosse nacrée, il n'en a vu qu'un dans toute sa carrière. Pas d'erreur possible, c'est bien notre tireur.

Face à la grille en fer forgée, la commissaire bloque le frein à main.

— Bon boulot, Perridon. Bon boulot. En attendant, si vous pouvez nous annoncer à l'interphone.

Moins d'une minute plus tard, la 407 se glisse entre les parterres avant de s'immobiliser au pied d'un escalier digne d'un palace de la Côte d'Azur.

Sans dire un mot, le lieutenant Perridon extirpe une feuille de sa veste et la tend à sa supérieure.

— C'est quoi ?

— Aymen Makhlouf. C'est l'identité qui figure sur la photocopie de son passeport. Obligé d'en laisser une au club de tir. Capitaine Aymen Makhlouf, officier de l'armée syrienne. On avance, non ?

La commissaire ouvre sa portière, se lance sur les premières marches.

— C'est vrai, on avance. Mais un peu trop vite à mon goût. Vous me connaissez, Perridon, moi, quand c'est trop facile, je me méfie toujours un peu.

25

MARSEILLE, MERCREDI 2 SEPTEMBRE,
QUINZE HEURES TRENTE

Près de trois heures de perquisition.

Une fouille en règle où rien n'a été laissé de côté. Ni les ombres, ni la lumière, ni les recoins, ni les espaces balayés de clarté.

Deux heures plus tôt, sur les marches de marbre blanc, Imane Bsarani a accueilli la commissaire et le lieutenant Perridon avant de les guider jusqu'au hall d'entrée. Une vaste pièce ornée de colonnes grises surmontées d'un dôme vitré donnant à l'endroit l'allure de coupole de gare.

Éparpillés sur le noir et blanc des dalles en damier, les fragments, par milliers, des vases en cristal jetés au sol, des fleurs piétinées.

— Vous voulez commencer par où? Je vous préviens, toutes les pièces sont dans cet état.

Aïcha Sadia sait que de passer après d'autres visiteurs est une tache étrange. Il ne s'agit pas d'explorer la maison, mais de disséquer la fouille d'un prédécesseur. Il n'est pas question de chercher un objet en particulier, mais plutôt d'analyser le travail de ceux qui ont inventorié avant elle. Comprendre le cheminement du désordre laissé, les motivations des hommes qui sont passés là, reconstituer le mouvement de leurs mains, leur impatience, la fébrilité et l'excitation de leur quête.

— Peu importe. Je veux d'abord jeter un coup d'œil.

Elle s'est avancée jusqu'à un premier couloir, un vestibule jonché de torchons et de serviettes qu'elle n'a eu qu'à suivre pour déboucher dans les cuisines. Intérieurement, elle a souri au pluriel du mot, à ce *s* qu'on réserve aux cuisines des riches.

Assiettes et verres par dizaines pulvérisés sur le carrelage, au milieu des plats en argent, des couverts, des marmites de fonte noire.

— Putain, une vraie tornade, a murmuré Perridon.

Sans dire un mot, Aïcha a enjambé les débris de porcelaine et de cristal, a poussé la porte de l'office. Une arrière-cuisine aux rayonnages vidés de leur contenu. Farine, sucre, épices, conserves, étalés en vrac dans un nuage de poussière parfumée.

— En tout cas, ceux qui sont venus avant nous ne savaient pas précisément ce qu'ils voulaient trouver.

— Qu'est-ce qui vous fait dire ça, patronne ?

Dans le jardin en contrebas, le claquement des portières, les voix de Grenier et des autres.

— Il n'y a qu'à observer.

D'un ton calme, elle lui a expliqué que les intrus du matin n'avaient pas pris soin de distinguer les petits objets des grands. Ils avaient brisé les verres à liqueur aussi bien que les vases, éventré les sacs de farine au même titre que les pots de miel ou de confiture.

— … Croyez-moi, Perridon, les hommes qui sont passés là ne connaissaient pas la taille exacte de ce qu'ils cherchaient. Un livre, un cahier, un classeur, un ordinateur, une clé USB. Ils n'en avaient pas la moindre idée.

Dans le hall, les pas de l'équipe au grand complet. La voix de Fred Pichon qui s'extasie, commente l'architecture, Grenier qui siffle d'étonnement, le silence intimidé de Blanchard, l'absence de Benoît Volter.

La commissaire, tel un habile metteur en scène, allait distribuer les rôles. Voir chacun s'enfoncer dans la maison, dans le dédale des pièces et des couloirs encombrés.

— Volter n'est pas avec vous ?

C'est Grenier qui répondit le premier.

— Non, patronne. Au moment de partir, il m'a dit qu'il filait à Saint-Charles. Un truc à vérifier…

Alors que ses hommes se dispersaient dans les recoins, les placards, se lançaient sur les traces des cambrioleurs, Aïcha Sadia avait pris place sur une des terrasses, tiré une chaise à elle, posé les coudes sur la table de fer forgé.

Elle avait levé les yeux vers Imane Bsarani qui ne l'avait pas quittée d'un pas.

— Et si vous me parliez de cette Manon Péan et de votre mari…

L'épouse de Bsarani s'était immobilisée, comme stoppée net dans son mouvement.

— Je ne comprends pas. Je veux dire, de quoi voulez-vous que je vous parle, au juste ?

Aïcha Sadia a allumé une cigarette, puis a tendu son paquet à son interlocutrice.

Elle a évoqué Bsarani, son investissement dans la carrière de Manon Péan. Elle a parlé de l'élue du PNF qu'elle a vue la veille, du bouleversement qu'elle a discerné dans le sombre de ses yeux.

— … J'ai envie de vous parler d'emprise, mais je ne sais pas lequel des deux avait un ascendant sur l'autre. C'est pour ça, madame Bsarani, que j'ai besoin de vous entendre.

*

Au même moment, gare Saint-Charles

Sur le quai qui longe le TGV, elle accélère le pas.

Avant même d'être éjectée du taxi, au travers des vitres fumées, elle a repéré les objectifs accrochés au cou des hommes, les caméras, sur les visages les tics d'impatience. Elle a remercié d'un sourire le chauffeur pour ses encouragements, a claqué la portière et s'est lancée parmi la foule.

Ne pas détourner le regard, ignorer les questions, le grésillement des flashes. Se frayer un chemin dans la bousculade des reporters, opposer le silence aux questions balancées à bout portant. Le nom de Bsarani en boucle, les points d'interrogations sur sa future campagne des Régionales, les risques de vacillement, de fragilisation…

Ne pas entendre, ne pas répondre, fendre l'air moite de la gare jusqu'à la rame qui attend.

Manon Péan vérifie d'un œil le numéro de la voiture de première classe, pose un pied sur la marche métallique et se glisse parmi les voyageurs.

Elle cherche la place retenue à la dernière minute par son assistant parlementaire, s'affale sur le siège, se glisse jusqu'à la vitre.

Sur le quai, les derniers voyageurs se pressent, les photographes de *La Provence* mitraillent les reflets de la paroi vitrée, la blondeur devinée, la pâleur du visage, aussi.

L'homme jeune qui vient de monter, lui, ne porte aucun bagage. Ni sac, ni valise. Sans perdre de temps, il repère la jeune députée, parcourt la travée centrale jusqu'à elle.

Elle se rappelle son visage, son silence, hier matin, dans les salons de l'hôtel Jules César.

Il sort sa carte barrée de tricolore.

— C'est bon. Je vous avais reconnu.

Elle jette un œil à sa montre.

— Le train part dans deux minutes. Ne me dites pas que la police veut m'escorter jusqu'à Paris ?

Dans sa voix, un brin d'ironie, dans le noir de ses yeux, comme deux petits lacs brillants. Minuscules.

— Non, madame Péan. Je voulais juste photographier les pages de votre agenda.

D'une poche de son jean, il extirpe un téléphone portable.

Elle ne quitte pas son regard.

— Je suis obligée ?

— Du tout. Cela dépend de votre volonté de collaborer.

Du dernier mot, *collaborer*, il a nettement détaché les syllabes. Lâché le mot comme accompagné d'infimes points de suspension. Volontairement, pour qu'elle sache ce qu'il pense. L'idée qu'il a du verbe *collaborer* quand on l'associe à la famille Péan.

Elle ouvre le sac de cuir qu'elle a laissé sur ses genoux.

— Quelles pages en particulier ?

— Disons, depuis lundi inclus.

Elle ouvre son agenda à l'endroit indiqué, laisse Benoît Volter prendre les clichés nécessaires.

Elle s'excuse à l'avance des ratures, des notes griffonnées à la va-vite.

— Vous imaginez bien que depuis hier, mon emploi du temps…

Le jeune apprenti policier ne commente pas.

— Vous rappellerez à votre commissaire qu'elle me tienne informée des avancées de l'enquête.

Déjà, l'inspecteur stagiaire s'éloigne vers l'extrémité de la voiture.

— Ne vous inquiétez pas, nous nous reverrons…

Pour lui, ça n'est pas une menace, qu'il lance. Juste un pressentiment…

Le glissement métallique de la portière précède le quai qui file vers l'arrière, emporte avec lui les photographes de presse, les bagagistes délestés, les femmes de ménage, les balayeurs, la silhouette du jeune Volter qui ne quitte pas la voiture onze des yeux.

*

— Ne vous méprenez pas, ça n'est pas de la jalousie. Non, c'est autre chose.

Imane Bsarani cherche ses mots, veut traduire au plus juste sa pensée. Elle dit avoir mesuré le pouvoir de Manon Péan sur son mari quand elle s'est rendue compte qu'il était prêt à beaucoup de choses pour elle. Pour assurer son ascension, sa réussite.

— … De conseiller, il était devenu protecteur. Vous allez me dire, normal pour un futur directeur de campagne, et vous auriez raison. Il gérait son planning, ses réunions, ses meetings. Et puis, Tarek l'a mise en relation avec les Russes, les financiers du Kremlin. Là, il a commencé à s'occuper de choses plus secrètes. La face cachée des partis politiques, si vous voyez. Et puis, il a servi d'intermédiaire entre le parti et le régime syrien. Son amitié avec Bachar el-Assad, Tarek l'a mise au service du parti. C'est clair. Une politique étrangère qui se dessine et dont Tarek était pour ainsi dire l'instigateur…

Elle hésite, semble attendre un signe, se contente du hochement de tête d'Aïcha Sadia. Comme une approbation muette.

Elle dit qu'il y a quelques mois, elle a assisté à la préparation d'une réunion publique, puis au meeting de la soirée. Elle a vu Tarek et la jeune députée se partager les rôles, parler chacun leur tour, occuper l'espace, se distribuer le temps de parole en parfaite complicité. Une harmonie comme celle des joueurs de double. Au millimètre près de leur intimité.

Elle dit avoir compris, ce soir-là, qu'il lui faudrait désormais partager. Qu'elle n'était plus la seule à être son souci, l'unique épicentre de ses intérêts.

Ce fut comme une petite mort. Un renoncement de femme blessée. Déçue, au fond. Un peu perdue, aussi…

Du hall, parvient le brouhaha de l'équipe.

— Je crois qu'ils ont terminé. Je vais vous laisser le capitaine Pichon. Il assurera votre sécurité.

D'une poche de son jean, les vibrations d'un portable.

— Oui, Seb…

En deux mots, Touraine lui fait le topo. Un corps retrouvé par trente mètres de fond au large de Port-de-Bouc. Un type lesté d'un truc en fonte, jeté là il y a deux ou trois jours.

— … C'est un plaisancier qui s'était un peu égaré et qui a mouillé dans le coin quelques minutes pour faire le point. C'est en relevant l'ancre qu'il a accroché le corps et qu'il l'a remonté à la surface.

— Et il n'y a pas de gendarmes à Fos/mer ?

— Évidemment.

— Alors tu peux me dire pourquoi je devrais m'occuper de ton noyé ?

À la respiration de Sébastien Touraine, cette façon qu'il a d'inspirer un grand coup, comme pour se donner de l'élan, à ce silence un peu soufflé qu'elle connaît par cœur, elle sait qu'elle aurait dû se taire. Ou du moins éviter le sarcasme à deux balles. Attendre qu'il lui balance le paquet-cadeau. Du lourd, du très lourd…

— Parce que dans la poche de son pantalon, il y a son passeport, au type. Un peu bouffé par la mer, c'est sûr, mais parfaitement déchiffrable.

Elle l'entend déplier un bout de papier, prendre tout son temps.

— Nadim Al-Sulta. Officier de l'armée syrienne. J'ai commencé à chercher, et figure-toi…

— C'est bon, Sébastien. On arrive.

26

Quarante-cinq minutes plus tard

Après le viaduc de Martigues, surgissent les premières barres d'immeubles de Port-de-Bouc. La voie rapide, comme une balafre, coupe la ville en deux. À droite, les blocs en grappes, les parkings, les fenêtres aux stores baissés, les cages d'escalier livrées aux odeurs de soupe. Entre les bâtiments, de vagues aires de jeux abandonnées aux vents et à la poussière, où les mômes se mouillent encore pour le ballon. Le soir, y dansent les scooters, les BM descendues de Marseille, les barrettes qu'on s'échange loin des réverbères.

À droite de la rocade, perchées sur des promontoires aménagés, des résidences de parpaings. Un dédale de maisonnettes crépies aux fenêtres sécurit, labyrinthe de jardins à l'herbe plus ou moins pelée, où se planquent comme elles peuvent des piscines miniatures. Sur les murets qui se dressent, des clous, des tessons de bouteilles. Derrière les palissades, les existences barreaudées de la classe moyenne en accession.

La commissaire Aïcha Sadia n'a pas bronché de toute la route. À ses côtés, Sébastien Touraine s'est contenté de laisser fuir le paysage, de repérer la mine furieuse des conducteurs doublés en trombe. À l'arrière, Théo Mathias a gardé les yeux fermés, le temps d'une apparente sieste.

— Elle est où cette plage ?

Mathias ouvre les yeux, Touraine pointe du doigt un pan de la ville.

— Sors à la prochaine. Tu passes sous la voie rapide, ensuite, c'est indiqué.

Tu verras, avenue du Groupe Manouchian, avenue Maurice-Thorez. Partout du rouge passé. Des résistants, des fusillés, des secrétaires généraux du Parti.

— Comment tu connais ce coin, toi ?

En quelques mots, le récit des parents, du rouge des banlieues, des camarades de section qu'on retrouve pour les vacances.

— … Avec mes vieux, on campait dans le coin, et les journées, pendant que les grands refaisaient le monde, nous, les gamins, on passait notre temps sur la plage des Galets. Et tu vas voir, elle porte bien son nom.

Entre deux rochers qui bordent la rue, deux véhicules de la Gendarmerie, le camion rouge du Samu, aussi.

— Gare-toi. C'est juste derrière.

En quelques pas, vue imprenable sur la plage des Galets. Caillasse et rochers sur une centaine de mètres. De-ci de-là, des bouteilles en plastique, des sachets, des cartons à moitié mâchés par le sel des vagues.

Couché sur le dos, entouré d'uniformes, le corps d'un homme.

Ou du moins ce qu'il en reste.

Torse nu, sans chaussures, simplement vêtu d'un jean.

Les gendarmes s'écartent un peu.

Théo Mathias s'agenouille près du cadavre. Une fois enfilés les gants d'usage, il commence son premier examen.

La commissaire s'adresse au capitaine de gendarmerie. Elle veut entendre les circonstances du repêchage. Le lieu exact, les témoins, les courants dans le coin et tout ce qui concerne la plage ces jours-ci.

Elle entend les mots précis du militaire. Imagine le couple de plaisanciers, le bateau malmené par le caprice des flots et qui a dérivé jusqu'à deux cents mètres au large. Elle voit très bien l'ancre jetée à l'eau, le temps de faire le point, de se poser un peu. Elle suit du doigt la direction indiquée, remarque sur la ligne d'horizon la silhouette particulière des tankers. Comme des jouets, sombres et allongés sur l'eau, au loin.

— Pour tout vous dire, conclut le gendarme, si l'ancre n'avait pas accroché le corps, ça n'est pas lui qui serait remonté tout seul…

Il met fin à son commentaire, laisse les points d'interrogation en suspens, semble même attendre la question qui lui paraît incontournable.

Aïcha Sadia se retourne vers le corps en auscultation. D'un regard, un rapide examen des alentours.

— Le cou de cet homme porte des traces évidentes de strangulation, capitaine. Mais on ne me fera pas croire qu'on étrangle un type après l'avoir torturé à ce point. Ça défierait toute logique. Une sorte d'incohérence. Un peu comme la présence de ce radiateur, là-bas, posé contre un rocher. Franchement, sur une plage nettoyée plus ou moins régulièrement par les services municipaux, ça fait désordre. Un truc en fonte qui doit peser dans les cinquante kilos. Rien à voir avec le décor. Rien. Si on y ajoute le bout de corde trempée posé près du radiateur, on n'a pas de mal à imaginer le genre de collier que notre bonhomme avait au cou au moment du plongeon.

Muet, le capitaine. Les points d'interrogation au fond de la gorge.

Théo Mathias se redresse.

— C'est bon. Ils peuvent l'emmener pour l'autopsie.

La commissaire s'approche, observe en silence les membres mutilés.

— Alors, ça donne quoi ?

Le légiste tourne les pages de son bloc-notes.

— Vu l'état de la peau, la mort remonte à environ trois jours. Quatre au maximum. On a bien des signes de putréfaction verdâtres au niveau de la paroi abdominale, mais aucune extension à l'ensemble du tronc, du cou et de la tête. L'autopsie précisera, mais la mort ne remonte pas à plus de quatre jours, j'en suis quasiment certain. Pour ce qui est des heures qui ont précédé sa mort, pas très compliqué de refaire le film. Torture et compagnie. Et vu l'état des plaies, la séance a duré au moins quarante-huit heures. Pour commencer, ils ont…

Les mots de Théo Mathias disent la section des doigts. Tous. Sans doute au moyen d'un sécateur. Puis des orteils. Tous. Suivent les testicules éclatés, les tétons carbonisés sous la cendre brûlante des cigarettes. Et puis le visage déformé par les coups, les pouces des hommes enfoncés dans les orbites…

— Ce qui est probable, c'est qu'il a fini par parler.

— Qu'est-ce qui te fait dire ça ?

Un instant, ils se taisent, suivent des yeux les gars du Samu emporter le corps sous une couverture, comme blotti sur son brancard.

— Il arrive parfois que les hommes, sous la torture meurent d'un arrêt cardiaque. Mais là, aucun signe d'infarctus ou de problème de ce genre. J'ai exercé une forte pression sur sa poitrine, tu vois, et il a de l'eau plein les poumons. Cet homme est mort noyé, point à la ligne. Ce qui est sûr, c'est qu'il était vivant quand on l'a balancé à la flotte. Sans doute qu'il avait livré aux autres ce qu'ils voulaient savoir. Voilà ce que j'en conclus. S'il n'avait pas parlé, Aïcha, ils l'auraient torturé jusqu'à ce qu'il crève. Là, après avoir obtenu ce qu'ils cherchaient, ils ont décidé de se débarrasser de lui en le jetant à la mer par trente mètres de fond. Lesté par un radiateur, il n'était pas près d'être…

— C'est bon, je connais la suite.

Touraine, lui, s'est assis sur une pierre, à l'autre bout de la plage.

De loin, il semble avoir son portable vissé à l'oreille. Dans une main, un sachet en plastique. De l'autre, il leur fait signe d'approcher.

Déjà, Mathias s'éloigne vers les voitures.

— Moi, je rentre sur Marseille avec le SMUR. Je ne veux pas louper l'autopsie.

Quand elle arrive à la hauteur de Sébastien, elle saisit les derniers mots de sa conversation.

— … OK. On fait comme ça. Fonce là-bas, on t'y retrouve.

Aïcha Sadia se fiche une clope entre les lèvres.

— Je peux savoir ce que tu maquilles, Seb ?

Touraine lève la poche de plastique transparente à la hauteur des yeux de son interlocutrice.

— Je me suis occupé de son passeport. C'est fou ce qu'on peut apprendre à partir d'un simple document administratif.

— Allez, vas-y. Je t'écoute.

— Non, toi d'abord. Les circonstances de la mort, tu me connais, ça me passionne. Alors, au vu des mains et des doigts de pieds, accident de tondeuse ou dents de la mer ?

En quelques phrases, Aïcha Sadia évoque la liste des sévices, une vague idée de la souffrance, le type qui crache le morceau et qu'on balance à la baille, un radiateur autour du cou.

— Voilà pour le cadavre. Et toi ?

— Moi, je ne suis plus de la Maison, tu vois, et pourtant j'ai gardé tous les réflexes procéduriers.

Il agite à nouveau sa poche transparente.

— Un : le passeport. Nadim Al-Sulta, quarante-neuf ans, célibataire. Nationalité, syrienne. Profession, militaire. Capitaine pour être précis. Deux : la PAF[3]. Notre homme a été contrôlé le 13 août à son arrivée à Charles-de-Gaulle. Un vol direct en provenance de Chypre. Depuis, pas de nouvelles. Disparu dans la nature. Trois : le consulat de Syrie à Marseille. J'ai eu trois ou quatre types différents, mais impossible d'avoir une info sur Al-Sulta. Par contre, quand j'ai annoncé qu'on venait de retrouver son cadavre, alors là, changement de ton. Dans la minute, on m'a passé un haut gradé et là, j'ai appris pas mal de choses. Nadim Al-Sulta était capitaine dans l'armée syrienne, ça, on le savait déjà, mais figure-toi qu'il exerçait le métier de photographe des armées. Et là où ça devient passionnant, c'est que notre bonhomme est considéré comme déserteur depuis début août.

La commissaire écoute son compagnon, laisse les mots bâtir des images, des silhouettes en fuite. Elle suppose des photos secrètes, plus que compromettantes. Des clichés qui valent des millions, pourquoi pas, suffisamment précieuses pour entraîner le départ et l'exil. Elle imagine cet Al-Sulta abandonner son uniforme, traverser le pays jusqu'à embarquer pour Chypre sur un bateau de pêcheurs. S'il a déserté et fui le régime, c'est qu'il n'est pas parti les mains vides. Ce secret, il l'a emporté jusqu'en France, jusqu'à Paris, là où l'on perd sa trace…

— … En quatre, poursuit Touraine, j'ai laissé libre cours à mon intuition. En fait, je me suis laissé guider par une association d'idées. Écoute, c'est du billard.

3 Police de l'Air et des Frontières.

Elle adore quand il se laisse déborder comme ça. Envahir par des fulgurances dont lui seul a le secret.

— Je me suis dit que Bsarani et Al-Sulta, ça fait deux Syriens importants qui meurent sur notre sol à quelques heures d'intervalle et, en plus, à quelques kilomètres de distance. Franchement, c'est gros. Du coup, comme les deux hommes ont le même âge, j'ai téléphoné à l'ambassade de France, en Syrie. En cinq minutes, j'avais l'info : Bsarani et Al-Sulta, figure-toi qu'on doit pouvoir les choper sur la même photo de classe, au lycée de France *Le Frère* à Damas. Des amis d'enfance, incroyable, non ? Et attends, c'est pas fini. Pour te dire la relation entre les deux hommes, il y a dix ans, le seul photographe accrédité pour le mariage de Bsarani… je te laisse deviner. Alors, je me suis dit que si Nadim Al-Sulta était en France pour se planquer, il serait assez logique qu'il fasse appel à son pote d'enfance. Non ?

— Continue. Je sens que tu n'as pas fini de m'étonner.

— En revanche, l'héberger chez lui, trop dangereux. Une vraie bombe pour la petite famille. Alors, il lui a fallu trouver, une cache, un appart où se faire discret en attendant des jours meilleurs.

Aïcha Sadia ne perd pas un mot du déroulé de Sébastien. Mais tout en l'écoutant, elle se revoit, la veille, investir cet appartement abandonné de l'avenue des Chartreux. Dans l'évier, des verres aux relents de whisky, une simple table, deux ou trois tabourets. Et dans l'unique chambre, un lit picot et son sac de couchage. Sur le parquet, un cendrier bourré de mégots, une bouteille de flotte à moitié vide et des paquets de biscuits entassés sur une boîte de pompes qui sert de table de chevet. Une piaule de réfugié, rien d'autre.

— ... Du coup, j'ai demandé à Grenier de filer…

Un instant, il fixe Aïcha du regard.

— Qu'est-ce que tu as ? On dirait que ça te fait marrer.

— Non, c'est que des fois, j'ai juste envie de finir tes phrases.

Il fronce les sourcils.

— Par exemple te dire que tu as demandé à Grenier de filer à l'appart du vieux témoin, avenue des Chartreux. Une fois sur place, il va faire un prélèvement ADN sur chaque verre qui traîne, sur le plumard, le sac de couchage, partout où c'est possible et on compare avec celui d'Al-Sulta. C'est ça, non ?

Il décolle les fesses du rocher, lui passe un bras autour des épaules. Quelques pas en direction des voitures.

— Bon qu'est-ce qu'on fait, maintenant ?

Elle relâche l'étreinte, accélère le pas.

— On ameute le reste de l'équipe et on se retrouve avenue des Chartreux. Et une fois sur place, on se pose les bonnes questions.

— C'est-à-dire ?

Autour de la voiture, une brusque bourrasque fait tournoyer l'ocre de la poussière.

— J'aimerais bien savoir ce qu'Al-Sulta a bien pu sortir de son pays ? Ce qui est sûr, c'est que c'est suffisamment grave pour qu'on lui fasse endurer ce qu'il a subi. Un document super compromettant pour le Régime ou quelque chose de ce genre. Ensuite, quel est le rapport entre cet *objet*, appelons-le comme ça pour l'instant, et l'assassinat de Tarek Bsarani ? Quand on aura répondu à ça…

— Moi, j'ai une autre interrogation ?

Elle ouvre sa portière.

— Je t'écoute.

— Pourquoi deux équipes pour se faire Bsarani ? C'est vrai, si on s'arrête aux seuls éléments qu'on a, il y a une équipe russe pour lui exploser le genou, et une équipe syrienne pour finir le boulot. Excuse, mais s'il y a complot, il y a obligatoirement concertation, organisation. Et puis, pour que les Russes et les Syriens décident d'abattre Bsarani, il leur a fallu une sacrée raison. Parce que jusqu'à preuve du contraire, il était l'allié du Kremlin comme de Damas. Et là, tu vois, il y a quelque chose qui m'échappe.

Elle s'engouffre dans la Peugeot, d'un coup d'essuie-glaces, balaye le voile de sable déposé sur le pare-brise.

— Fais-moi plaisir, appelle tout le monde. On n'a pas de temps à perdre.

Touraine attache sa ceinture, dégaine son portable.

— C'est bien, tout ça, mais on mange quand ?

Elle enclenche la première et reprend l'avenue Maurice-Thorez en sens inverse.

— Un estomac sur pattes. Je vis avec un estomac sur pattes !

Sur France Info, le flash de dix heures trente. Les migrants par milliers sur les îles grecques, la rentrée scolaire et la ministre heureuse. Dans le Pas-de-Calais, les corps sans vie des deux Érythréennes plongent la ville d'Hénin-Beaumont dans la stupéfaction. La plus jeune s'appelait Betiel, elle venait d'avoir douze ans. Les gens témoignent, disent leur effroi, certains leur indifférence, leur lassitude, leur peur aussi face aux malheurs du monde qui leur tombent dessus. Là-haut, entre les terrils, on a confié l'enquête à une jeune capitaine de police…

27

Lille, quinze heures trente

Dans la chambre, le commissaire Kapriski s'est assoupi. À la régularité de sa respiration, s'est ajouté un léger sifflement, une vibration de l'air au sortir des narines.

Carole Vermeer aimerait le réveiller. Se racler la gorge ou tousser légèrement, histoire qu'il ouvre les yeux.

Tant qu'à faire, elle aimerait crier un bon coup, qu'il se réveille en sursaut, hébété de la voir debout devant lui. Lui dire qu'elle aime sa lecture, mais qu'elle est fatiguée. À l'expression accablement, elle préfère celle de lassitude. Un incontestable épuisement.

Il serait vain de rassembler ses forces, elle en est dépourvue. Inutile d'espérer un mouvement des lèvres, l'amorce d'un bruissement ou même un simple chuintement, elle en est incapable.

Comme dans une barque sans moteur ni rames. Un petit canot de bois dont elle aurait perdu tout contrôle.

À nouveau, le cahier tombe, les jambes de Kapriski tressaillent. Elle l'entend toussoter, un peu comme on s'excuse. Elle perçoit le glissement des pages, les premiers mots de la reprise.

Dans la cour du commissariat, le souk complet. Des Érythréens. À part Betiel et Yohanna, c'est la première fois que j'en vois des vivants.

Elle se souvient avoir glissé la Mégane sur le parking, entre deux estafettes. Avec Forster, elle s'est dirigée vers l'entrée arrière du commissariat.

Ils étaient une dizaine. Des hommes pour la plupart. Assis sur le goudron. Quand on s'est approchés, on a vu les menottes, les bras ramenés dans le dos.

Carole laisse les mots de Kapriski investir ses oreilles, gagner son cerveau. Elle revoit les mines creusées, les pieds meurtris dans les sandales. Plus petites que les autres, les deux femmes du groupe, accroupies, ramassées sur elles-mêmes. Sans âge.

Dans l'après-midi, quand j'ai examiné leurs papiers, j'ai su qu'elles avaient trente-neuf et vingt-quatre ans. La plus vieille est la mère des deux filles tuées, l'autre, la sœur aînée.

Avant de pousser la porte d'entrée, elle a jeté un coup d'œil vers les étages. À la fenêtre de son bureau, le commissaire Kapriski, immobile, qui la suit des yeux. Sans un signe. Il lui a d'abord fait penser à une sentinelle silencieuse. Une putain de vigie. Et puis, elle s'est dit qu'il l'observait se débattre. Peut-être qu'il attendait la noyade, l'engloutissement pur et simple.

Elle se souvient de la saine colère qui s'est emparée d'elle. Une rage fouettée d'énergie.

Dans le hall, le brigadier Martin et sa gueule de pilier de bistro. Assis sur les marches de l'escalier principal, le petit Florian Dumas. Et puis, Beaurepaire, devant l'entrée côté rue, agité, le portable à l'oreille.

Je leur ai demandé ce qu'ils foutaient là au lieu de surveiller les autres, dehors. Et puis le pourquoi des menottes.

Ils m'ont raconté l'arrivée des gendarmes. Quand ils les avaient débarqués des fourgons, les blacks étaient déjà menottés. Ils les ont fait s'asseoir par terre.

Kapriski interrompt sa lecture.

Elle entend la chaise riper le sol, le patron s'approcher, poser un bras au bord du lit.

— Je ne sais pas si tu m'entends, Carole, mais moi aussi il faut que je parle. Il n'y a pas que toi qui as des trucs à raconter, tu sais. Ce jour-là, l'arrivée des gendarmes, je l'ai vue depuis mon bureau. Ces cons ont débarqué les Africains comme du bétail. Ils les ont bousculés un peu, et ils les ont fait s'asseoir par terre. Apparemment, personne ne savait où vous étiez, Forster et toi. Avec le recul, tes gars avaient l'air un peu perdu. C'est vrai aussi que j'aurais pu descendre, prendre les choses en main. Au moins exiger qu'on traite les migrants avec un minimum de dignité. Finalement, je n'ai pas bougé. Juste pour que tu te démerdes jusqu'au bout. Te voir t'enliser dans le bourbier, c'est ce que je voulais à ce moment-là.

Il se tait, soupire un peu.

— Parce que je croyais savoir des choses sur toi. Je pensais que tu t'étais laissée embrigader par le maire, le PNF et toutes leurs saloperies

Silence. Juste les pas des infirmières dans le couloir.

— Je me trompais, Carole. Je me trompais…

Ces mots-là, c'est comme une couverture quand on a froid.

Elle pense à une doudoune, une polaire neuve, ou l'eau du bain quand on se laisse glisser dans la baignoire. Une caresse, un regard, une récompense. Une reconnaissance, un doigt qui frotte la joue, un sourire. Une douceur de père. Oui, c'est ça, de père.

Elle sent le sommeil la couvrir. D'abord les pieds, puis les jambes avant le haut des cuisses. Comme les vagues quand on s'allonge sur la grève, contre la mer.

Elle revoit son père, le soir, enfiler son cuir, prendre les clés au clou. Elle retrouve l'attente de la main qui asticote les cheveux, effleure un bout de lèvre. Un signe, infime, comme un mot d'amour qui ne vient pas.

Elle se souvient des boutons qu'il ferme jusqu'au dernier, entend encore le vrombissement de la moto s'amenuiser au bout du chemin.

Attendre, attendre. L'imaginer sur les voies, toute la nuit, à marcher entre les traverses.

L'entendre, au matin, se cogner un peu dans l'escalier, bousculer la porte de la chambre au grand lit.

C'est à ce moment-là qu'elle inclinait la tête sur l'oreiller, fixait d'un œil le ciel par la fenêtre. Loin derrière le bleu, au-delà des nuages.

Parfois, quand sa mère s'obstinait à dire non et que le ton montait à faire trembler les oreilles, elle passait prendre Jason dans sa chambre. Elle l'aidait à enfiler ses chaussures et l'emmenait dehors, de l'autre côté de la route, là où on n'entend plus que le clapotis de l'étang du Pont Rouge.

Elle se dit qu'il est bon de s'endormir.

D'être un instant abandonnée par l'état de conscience.

28

LILLE, DIX-HUIT HEURES

C'est le prénom qui lui fait lâcher le sommeil.

Florian !

Elle n'ouvre pas les yeux. Impossible.

Sous les paupières, le chaos.

Violente, la chute. Comme un wagonnet de montagne russe. Un fracas de ferraille et de hurlements.

Florian, Florian, le nom lui martèle la tête.

Presque zappé celui-là. Oublié, sorti de sa mémoire.

Jusqu'à tout à l'heure, quand elle a repensé à son arrivée au commissariat, avec Forster.

Il était assis, l'élève officier de police, sur les premières marches de l'escalier principal. Il a levé les yeux vers elle et Forster qui venaient de débarquer. Étrange, son regard. Comme apeuré, un peu paumé. Une bête, la nuit, dans le faisceau des phares.

Les dernières heures d'août, Florian Dumas était absent. En repos, comme on dit. Loin des saloperies de la rue.

Elle se revoit s'agenouiller près du docteur Beaurepaire sous la toile bâchée. Tout est resté dans sa tête, quelque part, intact. Le regard fuyant de ses hommes, la voix douce du légiste pour dire les choses barbares, et le pas de Kapriski qui s'éloigne.

L'absence du petit Dumas, aussi, de sa gueule de poète.

Devant le noir et le rouge des peaux, devant l'angle improbable des doigts, des articulations, face aux grands yeux éteints, elle a remercié le ciel d'épargner au gamin toute cette sauvagerie.

À l'eau qui coule dans la gorge de Kapriski, au bruit du verre reposé sur la table, elle se demande si lui aussi ne s'est pas accordé une petite sieste.

Surtout qu'il reprend la lecture exactement au passage où elle avait décroché. Comme s'il se collait à son rythme.

Sa bouche demeure immobilisée, comme prise dans la glace. Et pourtant, elle sourit et ça ne se voit pas.

… Ils les ont fait s'asseoir par terre.

Là, j'ai réalisé que tout le monde m'attendait. Martin qui ne sait plus quoi penser, Beaurepaire et son portable, et puis Florian Dumas, sur l'escalier. La fille de l'accueil, aussi, avec sa manie de faire tourner son stylo entre ses doigts. Elle n'osait même plus répondre au téléphone, comme si l'orage allait lui tomber dessus.

Et puis le troupeau de blacks, dehors, s'est mis à baragouiner une sorte de dialecte. Des sons que j'avais jamais entendus. Un truc à couper à la machette.

À y repenser, le Florian, il avait la tête de ceux qui sont devenus grands, comme ça, d'un jour sur l'autre, et qui ont peur du monde qu'ils ont entrevu.

Une gueule d'enfance à enterrer.

Ils ont tous compris que le patron ne descendrait pas. Il resterait dans son bureau, la porte entrouverte, à laisser monter jusqu'à lui les bruits de la panique. De l'égarement dont il me croit capable.

Alors, j'ai décidé de la suite.

C'est vrai, c'est pas parce qu'on a peur de tomber qu'il faut arrêter d'avancer...

Je me revois encore gueuler sur Beaurepaire, comme quoi il faisait chier le monde avec son putain de téléphone. Je l'entends m'expliquer qu'il demandait qu'on nous envoie un interprète. Quelqu'un qui parle anglais et qui puisse nous traduire ce que racontent les Érythréens.

J'ai demandé à Martin et Forster d'emmener les blacks au premier, dans la salle de réunion attenante à mon bureau. Que Beaurepaire monte avec eux. Une fois là-haut, qu'on leur enlève les menottes et que le toubib les examine rapidement. Avant que l'interprète se pointe.

Je suis montée avec eux.

Je les vois encore se frotter les poignets, et puis rester debout, au milieu de la pièce, sans oser prendre une chaise.

... Il me fait chier, Beaurepaire, à me regarder parfois un peu bizarrement. Comme s'il avait envie de me dire des choses personnelles, mais moi, j'ai pas envie de les entendre. Par contre, aujourd'hui, quand il s'est occupé des Africains, j'ai aimé sa façon de faire.

Quand on a découvert les corps des filles, c'était pareil. Il parlait des blessures tout en effleurant les peaux. Il racontait la souffrance, tout en frôlant les plaies, comme s'il caressait les meurtrissures...

C'est un drôle de bonhomme, mais c'est un bon toubib.

Ou l'inverse. Je ne sais plus trop.

Je me rappelle ses mots quand il m'a parlé de leurs têtes enfoncées dans la bouillasse. La nudité du visage, c'est ce qu'il a dit. Sa gloire et sa pauvreté, sa défaillance toujours possible, sa fierté inaltérable. C'était beau, ces mots. Comme pour effacer un peu toute cette merde. Je crois que je ne les oublierai pas...

C'est là que le maire est arrivé. La fille de l'accueil m'a prévenue sur la ligne interne. J'ai laissé les autres et je l'ai reçu dans mon bureau.

Je crois que je ne l'avais jamais vu comme ça. Une pile.

Il m'a même demandé s'il pouvait fumer.

Et puis, il s'est assis sur le coin de mon bureau et m'a regardé droit dans les yeux.

— Carole, il faut vraiment que vous m'écoutiez.

C'est comme ça qu'il a commencé. En m'appelant par mon prénom. On connaît la technique...

Je l'entends me parler comme si c'était il y a deux heures à peine. Me dire qu'il avait eu Nino Fontani au téléphone. Une relation de longue date. Un peu brut de décoffrage, le patron des vigiles, mais un brave type, au fond. Lui et ses gars, ça faisait un petit moment que la mairie faisait appel à eux pour des missions de sécurité. Concerts, meetings, ce genre de trucs. Pas le moindre problème, rien à redire. Question moralité, rien à leur reprocher.

Alors, l'autre soir, sans doute qu'ils avaient dérapé. Poussé le bouchon un peu loin, mais après tout, ce ne sont que des bonshommes. Avec leurs faiblesses, comme tout le monde.

... Je lui ai dit que le viol de deux jeunes femmes, dont une mineure de moins de quinze ans, ça faisait un peu lourd pour une faiblesse. Que ça pouvait leur coûter vingt ans de réclusion, sans compter l'accusation de meurtres avec tortures. Alors, il m'a souri, ce con, et il m'a dit qu'il ne fallait peut-être pas s'emballer. Que rien ne prouvait que les deux Érythréennes avaient été tuées par l'équipe Fontani. Quant au viol, rien n'était vraiment clair...

À mesure que Kapriski déroule mes phrases, c'est comme une bande-son à laquelle se recollent peu à peu les images.

Le maire dénoue son nœud de cravate, se lève, balance sa cigarette par la fenêtre entrouverte.

Il se retourne, les yeux brillants déjà du scénario qu'il va me présenter.

Ces filles qui rêvent par-dessus tout de gagner l'Angleterre, elles n'ont plus rien, ni famille, ni argent. Elles n'en sont peut-être pas à leur première coucherie. Après tout, dans ces pays-là, on les marie bien à peine sorties de l'enfance.

Et puis, on a bien trouvé du pognon sur elles? C'est ce qu'il a dit d'un air soupçonneux. Et puis, il a continué : d'après ce que j'ai compris, quatre ou cinq cents euros…

Ensuite, il m'a parlé des hommes de Fontani. Des Serbes, des Roumains, des types de l'Est qui bossent dur et qui n'ont pas touché de femmes depuis des mois. Alors, quand ces deux Africaines-là ont accepté l'argent et qu'elles se sont agenouillées…

Il m'a décrit Fontani faire monter les filles dans son 4x4 et les ramener jusqu'à l'entrée de la ville. Les déposer sur la route, en lisière du bois du Pommier.

Et puis, il m'a raconté le groupe érythréen sur le parking d'une supérette discount. À faire les poubelles, mettre les femmes en avant, à l'entrée du magasin, pour mendier, harceler les braves gens qui aimeraient faire leurs courses sans qu'on les emmerde.

Il m'a décrit les gendarmes appelés par la direction. Les passeports, l'absence de titre de séjour, l'indiscutable clandestinité. Et puis les phalanges des hommes, du moins certains, meurtries par de probables coups. Des mains ensanglantées.

… Pour conclure, il m'a conseillé de ne négliger aucune hypothèse. De ne pas oublier que chez ces peuples-là, les femmes qui ont fauté peuvent être

sévèrement châtiées. Parfois même condamnées à mort. Il m'a parlé de lapidation, de femmes exécutées pour un simple adultère.

Quand je lui ai dit que la plus jeune était encore vierge, il m'a dit que pour l'argent, ou pour réaliser un rêve, on est parfois prêt à de grands sacrifices...

Quand j'ai rejoint les autres, dans la salle d'à côté, je n'ai pu m'empêcher de m'attarder aux mains noires des hommes. Aux écorchures visibles.

29

Lille, dix-neuf heures vingt

Je me sens bizarre.

Comme si j'étais suspendue à un parachute qui grimpe au lieu de m'aider à descendre. M'éloigne du sol, du monde.

Ça fait un moment que j'ai décroché. Les mots de Kapriski, comme une rumeur, au loin, semblent ne plus me concerner.

J'ai à peine entendu le médecin faire son entrée, vaguement compris son inquiétude face aux courbes de l'écran. Son fatalisme, aussi.

Quand il est sorti de la chambre, mon parachute s'est mis à redescendre, à s'approcher du lit.

Je me vois, glissée entre les draps. On dirait que je dors.

Un répit.

Au sol, le glissement de la chaise, près de mon bras droit, les coudes appuyés de Kapriski sur le bord du sommier.

— Je reste avec toi, Carole, mais toi, t'as pas le doit de t'échapper. Toute à l'heure, peut-être, quand j'aurai fini de te lire. Mais pas avant. OK ?

Il se tait. Se contente de mon silence.

J'imagine son imper beige plié sur le dossier de la chaise, la cravate desserrée, les boutonnières de la chemise tendues contre son bide. Ça tombe, ils l'ont fringué comme un cosmonaute d'hôpital : cape, charlotte et pompes jetables.

J'ai même l'impression de sentir la pluie de la veille mêlée à la transpiration, aux fringues défraîchies par la nuit blanche. Son odeur de vieux flic.

Il démarre à peu près là où j'ai lâché, emportée par mon parachute.

On m'a prévenu que l'interprète venait d'arriver.

Je suis descendue à sa rencontre. Prendre l'air une minute ou deux dans les escaliers.

À l'accueil, j'ai découvert ma traductrice. Sophie Briançon. Une étudiante en master de langues appliquées, avec une tronche de bouffeuse de bouquins qui n'a jamais dû foutre les pieds dans un commissariat. Alors, des blacks suspectés de meurtre...

Ce qui me frappe quand je lui serre la main, c'est ce quelque chose d'incroyablement doux qu'elle a sur le visage. Une sorte de serviabilité, de gentillesse. Un petit air de tristesse, aussi. Le genre de chagrin qu'elle traîne sans doute depuis longtemps et qui finit par faire partie de son ADN.

En grimpant au premier, je lui ai résumé la situation. Elle m'a souri, un peu pour cacher sa surprise. Son trac, aussi. Elle m'a dit qu'elle traduirait le mieux possible, qu'elle mettrait sa sensibilité de côté.

J'ai eu du mal à la croire.

Quand on est entrés dans la salle, ils se sont tournés vers nous. Les Africains, Beaurepaire, le petit Dumas et les autres.

Je ne sais pas pourquoi, mais je me suis dit que ça n'allait pas tarder à être le bordel. Un genre de dévissage en règle.

J'écoute le patron lire et je revois mes gestes. Chaque mouvement, chaque détail.

D'une poche de ma doudoune, j'ai sorti les passeports des filles, je les ai levés en l'air, ouverts sur les photos d'identité.

Même pas eu le temps de demander s'ils les reconnaissaient. Ils se sont mis à gueuler dans leur putain de langue, les hommes se sont levés, ont montré les passeports du doigt en braillant de plus en plus fort tandis que les femmes se mettaient à gémir et puis à chanter je ne sais quoi. Une sorte de prière de la savane, j'en sais rien.

En tout cas, un vrai foutoir. Pire qu'un poulailler.

J'ai hurlé plus fort qu'eux, mais pas moyen de les faire taire. J'ai demandé à Miss Briançon de tenter une question, quelque chose en anglais. Elle a essayé. Sa voix s'est perdue.

Et puis, j'ai eu l'idée de la journée.

En deux temps trois mouvements, un aller-retour jusqu'à mon bureau. J'ai décroché les photos aimantées au tableau, je les ai ramenées dans la salle d'à côté et je les ai punaisées au mur. En noir et blanc, les corps dans l'herbe boueuse, les peaux luisantes sous la pluie, les dos brisés, les bouches éclatées.

Un bref regard à la traductrice.

— Dites leur qu'elles sont mortes. Que s'ils répondent à mes questions, ils pourront les ramener dans leur pays.

Ça été comme un film quand on coupe le son. Ils se sont tus d'un coup, ont écouté Sophie Briançon leur parler.

— Demandez-leur quand ils les ont vues pour la dernière fois. Où ils ont passé la nuit du 31 août, aussi. Et puis leurs mains, celles des hommes. Qu'est-ce qu'ils ont foutu pour s'arranger comme ça ?

L'étudiante a parlé doucement. J'ai presque tout compris, pour dire.

Eux, ils se sont regardés.

Sur les joues noires des femmes, j'ai vu des larmes.

Comme une conne, j'ai pensé à la sécheresse, aux idées reçues. C'est idiot, mais j'avais jamais imaginé un black en train de chialer.

*

L'accueil m'a appelée pour me demander de descendre.

L'équipe de Fontani était arrivée, ainsi que les gendarmes.

Dans le hall d'entrée, les vigiles, leur patron, un adjudant de gendarmerie et deux de ses hommes.

Tout ce petit monde a l'air de bien se connaître. À leur façon de blaguer, de tailler la discute, à leur manière de me regarder comme une emmerdeuse, aussi.

C'est sûr qu'une flic rouquine qui planque ses bourrelets sous un anorak orange, c'est pas la grande blonde dans « Cold Case affaires classées »...

Ce que je me rappelle, c'est que j'y suis pas allée par quatre chemins. Direct, droit au but, mais dans les clous de la procédure.

Par cœur, putain, je connais le truc par cœur :

En application de l'article 81.e du Code Pénal – j'ai commencé comme ça, droite dans mes bottines – les prélèvements nécessaires à la détermination des empreintes génétiques peuvent être organisés sur des témoins.

Pas besoin d'être mis en examen.

La police peut ordonner les prélèvements sans passer par la case juge.

Et puis, pour les calmer un bon coup, effacer de leurs gueules leurs sourires d'enfoirés, j'en ai remis une couche :

Article 222.12 : constitue une agression sexuelle toute atteinte sexuelle commise avec violence, contrainte, menace ou surprise.

Si le viol est caractérisé, ça peut aller jusqu'à trente ans de réclusion. Surtout avec des circonstances aggravantes.

... J'ai demandé aux gendarmes d'emmener tout ce beau monde à l'hosto. Une équipe médicale les attendait pour effectuer les prélèvements de sperme.

Flacons, branlette et compagnie, ça, je l'ai gardé pour moi.

J'ai juste croisé les yeux de Dragan Lukic avant qu'il monte dans l'estafette. Un putain de regard gris. Un peu plus froid que les hivers de chez lui.

J'ai pas pu m'empêcher de penser à la Serbie, à toutes les fosses que ces enculés ont laissées derrière eux.

*

J'écoute Kapriski, mais je ne peux pas m'empêcher de penser à Florian Dumas.

Tout comme quand j'essayais de maintenir mon attention sur les questions que la petite Briançon posait aux Érythréens. Je m'accrochais aux réponses en anglais, aux détails de la traduction quasi simultanée, mais c'est le petit Dumas qui envahissait tout. J'arrêtais pas de me tourner vers lui, juste savoir ce qu'il branlait dans son silence. Florian, vingt-quatre ans, lieutenant stagiaire, flic et poète à la fois. J'avais envie de l'appeler mon p'tit loupiot, un peu comme un jeune frère, un mec à protéger.

Il était monté avec nous, avait posé son cul sur une chaise et n'avait plus bougé. Les yeux rivés aux blacks comme si c'était les premiers qu'il voyait de sa vie.

Et puis quand l'interprète a commencé ses interrogations, il s'est levé jusqu'à la fenêtre coulissante, a collé son nez au verre et n'a plus lâché la cour du regard.

Je me suis même dit qu'il ne regardait rien de précis. Comme un qui a du chagrin et qui se laisse emporter.

À un moment, je l'ai rejoint près de la fenêtre. Je me souviens encore de ce que je lui ai balancé.

— Ça ne vous intéresse pas, Dumas, ce qui se passe ici ?

Il ne s'est même pas tourné pour me répondre.

Pour me dire qu'il avait fait sept ans d'anglais et que pour la trad, il avait pas besoin des sous-titres. La trajectoire des Érythréens, il me l'a ressortie à la virgule près. Les nuits dans des hangars de zones industrielles, les journées à marcher jusqu'au bourg suivant, à faire la manche, parfois, sur les parkings des supermarchés. Les filles, ça faisait trois jours qu'ils les avaient perdues de vue. Dans une grande surface, près de Lens. Ils s'étaient fait courser par des gars de la sécurité, s'étaient éparpillés au milieu des parkings, étaient restés cachés là un bon moment.

Probable que Betiel et Yohanna avaient dû s'enfuir dans une autre direction. Ils les avaient cherchées, et puis, ils avaient repris la route. Sans doute qu'ils les retrouveraient d'ici Calais…

Pour les phalanges blessées, ce sont les portes des granges. Le soir, quand il faut trouver un endroit pour dormir, dans la campagne, au bord des villages, ils forcent le bois des remises et s'y blessent les mains…

Kapriski tourne la page, se racle un peu la gorge.

… Dans la voix de Dumas, un truc bizarre. Comme une colère contenue.

J'ai eu envie de savoir et je lui ai demandé ce qui n'allait pas.

Il s'est retourné, m'a montré les photos posées sur une table. Il m'a dit qu'il les avait découvertes ce matin, en reprenant le service. Il a rajouté qu'on vivait dans un monde de merde et qu'on ne pouvait pas laisser faire ça.

Quand j'ai voulu lui dire qu'on avançait, il m'a coupé la parole. Sa voix était plus forte, presque comme s'il criait. Même que ses lèvres tremblaient un peu.

Quand il a commencé à dire qu'on était tous des fumiers, des enfoirés de racistes qui allaient coller les meurtres aux blacks qu'on avait ramassés, je lui ai dit de la fermer. Que le mieux c'est qu'il aille prendre l'air, se changer les idées. Ça irait mieux après. Je lui ai dit que je ne le virais pas, mais que je l'éloignais juste avant qu'il aille trop loin. Je voulais le protéger contre lui-même, c'est tout.

Il a claqué la porte. Dans la salle, tout le monde fermait sa gueule à écouter les santiags du petit s'éloigner dans les escaliers.

Je me rappelle avoir dit qu'on faisait une pause. J'ai laissé l'équipe et suis allée m'enfermer dans mon bureau. Besoin de souffler. De respirer un peu, moi aussi. D'écrire sur une feuille le schéma des heures qui allaient suivre. La mise en garde-à-vue des blacks, le temps de vérifier leurs déclarations, d'authentifier cette histoire de granges et de blessures. Pour les phalanges, passe encore, mais pour les marques de griffures qui marquaient les bras de certains, il allait lui falloir une sérieuse explication. Ensuite, il faudrait rejoindre les vigiles à l'hosto, probablement leur signifier leur mise en examen pour viol caractérisé. Il resterait le maire à convaincre de la multiplicité des pistes et des procédures, l'enquête à poursuivre et puis le petit Dumas à consoler. Lui faire comprendre que ce putain de monde n'est ni noir ni gris, et qu'en s'en donnant la peine, on peut trouver des lueurs quelque part. Suffit de chercher un peu. Et puis, quand on aime la poésie, on ne peut pas désespérer des hommes à ce point.

Avant de reprendre l'interrogatoire, j'ai branché les infos. Gros plan sur Manon Péan, son directeur de campagne assassiné comme pour un vulgaire règlement de comptes. Et puis, les mots de la candidate d'extrême droite, son ressenti sur la photo du petit Aylan : *...une photo bouleversante, mais indécente car utilisée à des fins politiques. Encore un moyen de faire culpabiliser les Français...*

Je me souviens l'avoir trouvée dure. Comme si elle n'avait pas de gosse. Merde !

C'était la première fois.

Quelque chose d'infiniment sévère dans cette femme. Dans sa voix, son ton, une incapacité de compassion. Des mots comme des couperets. Une tactique d'ambition.

Je me rappelle avoir été surprise. Déçue, même.

Et puis, j'ai rejoint les autres en essayant d'effacer Florian de mes pensées. De mon ventre, aussi. Une crainte, une appréhension installée.

30

MARSEILLE, MERCREDI 2 SEPTEMBRE,
DIX-NEUF HEURES

Grenier ouvre la porte de l'appart. Aïcha et Sébastien s'engouffrent avant que le lieutenant ne referme derrière eux.

Au-delà des stores, l'avenue des Chartreux et ses rumeurs de circulation du soir. Des caisses en file indienne, des scooters en slaloms, des types qui enculent le monde entier depuis leur vitre baissée.

— Alors, ces prélèvements ADN, Grenier ?

Il pose son cul sur un tabouret, continue de téter sa roulée.

— C'est bon, patronne. Je me suis démerdé comme un chef. Les verres, les boutanches, le matelas, la couverture, tout y est passé, même les mégots dans le cendrier. Après, j'ai passé un coup de fil à la Scientifique pour qu'ils viennent chercher les échantillons. Même que le commandant Chenet était furieux. En gros, ce connard a pas supporté que ce ne soit pas ses gars qu'aient fait le boulot. Alors, quand il a compris que c'était moi, j'vous dis pas ! Je crois que vous aurez de ses nouvelles avant pas longtemps.

— Je l'emmerde, ce con. C'est vrai, ces mecs, avec leur licence de chimie et leur équipe de cosmonautes, ils se sentent plus pisser.

Touraine tire un tabouret à lui.

— Et le vieux qui a fait signe à Bsarani sur sa bécane, pas de trace ?

Grenier trempe son mégot dans un verre crade à moitié rempli d'eau. Et puis, il regarde les deux, un petit sourire aux lèvres.

— Justement, c'est de ça que j'aimerais parler.

Il chope un bout de dreadlocks entre ses dents, accroche le regard de la commissaire.

— Hier, quand vous avez fouillé l'appart, vous vous souvenez de la cave ?

— Évidemment, avance Touraine. J'ai dû défoncer la porte à coups de lattes parce qu'avec la clé, pas moyen de l'ouvrir.

De sa veste de treillis, le lieutenant exhibe le trousseau de clé de l'appartement.

— La blanche, c'est pour la porte qui donne sur les garages derrière, la petite, c'est pour la boîte aux lettres, la jaune archi-plate, c'est pour le verrou de la porte d'entrée et la toute petite, presque grise, c'est pour la cave. C'est celle-là qui marche pas. Du coup, je l'ai essayée sur les autres portes du sous-sol et là, bingo, il y a une qui s'est ouverte toute seule.

Il se lève et se dirige vers le couloir.

— Ça vous dit, une visite guidée ?

*

Au sous-sol, odeur de pisse, de gas-oil transvasé, de fumée pas catholique.

Grésillement du néon, lumière en pointillé. Vide abyssal colorié à grands coups de zébrures.

Au bout du couloir, la porte dix-huit.

Grenier déverrouille, pousse le battant, plaque une main sur l'interrupteur.

En tas, des cartons scotchés, des caisses, une boîte à outils, dans un coin, la carcasse sans roue d'un vélo.

Face à la porte, un soupirail aux trois-quarts dissimulé par un matelas posé debout contre le mur.

Assis, les épaules appuyées contre le matelas, un vieux bonhomme. Mannequin immobile.

De sa gorge ouverte, le sang sur son tricot de corps dessine une sorte de bavoir. Les yeux ont disparu sous des bourrelets de chair. La bouche, plus ou moins béante s'est déchirée sur le côté. Sur le front, deux impacts. Cratères violacés que laissent les balles.

Posé sur le côté, un oreiller noyé de sang, auréolé de traces noires comme d'une brûlure.

Coincée entre les dents, l'éclat d'une pièce métallique.

— Sourire kabyle, chuchote Touraine.

Grenier s'agenouille.

— Pas que, Seb. Pas que. Apparemment, avant de le saigner, ils lui ont plaqué l'oreiller sur la tronche, un peu comme pour l'étouffer, tu vois. Histoire qu'il sente bien la mort se pointer et qu'il panique un max. Et puis, ils ont collé un flingue contre l'oreiller et, vu les trous, ils lui ont mis deux balles à bout portant. Comme pour Bsarani.

Aïcha Sadia enfile une paire de latex, glisse les doigts entre les mâchoires. Pincée entre le pouce et l'index, une capsule de métal.

— Nagant ? murmure Touraine.

Elle lève la douille jusqu'à hauteur de l'ampoule qui pendouille au plafond. Elle sort son portable, prend deux ou trois clichés.

— On dirait. Mathias nous confirmera.

Elle s'agenouille à nouveau, glisse la douille dans la bouche du vieux.

— J'ai pas de poche plastique. Les gars de Chenet se démerderont.

Brusquement, elle tire le matelas sur le côté, dégageant complètement le soupirail.

— Un peu d'air. Moi, j'étouffe, ici. Pas vous, Grenier ?

— Vous savez, moi, les caves, j'y ai passé ma jeunesse à faire le con. Alors…

— Alors, c'est vrai que pour faire le con, vous êtes resté plutôt bon. En attendant, vous en pensez quoi de tout ça, lieutenant ? Dites un peu, pour voir. Ce que vous imaginez. Comment vous voyez le truc…

En quelques phrases, le lieutenant raconte l'histoire que chacun a déjà reconstituée.

Avant-hier, lundi 31 août à vingt-et-une heures quarante, de son balcon, le vieux ne va rien manquer de la scène qui se déroule en face de chez lui, avenue des Chartreux. Celui qui vient de quitter l'appartement, c'est Tarek Bsarani, l'homme d'affaires hyper-médiatisé, le directeur de campagne de Manon Péan. Le vieux et lui viennent de boire un fond de whisky, ont évoqué l'actualité du monde. Ils se sont remémoré la Syrie, la Palestine d'avant. Ont partagé les lumières chaudes de l'enfance, leurs inquiétudes aussi.

Dans l'appartement que Bsarani vient de quitter, Nadim Al-Sulta a pu trouver refuge depuis qu'il est arrivé en France. Tout laisse à penser qu'il a résidé ici un bon moment. Manifestement, il n'y séjourne plus. Les premiers examens des verres effectués par l'équipe Chenet ne révéleront que la présence de deux hommes : Bsarani et le vieux.

Sur son balcon, le vieil homme lève la main en l'air, ultime salut. Bsarani, sur sa moto, disparaît derrière la BM sombre qui vient de se glisser sur le côté.

Le vieux perçoit la première détonation, devine la bécane se coucher. Puis, il voit l'officier syrien descendre de la voiture, entend les deux coups de feu qui achèvent.

Mais ce qui le surprend le plus, c'est le pivotement de l'officier, son bras tendu au-dessus de la BM et qui tire dans sa direction. Quatre cartouches qui font voler en éclats le ciment de son balcon. Il n'a que le temps de se jeter à terre. Quatre impacts comme un coup de semonce. Le signe, il ne l'a pas compris tout de suite, d'une mort imminente.

— … Ce qui est dingue, poursuit Grenier, c'est le sang froid des types à la BM. Tout le monde les a vus partir tranquillement par la place Pierre-Brossolette. Mais en fait, ces enculés, ils sont revenus par-derrière. Ils n'avaient juste pas fini le boulot.

Pas difficile de se figurer le vieux se relever et rentrer en vitesse pour s'enfermer à double-tour.

Quand une demi-heure plus tard le lieutenant Grenier a frappé à sa porte, il a collé un œil au judas, a lu *Police* sur la carte tricolore.

— … C'est vrai que maintenant que j'y repense, il crevait de trouille, le vieux. Moi j'ai mis ça sur le compte des balles que les mecs lui avaient tirées dessus, mais je crois bien qu'il avait peur d'autre chose.

— C'est-à-dire ?

— J'sais pas, au juste.

— Mais si, vous savez, Grenier. Fermez les yeux, revoyez la scène et laissez-vous aller. Vous allez voir, si vous faites bien le vide et que vous vous concentrez sur le moment précis dont on parle, les idées vont venir toutes seules.

Le lieutenant s'appuie contre le mur et ferme les yeux.

— C'est bien parce que c'est vous.

Il attend quelques secondes, cherche les mots pour décrire ce qui lui arrive en tête.

— En fait, ce qui le faisait flipper, c'est plutôt l'exécution de Bsarani. Et puis, il a dû se dire que les quatre balles sur le béton de son balcon, c'était comme un avertissement. Que les types allaient venir chez lui pour lui faire la peau. En fait, il n'avait qu'une idée en tête, le pauvre vieux, quand je me suis pointé chez lui, c'est que je dégage pour qu'il foute le camp.

Touraine fait non de la tête.

— Te fatigue pas, Grenier. Ça ne colle pas, cette version. Mais alors, pas du tout.

L'autre ouvre les yeux.

— Comment ça ?

— En fait, je ne crois pas que le vieux avait peur de quoi que ce soit. En revanche, ce que je crois, c'est qu'il voulait que tu te barres pour pouvoir rentrer chez lui. Il avait juste terminé sa mission, point barre.

La commissaire, dans un froncement de sourcils.

— Tu peux être plus clair, Sébastien ?

— C'est simple, tout le monde veut nous mener en bateau dans cette histoire. Le vieux de l'appart, comme les autres. Moi, ce que je pense, c'est qu'il savait que Bsarani allait se faire flinguer au coin de la rue. À la seconde près, il était au courant de ce qui allait se passer. Et s'il est allé s'installer sur son balcon, c'est pour être sûr que tout se passe comme il faut. Je veux dire, comme prévu.

Touraine s'affaisse sur une chaise. Il observe le corps du vieil Arabe, fouille des yeux les blessures, comme s'il attendait que le vieux lui raconte la fin.

Et puis, il préfère poursuivre. Dérouler le film intuitif qui s'est mis en place dans sa tête.

— Sur les huit boîtes aux lettres, dans l'entrée, il n'y en a qu'une au nom d'un Arabe. Celle de l'appartement dix-huit, au deuxième. Sioufi, un truc de ce genre.

— Tu veux dire, hésite Aïcha, que le vieux habite dans l'immeuble ?

Touraine ferme les yeux, se concentre sur les images qui lui viennent, les concordances entre les faits observés et son intuition.

Et puis, il parle, doucement, raconte la séquence.

Au moment où Grenier s'est pointé ici, Touraine imagine le vieux sur le point de rentrer chez lui, deux étages au-dessus. L'appart du premier est un logement abandonné. Sans doute par un pauvre type parti on ne sait où. Avant de se casser, Touraine pense qu'il a confié les clés de chez lui au seul pote qu'il avait dans l'immeuble, le vieux du dix-huit.

— ... Mi-août, quand Nadim Al-Sulta est rentré en contact avec Bsarani pour lui demander une planque, Sioufi a proposé l'appart du premier. Un trois-pièces abandonné depuis des mois, en plein centre-ville. L'endroit idéal.

Dans le raisonnement de Touraine, Sioufi sait parfaitement que Bsarani n'atteindra pas le bas de l'avenue. Son signe de la main, loin d'être un signe d'amitié, est plutôt un adieu. Rien d'autre. Peut-être même une manière d'attirer son attention, de la détourner le plus possible de la voiture qui avance à sa hauteur. Quant à savoir pourquoi Sioufi a trahi Bsarani au point de le laisser foncer dans le piège tendu, encore trop tôt pour le dire...

— Attends, attends, s'impatiente Aïcha, je ne te suis pas. Comment tu peux être certain que Sioufi était au courant pour l'assassinat en préparation ?

Touraine, dans un sourire.

— C'est pourtant simple. Quand les types à la BM ont sonné à l'appart du premier, sûr que le vieux a fait comme avec Grenier : il s'est collé un œil au judas et il leur a ouvert. Je te signale que ni la serrure, ni la porte d'entrée ne portent de signes d'effraction. Et si Sioufi les a laissés entrer chez lui, c'est qu'il les connaissait. Pas plus compliqué

Ensuite, ils l'ont emmené au sous-sol. Là, probable que le vieux a compris ce qui l'attendait. Sans doute qu'il s'est emmêlé les pinceaux avec les clés, vu qu'il a ouvert sa propre cave, celle du dix-huit. Ensuite, les deux Syriens lui ont collé un oreiller sur le visage. On connaît la suite…

— Tu sais que t'as oublié d'être con, grommelle Grenier.

Il pose une main sur la porte.

— Et si on faisait un p'tit tour à l'appart dix-huit.

*

Sur la porte, juste au-dessus de l'œilleton, une étiquette collée au contre-plaqué. *Firas Sioufi* en lettres maladroites.

Dès les premiers pas dans l'appartement, une odeur de thé à la menthe mêlée aux senteurs particulières des pâtisseries saturées de sucre. Aux murs, un papier des années soixante aux motifs effacés par le temps, les vapeurs de cuisine, les familles successives. Suspendues à un portemanteau, des vestes aux rayures d'autrefois, des vestiges de costumes devenus un peu trop larges avec les années. Dans l'évier, traîne la vaisselle et, partout, dans le salon comme dans l'unique chambre, un beau bordel. Des pantalons de tergal attendent d'être repassés, des coussins d'être ramassés, sur la table basse, face à la télé, des restes de cacahuètes autour d'un verre aux relents de Ricard.

Sur le buffet, dans de petits cadres en plastique, les portraits d'une famille éparpillée ou disparue. Sur fond de palmeraie, des visages à peine souriants, comme impressionnés déjà de l'exil qui les attend.

Partout, les tiroirs sont ouverts, vidés sur la moquette. Les bibelots, les couverts, les briquets, les slips, les tricots de corps et le reste du linge. Tout est dispersé sur la moquette sable.

De la chambre, la voix de Grenier qui a l'air d'avoir fait une trouvaille.

— C'était par terre, dans la penderie.

Un emballage plastique marqué du sigle BPC de la Banque Provençale de Crédit.

— Merde, c'est vrai ! s'exclame Touraine.

Aïcha Sadia écarquille les yeux.

— Qu'est-ce qui t'arrive ? Ça te dit quelque chose ?

Touraine chope l'emballage, le retourne dans tous les sens, semble évaluer le paquet de billets qu'il pouvait contenir.

— Avec tout ça, j'ai oublié de te parler des manipulations bancaires de Bsarani.

La commissaire se pose sur le bord du lit.

— Je t'écoute. Il n'est jamais trop tard.

31

— J'y suis pas allé par quatre chemins, j'ai appelé les collègues de la brigade financière et j'avoue qu'ils m'ont donné un sacré coup de main. En gros, on s'est partagé le boulot. Eux, les bilans d'entreprise, les comptes commerciaux, les mouvements de l'import-export, et moi, je me suis occupé des comptes perso.

Au final, rien que du grand classique. Revenus de ouf, placements immobiliers, assurances. Tout ça pour un train de vie de star. Hélico, jet privé, résidences secondaires et j'en passe… En gros, le quotidien du mec qui brasse les euros par millions.

En fait, c'est en étudiant l'année dernière que ça commence à devenir intéressant.

Dans le regard de Touraine, l'intensité de celui qui connaît son sujet.

Novembre 2014, Tarek Bsarani ouvre un compte à la Banque Provençale de Crédit. Un compte personnel sur lequel deux personnes ont procuration : Manon

Péan et sa tante, Maryse Péan, la présidente du Parti National de France.

Apparemment, c'est à partir de cette époque que Bsarani intensifie ses allers-retours moscovites. Et c'est quelque temps plus tard, à partir de février 2015, qu'une banque russe accorde ses premiers prêts au PNF.

— … Les premiers versements, environ quatre millions d'euros, ont été effectués mi-février. Douze millions en tout depuis. Mais rien d'illégal là-dedans. La présidente a même argumenté que si banques françaises n'étaient pas aussi frileuses à son égard, elle ne serait pas obligée de faire appel à des banques étrangères. Bref, le discours habituel…

Tout en écoutant Sébastien, Aïcha Sadia ne peut s'empêcher de songer à l'alignement du parti d'extrême droite sur les positions du Kremlin. Soutien à sa politique en Ukraine, idem pour la Crimée. Sans parler de l'appui indéfectible à Bachar el-Assad.

Quelques millions d'euros pour se construire une politique étrangère. À vomir…

— … Tout est réglé comme du papier à musique, poursuit Touraine. Les fonds sont virés de la Volga Bank International, une banque russe dirigée par un proche de Poutine et, dans les jours qui suivent, c'est Bsarani en personne qui *dispatche* les sommes sur divers comptes du PNF. Sans oublier sa petite commission, environ quatre pour cent du total, envoyé sur un compte *off-shore* qu'une filiale d'une de ses sociétés détient à Gibraltar.

À cette façon qu'a Sébastien de faire craquer ses phalanges, puis de s'essuyer du pouce et de l'index les commissures des lèvres, à cette attitude à l'apparence désinvolte qu'elle a depuis longtemps repérée, Aïcha sait qu'il s'apprête à lâcher sa bombe.

— … En revanche, depuis mi-août, changement de programme. Chaque semaine, Bsarani a effectué un retrait en espèces. Et pas du retrait de prolétaire. Cinquante mille euros, tous les mardis. Cinquante mille, tout rond. Ça a commencé le dix-huit, et puis ça a recommencé le vingt-cinq.

La commissaire imagine Tarek Bsarani disparaître dans une succursale de la banque, suivre un conseiller jusqu'à son bureau, enfouir dans son attaché-case une épaisse enveloppe. Elle le voit sortir de l'agence bancaire, se noyer dans la foule jusqu'au rendez-vous secret qui l'attend quelque part.

— Détournement de l'argent destiné au PFN ? s'interroge Aïcha.

— Sans doute. Mais dans quel but, mystère. En tout cas, le premier retrait est intervenu le dix-huit août, soit cinq jours après l'arrivée d'Al-Sulta sur le territoire national. Difficile de ne pas relier les deux événements.

— Tu crois que l'ami photographe aurait poussé Bsarani à retirer tout ce pognon ?

— Je ne sais pas au juste, Aïcha, mais ce que je note, c'est que la première sortie de blé coïncide avec l'arrivée d'Al-Sulta, et que la dernière a eu lieu il y a quelques jours, soit à peu près au moment où l'officier syrien était torturé à mort.

— Oui, tu as raison.

— En revanche, pour le dernier retrait, nouveau changement de programme. Normalement, Bsarani aurait dû l'effectuer le mardi 1er septembre, une semaine après le vingt-cinq.

Approbation silencieuse de la commissaire et de Grenier.

— … En fait, Bsarani s'est pointé à la succursale habituelle de la BPC le vendredi vingt-huit, trois jours avant d'être assassiné et trois jours après son retrait du vingt-cinq…

Le directeur de l'agence auquel Touraine avait eu affaire avait parfaitement gardé l'événement en mémoire. Bsarani, contrairement à ses habitudes, s'était présenté au guichet vers dix-sept heures, soit quelques minutes avant la fermeture. Il avait exigé de rencontrer le directeur sans attendre et, une fois dans son bureau, avait sérieusement insisté pour pouvoir effectuer son retrait.

— … D'après le patron de l'agence, Bsarani n'était pas dans son état habituel. Complètement excité, à la limite de péter un plomb. Il l'aurait même menacé si l'opération n'était pas effectuée dans l'heure qui vient.

— Il a fini par obtenir ses cinquante mille euros, j'imagine ?

Sur les lèvres de Touraine, une moue presque rieuse.

— Pour tout vous dire, le directeur a dû passer près d'une heure dans la salle des coffres pour compter les sept cent mille euros qu'il a remis à Bsarani.

Silence.

— Sept cent mille ?

Touraine, du menton désigne l'emballage bancaire.

— Oui, Aïcha. Il y avait bien sept cent mille euros dans ce putain de plastique.

— Si j'ai bien tout pigé, ose Grenier, ce mec qui est riche à crever retire du fric chaque semaine du compte en banque qui reçoit le pognon des Russes pour le parti de Maryse Péan. C'est bien ça ?

— C'est ça. Continuez, Grenier. J'ai l'impression d'y voir plus clair.

— Merci, patronne. Ça me va droit au foie. Donc, depuis que son pote d'enfance s'est tiré en douce de Syrie et qu'il a débarqué en France, Bsarani retire cinquante mille balles par semaine sur le compte du Parti. Et puis, il y a quelque chose qui a dû se précipiter, vu que notre bonhomme s'est pointé à la banque sans prévenir et qu'il a retiré douze fois plus que d'habitude. C'est toujours ça, patronne ?

— Toujours, Grenier. Mais vous voulez en venir où, exactement ?

— En fait, ce qui me chiffonne, c'est que ce mec, il a pas besoin de piquer de blé. Il est bourré aux as. Alors, je me demande bien à qui il refile tout ce pognon. Voilà, c'est pas plus compliqué.

Touraine se lève d'un coup.

— T'as raison, Grenier, c'est la bonne question. Quand on saura à qui Bsarani balançait tout ce blé, on aura sacrément avancé.

La commissaire se dirige vers la porte d'entrée.

— Je vais faire évacuer le corps de Sioufi. Je vais aussi demander à l'équipe de Chenet de rappliquer et de faire tous les prélèvements possibles dans cet appart. En attendant, nous, on va se le faire de fond en comble. Il doit bien y avoir quelque chose à se mettre sous la dent, ici.

Grenier sort son tabac à rouler.

— Pas ici, lieutenant, on va foutre de la cendre partout. Si vous voulez, on va s'en fumer une dehors.

Accompagnés de Touraine, ils verrouillent l'appartement de Foras Sioufi, dévalent tranquillement les escaliers jusqu'au rez-de-chaussée.

Grenier pousse la porte vitrée qui ouvre sur les marches donnant accès aux places de parking, aux box, aux garages privés.

Il est presque vingt-et-une heures. Le soleil a disparu, avalé par les tours et les immeubles des années cinquante.

Aïcha sort son briquet, se tourne vers Grenier qui passe une langue anisée sur la tranche de son papier à rouler. Alors que Touraine se glisse une blonde entre les dents, la commissaire tend la main vers le visage de ses coéquipiers, fait craquer son briquet.

Ce qu'ils ne peuvent deviner, c'est l'homme silencieux dans l'immeuble d'en face, l'iris droit rivé à l'œilleton de sa lunette. Le souffle retenu comme en apnée, le doigt parcourant sa course millimétrée sur la détente.

Sec, le claquement. Puis, quasi simultané, le choc de l'impact. Le rouge qui gicle, éclabousse tout. Le second coup de feu emporte la moitié du visage.

Puis le silence. Quelques secondes.

Avant le frottement d'ailes des tourterelles par-dessus les balcons, le froissement du corps souillé dans sa chute.

Quelques secondes.

Un ralenti de fin de vie.

32

— Tire-le à l'intérieur ! Tire-le !

Elle hurle.

Braque son automatique sur la façade à moitié ensevelie par l'ombre du soir.

Le bruit de la troisième détonation.

Claquement sec pour coup de grâce.

Défoncée, la poitrine de Grenier. Transpercé, le lieutenant. Comme un vulgaire gibier.

— Tire-le, putain ! Fous-le à l'abri !

Premier étage, fenêtre d'une arrière-cuisine, le rideau a tremblé. Un frisson.

Et puis la flammèche intérieure du canon, elle l'a située, là-haut entre les voiles de tissu.

Aïcha tend les deux bras et vide son chargeur.

Huit balles. Le verre se disperse en bas sur le toit des voitures.

Derrière elle, Sébastien traîne le lieutenant derrière la porte vitrée. Il cherche Aïcha du regard, voudrait lui faire comprendre que pour Grenier c'est mort. Que le cerveau a morflé, le cœur aussi, sans doute.

Déjà, elle court entre les voitures stationnées, laisse le chargeur rebondir sur le macadam, enclenche un second magasin.

Elle grimpe les marches de l'immeuble d'en face, fait vibrer la porte contre le mur de l'entrée et disparaît dans l'ombre.

Touraine s'assoit contre Grenier, le hisse comme il peut sur ses genoux, le prend dans ses bras. Contre son cou, entre ses doigts, la poisse rouge, la vie qui fout le camp.

Plus rien à faire. Sinon serrer à mort, espérer lui faire mal, lui arracher un cri, une plainte, un souffle de vie, un miracle…

Derrière les blocs, boulevard d'Arras, des détonations précèdent l'accélération folle d'une moto.

Des fenêtres à demi éclairées, surgissent des visages, des impatiences de savoir, des curiosités. Des trouilles bleues, aussi.

Du haut de l'avenue des Chartreux, une sirène de pompiers semble se rapprocher.

En face, la porte de l'immeuble s'ouvre sur la commissaire. Le flingue au bout du bras, elle marche entre les véhicules.

Elle s'agenouille près du lieutenant, oublie le sang, lui ferme les yeux.

— J'ai pas pu l'avoir. Il avait une bécane.

Elle revoit le fusil accroché dans le dos, dans une sorte d'étui à violon.

Elle glisse les doigts entre les dreadlocks. Une caresse, un adieu.

— Une putain de cylindrée. Avant de donner l'alerte, il aura déjà rejoint sa planque, c'est sûr.

Elle retire sa saharienne, la pose sur la poitrine du lieutenant, sur son visage. Ignore le sang qui tache le coton. Masquer l'irréparable.

— Tu penses au consulat de Syrie ?

Le véhicule des pompiers débarque dans l'allée du parking, un break aussi du commissariat d'à côté.

Elle s'assoit sur le carrelage, pose la tête sur l'épaule de Sébastien.

— Ma main à couper…

*

UNE HEURE PLUS TARD

Envie d'être seule. D'allumer clope sur clope, de saturer la pièce de fumée, de poser le front contre la vitre froide du coulissant et pleurer sans avoir à rendre compte de ses larmes.

Et puis ouvrir en grand, laisser l'air du soir lui envahir le nez, la tête. Fixer au loin les lampadaires alignés, regarder sans la voir vraiment la voie rapide qui file à l'ouest, suivre le rouge fuyant des feux arrières, perdre son regard au large du port autonome.

La commissaire Aïcha Sadia songe au lieutenant Grenier, à ses mèches tressées, son allure d'ancien du Vietnam, avec ses rangers, sa veste de treillis, son bandana sombre autour du front. Elle sourit au souvenir de ses jeux de mots bidons, de ses blagues à la con, de son inébranlable bonne humeur. Le foie un peu attaqué, c'est clair, mais toujours partant, quelle que soit l'expédition. Un fragile qui avait trouvé sa vitesse de croisière. Une nana dans chaque arrondissement, des potes un peu partout. Bien sur la terre, Grenier. Heureux d'être flic, d'être copain, ami, enquêteur, dragueur et pilier de bar.

Soudain, besoin de voir les autres, de se serrer les coudes et d'avancer dans cette putain d'affaire.

Elle sort de son terrier, retrouve l'équipe qui fait corps dans le bureau de Théo Mathias.

— Il avait de la famille ?

C'est Pichon qui répond.

— Vous connaissiez l'artiste. Ni femme, ni fiancée officielle. Juste sa mère, dans le treizième, du côté de La Rose.

Elle sait que c'est à elle de s'y coller. De prendre la voiture de service jusqu'à ce bout de Marseille, de frapper à la porte de l'appartement, de lâcher les mots simples qui disent tout, d'accueillir le chagrin, la peine brutale, de serrer la pauvre femme dans ses bras. Avant de disparaître, alerter les voisins, tous ceux qui pourront l'aider. Comme si le chagrin était moins lourd quand on peut le partager…

— Et Volter ? Il n'est pas avec vous ?

C'est Mathias qui prend la parole.

— La mort de Grenier, ça l'a sacrément secoué. Il a préféré rentrer chez lui. Il s'excuse.

Elle s'assoit sur un angle du bureau.

— Je crois qu'on est tous crevés. Pas la peine d'en rajouter, ce soir. Le consulat, la Syrie, Bsarani et le reste, ça attendra demain. Allez, hop ! Tout le monde au bercail. Par contre, je vous attends tous pour huit heures.

*

Au même moment, près de la gare Saint-Charles

Une chambre mansardée, vue sur les tuiles, les tasseaux, les bouts de zinc emberlificotés.

Quand il avait posé ses valises gare Saint-Charles, c'est tout ce que Benoît Volter avait pu dégotter. Dix-huit mètres carrés à l'angle du boulevard National et de l'avenue de la Belle de Mai[4]. Une piaule bousculée par le mistral, secouée des soubresauts de la voie ferrée qui passe à pas cinquante mètres sur son pont surplombant. Par une lucarne, pleine vue sur le ciel. Le bleu et le sombre, certains jours d'orage, comme des colères menaçantes. Sans oublier la nuit, quand on y transpire un peu plus qu'à la plage, prêt à recevoir toutes les vibrations de la ville servies sur un plateau.

— Putain, même aux Baumettes, t'es mieux !

C'est ce qu'avait déclaré le lieutenant Grenier le soir de sa première visite.

Ce soir, plus de Grenier. La gueule arrachée par un sniper. Un shoot dans l'œil droit, le second en plein front et le troisième en plein poitrail. Un putain de carton. Aucune chance de s'en tirer.

4 Belle de Mai : quartier populaire de Marseille

Benoît Volter a quitté l'équipe. Pas déserteur, non. Juste besoin de prendre l'air, de marcher jusque chez lui. En hommage à Grenier, se faire son plat préféré : des pâtes dans l'eau bouillante, un max de gruyère, cinq cents grammes de lardons, du beurre gros comme un caillou et au-dessus, en équilibre précaire, un œuf à la con. Sans oublier deux ou trois pastis en préambule, une bouteille de chianti et, pour finir, glacé dans son assiette, un mystère au café noyé d'une bonne dose de grappa.

Au mur, il punaise une carte de la région. À l'aide d'un marqueur, entoure les deux départements qui l'intéressent : le Vaucluse et les Bouches-du-Rhône.

Il pousse la table contre la tapisserie, étale devant lui les agrandissements qu'il a faits cet après-midi.

Posé sur sa gauche, l'emploi du temps de Manon Péan, sur sa droite, celui de Tarek Bsarani.

Le jour concerné : lundi 31 août.

Dernier jour de vie de l'homme d'affaires Syrien.

Benoît Volter allume une blonde, vide ce qui reste de vin italien dans son verre à moutarde.

L'intuition qu'il a depuis ce matin, c'est maintenant qu'il va la mettre à l'épreuve. À l'épreuve indiscutable de la géographie. Des trajectoires aussi qui se dessinent et dont il pense avoir deviné la trame. Un couple d'heures secrètes, c'est ce qu'il pressent, qui mettra en lumière les dernières heures de Bsarani. Ses doutes, ses espoirs, son ultime investissement de confiance.

Volter installe une lampe de chevet entre les deux feuilles posées devant lui. Avant de commencer l'examen qu'il s'est promis de faire, il songe au regard noir de la députée d'extrême droite, ce matin, dans le TGV. Aux lèvres fines de son sourire, à tout ce qu'il soupçonne de silence, de choses tues à jamais.

Du moins, c'est ce qu'elle croit…

*

CINQ HEURES DOUZE

Les vibrations du portable sur la table de nuit, pas mieux pour faire ouvrir les yeux.

Aïcha sort un bras de la couette, glisse une main jusqu'au mobile.

Un message de Mathias. *Regarde les infos, il y a du neuf.*

Un pied par terre, un tee-shirt ramassé.

— C'est qui, à cette heure-ci ?

— Rendors-toi, Seb. C'est Théo, il veut juste que je prenne les infos.

Elle passe par la cuisine, se fait couler un jus au percolateur. Dans le salon, la nuit a pris ses couleurs de départ imminent.

Elle s'affale sur le cuir frais du salon, pianote les touches de la télécommande.

La 15, infos en continu.

Et les images défilent. Des milliers de clichés sur une clé USB qu'a reçue l'agence France Presse.

Alexandre, c'est le nom de code du transfuge syrien.

L'homme, après avoir quitté la Syrie au milieu du mois d'août, aurait trouvé refuge en France. Capitaine dans l'armée syrienne, il aurait exercé le métier de photographe officiel des forces armées. C'est à ce titre qu'il a pu avoir accès aux hôpitaux militaires, aux cours intérieures, aux garages, aux morgues des hôpitaux de l'armée syrienne.

Sur la clé USB, il a pu exfiltrer plus de cinquante mille photographies.

Sur l'écran, des cadavres par centaines, visages amaigris ou boursouflés, des corps nus gisant dans le garage militaire six cent un à Damas. Des femmes aussi, au nez cassé, aux cheveux qu'on devine arrachés par poignées entières.

Des torses brûlés ou déchirés, des visages morts où la souffrance n'est pas parvenue à s'effacer.

Alexandre, photographe de la torture du régime de Bachar el-Assad.

Des clichés par milliers, preuve indiscutable de la mise en place par le régime syrien d'une industrie de la mise à mort.

La première depuis l'Holocauste, c'est la première chose qui vient à l'esprit de la commissaire.

Dans le dos d'Aïcha, la présence de Sébastien, ses mains qui se posent sur ses épaules.

— Tu crois que le capitaine Al-Sulta a eu le temps d'envoyer toutes ses infos à l'AFP ?

Elle ne quitte pas l'écran des yeux.

— J'en sais rien.

Elle imagine le capitaine syrien réfugié dans l'appartement de l'avenue des Chartreux. Sûr qu'il a dû montrer ses photographies à Bsarani, ne serait-ce que pour lui faire comprendre les raisons de son départ. Pour le retourner, aussi. Le rallier à la cause des rebelles.

Bsarani et Al-Sulta, chacun sur son tabouret, à regarder défiler les photos sur un ordi portable.

— En tout cas, ça a dû être un sacré choc pour Bsarani. Un truc d'une violence inouïe…

— Au point de le faire changer de camp ? s'interroge Touraine à voix haute.

Elle songe à l'argent détourné, aux soudaines prises de risques de l'homme d'affaires. Aux allers simples pour New York, au brusque éloignement auquel il s'apprêtait.

— En fait, avance-t-elle, je l'imagine en agent double. Un peu comme s'il avait gardé un pied dans chaque camp, histoire de mieux préparer son départ.

Sébastien s'affale à son tour dans le canapé.

— Et tu crois que sa trahison n'est pas restée secrète ? Que ça lui a coûté la vie ?

Elle ramasse son paquet de mentholée sur la table du salon, s'en colle une au coin des lèvres.

— Ce que je crois, c'est qu'ils pouvaient être plusieurs à vouloir lui faire la peau. Au moins tous ceux qui s'étaient sentis trahis : le régime syrien pour les photos, le Parti National pour le fric détourné, et peut-être même les rebelles au régime de Damas qui ont voulu lui faire payer ses années de soutien à Bachar el-Assad. Sans parler des Russes qui doivent veiller à ce que leur fric n'aille pas se perdre n'importe où.

Elle avale sa première bouffée.

— Et Manon Péan, dans tout ça ? Victime de la trahison de son directeur de campagne, ou tu vois autre chose ?

Elle revoit la jeune députée dans les salons de l'hôtel Jules César. Sa mine fatiguée, tendue. Dans sa voix, le timbre de celle qui est profondément bouleversée. Et puis, cette hésitation, légère, plus qu'infime quant à la dernière fois où elle aurait vu Tarek Bsarani…

33

Lille, vingt heures dix

Ça te la coupe, hein, deux mois sans écrire ! Pas un mot, pas le temps, pas envie, plus la force. Comment te dire, Kapriski ? Comment te dire ?

Le commissaire tourne les pages, revient en arrière, vérifie les jours, les heures.

Les notes précédentes sont datées du mercredi 2 septembre. Deux mois, pile. Il relit vite fait, retrouve le cours des événements, les blacks menottés, la traductrice, le gémissement des femmes noires à la vue des photos, et le pas chancelant dans les escaliers d'un Florian Dumas plus que dévasté.

Ces deux mois de silence, Carole Vermeer en connaît le poids. Une route faite d'ornières profondes à ne pas se relever. Des jours et des jours à prier le ciel de se vider d'un coup, à implorer qu'il nettoie de sa semence les terres et les vies saccagées.

Carole Vermeer ne peut ouvrir les yeux, mais elle devine le soir tombé aux pourtours de la chambre. Aucun indice, aucune perception. Juste l'idée qu'elle se fait du temps écoulé.

Dans la voix de Kapriski qui reprend sa lecture, elle trouve que quelque chose a changé. Un tremblement, une hésitation. Comme un début de conscience du drame qui va se jouer.

2 novembre, vingt-et-une heures. On est lundi.

Aujourd'hui, pas bossé. Premier jour de repos depuis un moment.

Ce matin, je suis restée au lit. Jusqu'à avoir faim. Une envie terrible de pain de mie et de Nutella. Des tartines lourdes comme des gaufres que j'ai trempées dans mon bol de café noir avant de me les enfoncer jusqu'à la gorge. Je me suis gavé la bouche comme une gamine à qui on a tout interdit.

Vers deux heures, je me suis fringuée, doudoune et compagnie, vu le froid. J'ai dit merde au brouillard qui voulait pas se lever et j'ai décidé de faire une petite visite à Florian.

Il est pas bien loin, à peine un quart d'heure de voiture.

Je vais le voir tous les jours. Quand je peux.

Faut traverser son bled, et puis c'est à la sortie. Là où les champs recommencent à s'étaler à perte de vue...

Elle revoit la brume se fendre autour du capot, les dernières maisons de briques rouges avec des gosses qui jouent sur les escaliers, au bord de la route. Après le dernier village, rouler jusqu'à se perdre dans les bruines tenaces d'où émergent, îles soudaines, des hectares de terre sombre. Un océan de sillons bruns gorgés de flotte. De l'eau jusqu'à noyer les paysages, les fossés, submerger les minuscules jardins.

Sur la droite, un terre-plein aménagé. Sur le trottoir, du gravier rouge étalé jusqu'à la grille.

Elle se rappelle encore l'odeur des chrysanthèmes, tenace, qui vous prend d'emblée à la gorge. Puis toutes ces boules blanches et jaunes qu'elle a vues, disposées sur les tombes. Elle a songé à son coffre vide, à ses bras dépourvus de fleurs. Elle s'est dit merde, qu'elle était vraiment conne d'avoir oublié le jour des morts.

... Il est là-bas, Florian, au bout de l'aile ouest, la tête à l'aplomb d'une clôture de troènes. C'est assez loin, derrière la fosse à fleurs fanées, mais je connais les allées par cœur. J'y vais les yeux fermés. Souvent, je m'assieds sur le rebord de la pierre tombale et on cause. Surtout moi. J'aime bien lui raconter les dernières semaines, tout le tracas que je me suis fait. Pour lui, pour les autres, pour tous ces putains de blacks en perdition.

Je ferme les yeux et je repense au 2 septembre, quand il s'est barré du commissariat. Parce que c'est là que tout a commencé à partir en vrille. Ou peut-être avant, j'sais plus...

Ce qu'elle sait, c'est que le 2 septembre, à l'aide de la jeune traductrice, elle a interrogé les Érythréens pendant plus de deux heures. Elle a demandé à Beaurepaire d'ausculter les poings blessés des hommes. Des écorchures profondes, c'est ce qu'a conclu le toubib, qu'ils avaient pu se faire aux portes des granges aussi bien que lors d'une sévère bagarre.

C'est à ce moment-là qu'elle a décidé du grand rodéo dans le Renault Trafic de service. Top départ pour la virée en rase cambrousse. La petite Briançon sur le siège-passager, juste derrière, coincé entre Martin et Forster, le père des gamines et, menottés à la banquette du fond, deux autres blacks aux mains abîmées. Collé à la portière, Beaurepaire avait tenu à faire partie du voyage.

Elle se souvient des kilomètres dans la campagne, des routes boueuses de la terre laissée par les roues des tracteurs. Noyelles-Godault, Bully-les-Mines, Harnes, des bleds gais comme des bourgs au sortir de la guerre. Et puis les cours de ferme, les impasses terreuses, les granges, au loin, indiquées par les gens des villages.

... quand le soir nous est tombé dessus, ça faisait des heures qu'on tournait en rond. Des heures à repérer des hangars, des étables, des remises plus ou moins abandonnées. Et ces putains de noirs qui n'arrêtaient pas de secouer la tête, « not here, not here... *».*

Alors, j'en ai eu marre et j'ai serré le frein à main. De la serviette que j'avais emportée avec moi, j'ai sorti les photos de Betiel et de Yohanna. Dites-leur, que j'ai dit à la traductrice, dites-leur qu'elles ont couché avec des hommes. Pour de l'argent, elles ont fait ça. Dites-leur.

Dans la camionnette, un sacré silence. Et puis, le plus vieux, le père des filles, a tapé un grand coup sur la vitre latérale. Une beigne à se faire exploser la main. Ou la vitre. Et puis, il a baragouiné un truc ou deux. Quelques mots traduits dans la foulée : « Chez nous, celles qui vendent leurs corps, c'est la justice d'Allah qui s'en occupe ».

Sacré silence.

Kapriski relève la tête .

— C'est vrai, Carole. Je m'en souviens. J'étais encore là quand vous êtes tous revenus au commissariat. Il était pas loin de vingt heures. Je t'entends encore gueuler dans les escaliers. Tu étais comme folle…

De son bureau, il avait compris qu'elle allait mettre les blacks en examen. Elle n'avait rien de vraiment sérieux contre eux, mais elle ne pouvait pas non plus les laisser filer dans la nature. Après tout, ils étaient déjà en situation irrégulière, promis à une rapide reconduite à la frontière.

Puis, il a tendu l'oreille et a saisi ce qui la rendait dingue à ce point : les gendarmes avaient relâché l'équipe Fontani. Une fois les prélèvements de sperme effectués, les vigiles et leur patron étaient tranquillement rentrés chez eux. Et ça, visiblement, elle ne le supportait pas.

— … Et puis, je t'ai entendu crier. C'était terrible. Une bête qu'on blesse. Oui, c'est ça, une bête.

Tu as descendu les escaliers et moi, de la fenêtre, je t'ai vue démarrer comme une folle sur le parking.

Le commissaire se tait un instant avant de reprendre.

— Ça n'est que le lendemain matin que j'ai su pour le petit Florian.

Elle entend les mots de son patron, crève de ne pouvoir lui répondre. Lui dire qu'il lise. Putain qu'il lise…

*

Vingt heures cinquante

Kapriski a accepté une soupe.

Carole l'entend souffler sur son breuvage, râler à voix basse que c'est brûlant et dégueulasse. Sur le côté, il repousse l'assiette, plonge le nez dans les derniers feuillets.

J'ai roulé comme une dingue. Sur France Info, le dépôt de la liste du PNF pour les régionales. Rien à foutre, plus rien à foutre de leurs conneries. La politique c'est que de la merde. Juste un grand bal des ambitions.

En vingt minutes, j'étais sur les lieux. L'A1 à hauteur d'Arras, première sortie.

Au loin, des gyros, des projecteurs, des phares, des warnings, des clignotants. Le grand jeu, quoi !

Elle se souvient du pare-brise explosé, de l'odeur du gazole répandu. Des roues, aussi, tournées vers le ciel et qui lui ont fait penser aux pattes des scarabées quand on les retourne et qu'on les mate s'affoler et mourir. Quand les pompiers ont sorti les tronçonneuses, elle a brandi sa carte, s'est frayé un chemin jusqu'à la carcasse métallique.

Le corps de Florian, elle ne l'a pas regardé, juste aperçu un semblant de silhouette, la tête en bas, entre les sièges avant, recroquevillée.

Quand le gars du Samu s'est approché d'elle, elle a écouté ce qu'il avait à dire, son histoire de glissières de sécurité, de tonneaux, de vertèbres brisées.

... « Conduite suicidaire. Ligne droite, aucune difficulté, aucun obstacle. S'il ne s'est pas endormi, c'est à croire qu'il l'a fait exprès. Impossible autrement. Mort sur le coup. Le moteur a reculé jusqu'à lui écraser les jambes. Opération compliquée pour le sortir de la bagnole ».

Je les ai laissés et je suis retournée dans ma voiture. Des tôles tronçonnées, jaillissaient des gerbes orange. Comme un feu dans la nuit.

J'aurais pu démarrer et foutre le camp, mais j'ai pas bougé de mon siège. Hypnotisée.

Carole remarque que Kapriski détache chaque syllabe, comme s'il voulait n'en perdre aucune force. Cette nuit du 2 septembre, quand elle a franchi la porte de son appartement, elle n'a pu que s'avachir sur un tabouret, dans la cuisine à chialer jusqu'au matin.

Il lui a fallu laisser passer deux mois pour écrire la scène. Revenir en arrière, trouver les mots. Et là, dans ce fichu coma, à écouter son chef, elle sent quelque chose lui enserrer la gorge.

Elle n'oubliera jamais le rouge du sweat-shirt quand ils ont sorti le corps de la ferraille. Rouge comme le tee-shirt du petit Aylan des plages turques, rouge comme celui de Jason de l'étang du Pont Rouge.

Jason…

Petit frère d'à peine cinq ans.

Accroupie derrière un arbre, elle l'avait entendu compter jusqu'à vingt. Puis, elle avait guetté son pas, le craquement des branches mortes. Un instant, elle avait regardé le ciel, avait songé au père dans la chambre, au dos de la mère contre le mur, aux joues bleuies, au silence, aux choses tues, aux mensonges qui allaient suivre. Elle avait pensé au bébé, aussi, arrivé deux mois plus tôt, qui dormait dans la chambre des parents et qui devait hurler sa terreur. Un nourrisson de nulle part confié par les services sociaux. Un matricule de plus dans la famille d'accueil.

Ça n'avait occupé ses pensées qu'une bonne minute, peut-être deux. Le temps pour Jason d'avancer dans l'herbe haute, de s'approcher de l'étang et de glisser sur les feuilles trempées de la nuit. Le temps d'être surpris par l'eau glacée. Une sidération qui paralyse d'un coup, empêche même de crier. Le temps qu'a mis l'eau pour lui emplir la bouche, lui faire découvrir le goût tenace de la vase. De lui submerger le front, les mains qui s'agitent. Le temps, si long et si court à la fois, de le faire taire à jamais…

Elle se souvient s'être levée, avoir jeté son inquiétude sur la berge. Entre deux eaux, à quelques mètres du bord, avoir reconnu le rouge du tee-shirt, les petites jambes blanches. Elle s'est dit qu'il lui fallait courir jusqu'à la maison, grimper les escaliers, pousser la porte de la chambre des parents. Leur dire que le petit était tombé dans l'eau et qu'elle ne l'avait pas entendu mourir.

... J'aurais voulu mourir à mon tour. Vraiment.

Mais j'ai pas pu, pas su.

Comment on fait quand on n'a pas onze ans et qu'on veut quitter la vie ?

J'ai pas eu de réponse.

Alors, je me suis dit que je rachèterai ma faute. Qu'un jour, je sauverai quelqu'un.

Et puis, vingt-cinq ans plus tard, on m'a confié Florian. Florian Dumas, flic stagiaire et poète à la fois. Quand Kapriski me l'a présenté, j'ai su que ce serait lui. Comme un petit frère à ne jamais lâcher.

C'était mi-août. Deux semaines avant les Érythréennes. Deux semaines avant que je perde pied pour de bon.

34

VINGT-ET-UNE HEURES

Kapriski arrête de lire.

Carole Vermeer perçoit le glissement de la chaise. Elle sent la main du commissaire se poser sur la sienne.

Du bout des doigts, il effleure ses phalanges, s'attarde sur ses ongles rongés.

Merde ! Elle l'entend dire *merde*. Puis se lever, ouvrir la porte, sans doute disparaître dans le couloir.

En attendant qu'il revienne, elle perçoit le froid installé au bout de ses doigts, la salive, aussi, qui lui dégouline le long du menton.

Elle les entend entrer, le médecin, les infirmières accompagnés de Kapriski. Elle sent une main sur son poignet, puis sur son cou, ses lèvres. Puis s'enchaînent une série de palpations.

Une voix d'homme s'adresse à Kapriski. Elle a du mal à distinguer correctement à cause du bourdonnement qui emplit la pièce. Elle comprend que le médecin fait un bref topo de la situation. Elle ne saisit qu'un mot sur deux, s'accroche à ce qui lui semble essentiel. *Processus de fin de vie, normal, tout est normal, étapes prévisibles.*

Elle réalise que le bruit de fond, ce ronflement qui l'empêche d'entendre avec précision depuis un moment, c'est elle qui le produit.

Dans les poumons et la gorge, des sécrétions excessives créent de forts bruits d'inspiration et d'expiration. Ce que le médecin nomme un râle. Cela provoque un débordement de salive qui envahit le menton, la gorge. Le toubib précise qu'il faut humecter les lèvres avec une serviette humide.

— Montrez, Sarah, montrez au commissaire…

L'infirmière lui tamponne la bouche, la gorge, le cou.

Carole aimerait lui dire qu'elle a froid aux pieds, au bout des doigts, aussi. Un peu comme quand elle rentrait de l'école, l'hiver. Elle aimerait lui dire qu'elle voudrait des moufles et des chaussettes. Qu'ils sont bien gentils de l'avoir enturbannée comme un fakir, intubée, pansée, seringuée, nourrie par intraveineuse, mais elle, elle aimerait juste faire disparaître ce damné froid qui la gagne.

— Ce qu'il faut comprendre, poursuit le médecin, c'est que la circulation sanguine a besoin de se concentrer sur les organes vitaux. C'est la raison pour laquelle elle se retire de la périphérie du corps. De fait, les mains, les doigts et les pieds deviennent froids. Et puis les ongles vont pâlir avant de devenir légèrement bleus.

Il dit que tout ça est normal. Ce sont les signes d'une mort imminente.

— La patiente ne se rend compte de rien. Elle est totalement inconsciente. Il faut juste laisser faire. La laisser partir tranquillement.

Elle les entend se retirer, fermer la porte sur Kapriski qui tire la chaise à lui, tourne les feuillets et reprend sa lecture.

Lui préciser qu'il se grouille un peu, c'est ce qu'elle aimerait lui dire. Le froid des pieds lui monte jusqu'aux chevilles, le long des poignets, aussi. Un engourdissement.

Le commissaire reprend. Il lit plus vite, maintenant. Comme pressé par le temps qui reste.

Vendredi 6 novembre.

Cet aprèm, j'ai pas beaucoup bossé. Je suis allée jusqu'à Noyelles-Godault, sur le parking de Cora, et je me suis posée dans la bagnole. Jusqu'au soir.

Besoin de faire le point.

Pour tirer un trait sur toute cette merde.

Conclure qu'on ne sait pas, qu'on ne saura jamais. Se contenter de semi vérités. Impossible.

Moi, j'ai envie de savoir. Pas pour l'enquête, ni pour faire plaisir à mes supérieurs. S'ils savaient comme je les emmerde, ces cons ! Non, juste pour savoir qui je peux regarder dans les yeux. Qui ment, qui dit la vérité. Pas plus compliqué.

Alors, aujourd'hui, je sèche le boulot. Personne sait où je suis. Et là, sur le parking, je vais me refaire le film, depuis le début. Histoire d'essayer de piger, de choper le truc qui m'a échappé.

C't'aprèm, je fais capitaine buissonnière !

D'entendre ses mots remonter le temps, ça la réchauffe un peu. Dans la voiture, elle avait mis le chauffage, laissé tourner le moteur. Elle s'était garée un peu à l'écart, sur cette partie du parking où traînent les caddies abandonnés.

... Je remonte au 3 septembre. Après tout, c'est là que tout a commencé à dérailler.

Florian en charpie sous les tôles.

Sa détresse, je ne l'ai pas vue arriver. Avec ma jeunesse à la campagne, les hommes, moi, j'ai toujours pensé que ça supportait tout. Les bêtes qu'on saigne, le cri des cochons qu'on ouvre, le bêlement des agneaux qu'on pousse dans la camionnette qui les mène à l'abattoir. Et puis, à écouter leurs histoires de guerre d'Algérie, de types cramés à l'électricité, de gueules cabossées à mort, à croire toutes leurs conneries, j'ai vraiment cru que les hommes, ça n'avait pas peur de grand-chose.

Et puis qu'est-ce que j'y connais, moi, en poète ? Hein !

Le 3 septembre, quand elle est rentrée, vers une heure du mat', elle s'est vautrée sur la table de la cuisine, sur la nappe a fixé les miettes de tartines jusqu'à ce que les yeux lui brûlent. Jusqu'à ce que ça fasse couler une première larme. Et puis d'autres. Un sacré torrent. Parce que dans la bagnole, sur l'autoroute, à regarder les pompiers désosser la voiture de Florian, pas moyen de pleurer. Même pas un petit sanglot.

Et là, entre les tasses et les verres qui attendent, elle a laissé le chagrin entrer en éruption.

... *Ne pas entendre son petit frère se noyer à pas trente mètres, il y a déjà de quoi se jeter du premier pont venu. Mais quand la vie, vingt-cinq ans après, te file une chance de te racheter un bout de conscience, et que tu passes à côté !*

C'était pourtant pas compliqué. Juste accompagner un môme de vingt balais. Un apprenti flic à la Rimbaud pendant six mois de stage. Lui montrer le boulot, les gardes-à-vue, les procédures. Lui faire tâter un peu de la violence des rues. Juste qu'il se rende compte que nous, les flics, on passe une bonne partie de notre vie dans une cuvette de chiottes.

En fait, Florian, elle n'a pas pris la peine de l'observer. Ne l'a pas écouté, non plus. Elle s'est juste amusée de ses tournures de phrases, de son côté bac littéraire chez les poulets. C'était comme un peu de douceur, un courant d'air lumineux dans le gris des existences.

Aujourd'hui, elle sait. Si elle avait pris le temps de lever la tête du guidon, juste regarder son jeune stagiaire, si elle avait fait ce petit effort, elle aurait remarqué qu'il n'était pas vraiment taillé pour le très lourd. Au premier cadavre, à la première violence, le petit Florian, il en aurait pris plein la gueule. Alors les deux Africaines écrasées dans la bouillasse… Dévasté, Florian. Atomisé.

Aujourd'hui, elle sait. Le dernier quart d'heure de Florian Dumas, elle a eu tout le loisir de le reconstituer, à la minute près. Quand il est sorti du commissariat comme un fou, il s'est arrêté dans la première épicerie ouverte. L'arabe du coin qui vend ses merdes à prix d'or jusqu'à minuit, sûr qu'il s'en souvient encore. Un mec qui déboule dans sa boutique comme une tornade, qui chope la première bouteille de scotch, balance un billet de cinquante, marmonne *garde la monnaie* en se tirant aussi sec…

La bouteille de whisky, Florian l'a vidée dans sa bagnole. Presque cul sec. Lui qui ne buvait pas d'alcool, il a fait ça pour se donner du courage. Suffisamment pour se lancer sur l'autoroute, faire monter l'aiguille jusqu'à cent quatre-vingt et donner au volant un petit coup sec sur la droite. Pas de ceinture, cinquante mètres à la seconde, la glissière de sécurité. Du métal qui tranche les tôles et les corps comme à la boucherie. Ça ne pardonne pas. Plus sûr encore que la guillotine.

… Je sais pas comment c'est possible, mais cette nuit-là, j'ai quand même réussi à m'endormir.

Quand je me suis réveillée, la mort de Florian, c'était comme une gueule de bois. Comme quand je fais une connerie, la nuit, complètement bourrée, et que le lendemain, je sens vaguement que j'ai déconné. Faut juste retrouver ce que j'ai fait. Les gens, l'endroit, les conséquences. Là, c'était pareil. Pourquoi je l'ai laissé partir ? Pourquoi je l'ai laissé prendre la bagnole ? J'avais bien vu qu'il était en train de péter un câble.

Non-assistance à personne en danger, merde ! Quasiment complice.

Au bureau, l'équipe m'attendait pour huit heures. Alors, une douche pour me sentir vivante, un bol de café et deux clopes dans la Mégane avant de démarrer.

Dans le couloir qui mène à mon bureau, ils m'attendaient tous.

Un drôle de silence, quand ils m'ont vue arriver. Même Beaurepaire, à sa façon d'éviter mon regard quand il m'a serré la main, j'ai compris que quelque chose ne tournait pas rond.

Et j'allais pas être déçue…

35

LILLE, VINGT-ET-UNE HEURES QUINZE

Faut que tu lises la fin, Kapriski. Je suis gelée, moi, et je suis en train de partir. Alors, je veux t'entendre jusqu'à ma dernière phrase. Que tu réalises à quel point tu t'es gouré. Tu m'as mal jugée et tu m'as maintenu la tête sous l'eau. Faut que tu comprennes tout ça. Que tu me demandes pardon, aussi. Il y a tellement longtemps que j'attends des excuses. Pas que de toi, d'ailleurs, je te rassure, mais de tous ceux qui m'ont fait du mal. Ils sont pas forcément nombreux, mais ça compte. Après, faudra me laisser tranquille. C'est mon voyage perso. Pas besoin d'escorte.

Raclement de gorge, bruit des pages qu'on tourne.

C'est drôle comme les choses me sont revenues en détail.

J'ai coupé le moteur et la buée a commencé à brouiller le pare-brise. Sur le parking, les gens ont remonté leur col, ont accéléré le pas jusqu'à leurs coffres.

Elle se souvient du soleil disparu derrière une masse noire de nuages. Comme un hiver qui s'installe d'un coup. Une punition.

Elle a incliné son dossier en position couchette, a écouté les voitures chargées de courses débarrasser le plancher. De sa position presque allongée, elle a vu nettement l'ampoule du réverbère s'allumer. À seize heures trente précises, pour dire la fin brutale de l'automne.

Elle a fermé les yeux, a laissé sa mémoire l'embarquer à nouveau. Jusqu'au 3 septembre, huit heures dix.

...Les hommes se sont installés comme d'habitude. Forster, Martin, Beaurepaire.

L'absence de Florian me donnait envie de hurler. De tout casser et de me balancer par la fenêtre.

C'est Beaurepaire qui a pris la parole...

C'était il y a deux mois, mais je l'entends comme si c'était hier. Avec son air de celui qui va dire des choses graves et qui veut pas blesser.

Avec le recul, je me dis qu'il avait vraiment l'air bizarre. Pas comme d'habitude. Sa façon de ne pas me regarder en face, ça aurait dû m'alerter.

C'est vrai, à le voir s'asseoir sur le coin du bureau, comme ça, sans gêne, j'aurais dû me douter de quelque chose.

Il y a deux hypothèses, Carole... C'est comme ça qu'il a commencé. Rien qu'à sa façon de dire Carole, j'aurais dû tilter. Depuis que j'ai pris mes fonctions, Beaurepaire m'a toujours appelée capitaine, ou presque toujours. Et là, ce matin, il m'appelait par mon prénom. Comme si, mine de rien, il effaçait une partie de mon autorité.

... Deux hypothèses :

1 : les deux Érythréennes acceptent de baiser pour du fric. Ça se passe chez IKEA, dans la pièce qui sert de cantine aux vigiles de NSF.

Elles font ce qu'elles ont à faire et, une fois que la tempête se calme un peu, Lukic dépose les filles à hauteur du bois du pommier.

Les mots du docteur Beaurepaire résonnent encore dans sa tête. Malgré la balle à bout portant, la trajectoire brûlante de l'acier, malgré les déchirures cérébrales toutes les phrases de Beaurepaire sont demeurées intactes. Elle l'entend lui raconter les deux filles, un peu perdues, un peu choquées qui retrouvent le groupe familial. Les hommes et leur putain de croyance. Les hommes qui comprennent ce qu'ont fait Betiel et Yohanna. Il n'y a qu'à voir leur tête, leurs cheveux et puis cette odeur d'homme qu'elles ont partout sur la peau. Des putes.

Ce que dit Beaurepaire, c'est que les hommes du groupe, le père et les frères, les ont traînées jusque sous les premiers arbres et qu'ils les ont purement et simplement châtiées. Comme le veut la tradition coranique, là-bas, sur la corne africaine. Battues à mort. Il n'y a qu'à voir les poings de ces types pour se faire une idée de ce qui s'est passé. Et puis dans leurs yeux aussi, quand ils ont découvert les photos. De la rage, de la rage, bien plus que du chagrin…

...Beaurepaire a ajouté que pour l'instant, il n'y avait pas de preuves, mais que ça tenait la route. Et puis, il a balancé sa seconde hypothèse.

Les vigiles : en fait, les filles n'ont proposé aucun service sexuel. Elles sont épuisées et n'ont accepté de suivre les hommes de NSF que pour se nourrir un peu, se réchauffer, dormir peut-être...

C'est fou cette capacité qu'a Beaurepaire de raconter les choses comme s'il en avait été le témoin direct. Les types du gardiennage qui se marrent entre eux, qui regardent les filles s'asseoir sur un coin de matelas, croquer à pleines dents le sandwich offert. Et puis les plaisanteries dérapent. Des blagues de caserne, des conneries de mecs qui ont pas baisé depuis un bail.

...Pas impossible, d'après Beaurepaire, qu'un des gars a sorti du fric. Peut-être qu'ils ont proposé aux filles une petite gâterie contre un peu de blé. Après tout, il n'y en a pas tant que ça. Elles veulent rejoindre l'Angleterre, oui ou merde !

Betiel et Yohanna refusent, se lèvent, veulent se barrer.

Pas question de les laisser partir comme ça. Maintenant qu'elles se sont un peu requinquées, elles ont comme une dette. Faudrait peut-être penser à rendre la monnaie...

Carole Vermeer a toutes les peines du monde à faire abstraction du froid qui lui durcit les cuisses, maintenant. Elle s'accroche aux mots de Kapriski. Saisit chaque phrase comme une corde lancée.

Comme Beaurepaire, elle les a imaginés, ces enfoirés, prendre les filles par la tignasse et les jeter au sol. Baisser leurs frocs et frapper les filles jusqu'à ce qu'elles s'entrouvrent.

Vu l'état des corps, c'est sûr qu'ils n'ont pas retenu leurs coups, les salauds. Leur briser les os, les retourner et les remplir chacun leur tour.

Et puis les achever. Étranglement pour l'une, étouffement pour l'autre.

Aucune chance de s'en sortir.

... Une fois les cadavres sur les bras, sûr que Lukic a paniqué. Il a appelé son patron qui a rappliqué dans la demi-heure. Pendant que le reste de l'équipe nettoyait la pièce de cette saloperie d'orgie, Lukic et Fontani ont chargé les corps dans le 4x4 du boss et les ont déposés dans le bois du Pommier.

Ça reste une hypothèse. Aucune preuve pour l'instant. Sans aveux, ça va être compliqué

D'après les analyses, il y a bien eu rapport sexuel. Les vigiles ont tout balancé aux gendarmes. Comme un seul homme.

Une passe contre un peu de fric, ça ne va pas chercher perpète.

Mille cinq cents euros à tout casser, dans le cadre de la pénalisation des clients de la prostitution.

Elle revoit Beaurepaire se taire, attendre sa réaction.

Elle n'a qu'une envie : lui dire d'aller se faire voir.

Une gamine et sa grande sœur assassinées, des os brisés à coups de poing, à coups de genoux, des blancs qui se croient tout permis, qui sortent leur fric, leurs queues, leurs blagues à la con. Et puis des blacks, paumés dans ce pays de pluies incessantes, des pères et des frères, des types aux mains cabossées d'avoir tellement cogné.

Alors qu'ils aillent tous se faire foutre ! Qu'ils la ferment, juste une minute. Juste pour Florian. En hommage à son cœur qui a pas supporté. À ses chairs tranchées, là-bas, sur l'autoroute…

... Quand Beaurepaire a levé son cul de mon bureau, il s'est dirigé vers la porte. Sans me regarder, il m'a dit, viens, on monte chez Kapriski. Il veut te parler.

On est sorti et dès les premières marches, il a ajouté que le maire était là-haut. Il veut te voir, lui aussi.

Cette nouvelle manie de me tutoyer, ça puait l'embrouille.

Elle a poussé la porte et les a vus tous les deux. Bruno Dumont, le maire, et Kapriski. La jeune pousse aux dents longues et l'autre, le flic en place depuis bientôt trente ans.

... Peuvent pas se blairer. Le soi-disant facho et le protecteur de notables. Le premier se rêve ministre de Maryse Péan quand elle aura pris le pouvoir, et l'autre passe son temps à ruminer l'époque bénie des baronnies socialo.

Au début, le jeune Dumont, je l'aimais bien. Je suis comme les autres, je croyais qu'il voulait changer les choses. Se dévouer pour la ville, pour les petites gens. Parce que les socialistes, il y a bien longtemps qu'ils nous ont balancés aux oubliettes. Faut dire que les palais c'est sans doute mieux que les cantines scolaires. C'est pour ça qu'il a été élu, Dumont, pour s'occuper des chômeurs, des ouvriers, des paysans. Pour faire un peu le ménage aussi, faut dire. Et puis, une fois élu, une fois installé à Bruxelles comme député européen, Dumont, il est devenu comme les autres : un putain de notable. Carrière et patrimoine. Le reste, plus rien à cirer...

En tout cas, depuis qu'il est maire, Kapriski passe son temps à l'éviter. Toutes les excuses sont bonnes pour ne pas le croiser. Même les plus bidons.

Alors, de les voir tous les deux discuter à voix basse, j'avoue que ça m'a fait bizarre. Je me suis même dit que si ces deux-là étaient capables de se parler, c'est que c'était peut-être moi le sujet de discussion. Le problème à régler.

Cette scène, Carole Vermeer l'a encore bien en tête.

Avec sa doudoune à bourrelets fermée jusqu'au menton, elle s'est avancée jusqu'à eux. Dans la vitre, son reflet. Les plis de son anorak orange et sa tignasse rousse pas encore sèche de la douche.

Kapriski lui a tendu la main. Il a dit que quand l'heure est grave, il faut savoir s'entendre, surmonter ses divergences, l'intérêt général et bla-bla-bla... Dumont lui a serré la main, lui aussi. Lui a juste dit qu'elle pouvait compter sur lui.

Quand elle a fait mine de baisser la fermeture éclair de sa doudoune, Kapriski lui fait signe de ne pas aller plus loin.

— On n'en a pour deux minutes capitaine.

Il a fait signe à Beaurepaire de rester là. Une sorte de témoin de ce qui allait suivre.

À elle, il lui a simplement demandé de s'asseoir.

... *Vous êtes épuisée, capitaine Vermeer. C'est comme ça qu'il a démarré.*

Ces putains de phrases, je les connais par cœur.

Vous êtes au bout du rouleau, tout le monde le sait. Et c'est normal. Les derniers jours ont été plus qu'épuisants. Le docteur Beaurepaire nous a précisé que vous aviez sans un peu trop tiré sur la corde. Peut-être, mais moi, ce que je crois, c'est que nous nous sommes trompés en vous confiant cette affaire. Surtout moi.

Elle écoute Kapriski lire le bas de la page. Les lignes où elle raconte le sourire consentant du maire. Les mots du commissaire qui avoue son erreur de lui avoir refilé un dossier lourd à ce point. Les mots qui la flattent et l'assassinent. Des mots qui parlent de son courage, de sa ténacité, mais aussi de son manque d'intuition. Un déficit de perception des choses, des gens, qui a sans doute conduit Florian Dumas de prendre le volant.

Elle les revoit lui tendre à nouveau la main. Lui annoncer les deux semaines de repos qui l'attendent. Qu'elle parte un peu, se mettre à distance, quelques jours en famille. Ça lui fera le plus grand bien.

Oui, c'est ça, en famille…

Le maire a ajouté que cette affaire était un dossier sensible. Que j'avais fait du bon boulot, mais que pour s'occuper de ce genre d'histoire, il valait mieux des policiers expérimentés. Du genre à l'abri de l'émotion.

Kapriski a posé une main contre mon dos, machinal chez lui quand il veut me pousser quelque part. Il m'a dit que Martin allait me raccompagner chez moi. Que je me repose et que j'en profite un peu. Deux semaines, ça passe vite...

Sur la route, Martin, il a pas dit un mot.

Il m'a laissée sur le parking, devant mon bloc.

Avant que je ferme la portière, il m'a juste dit que tout ça, c'était à cause de Beaurepaire. Parce que le toubib avait peur que je fasse une connerie...

Je lui ai fait un clin d'œil et je lui ai dit que c'était pas grave. On se verrait à l'enterrement de Florian. À plus...

Aux fenêtres des immeubles, il y avait des gens qui fumaient, d'autres qui mataient derrière leurs rideaux. Des enculés, je le sais, qui rêvent de me voir la gueule par terre.

Je suis montée en serrant les dents. J'aime pas pleurer devant témoins.

36

Marseille, jeudi 3 septembre,
cinq heures quarante-cinq

Ouvrir un œil.

Se hisser hors du canapé et filer jusqu'à l'évier. Vomir la grappa, les spaghettis, le pack de bière. Douze canettes jusqu'à la dernière.

Il faut dire que sa trouvaille, Benoît Volter l'a sérieusement arrosée. Tout seul, comme un grand, à vider les bouteilles comme pour un soir de mariage.

Une fois son raisonnement posé sur papier, il a tenté d'imaginer la tête de la commissaire Aïcha Sadia quand il lui ferait part de sa découverte. Une intuition de folie qui ne résiste à rien. Ni au temps ni à la géographie.

En attendant, il se lève, tangue gentiment jusqu'à la porte d'en face. Tombe à genoux sur le carrelage. À peine le temps de relever la lunette en plastique. Deux doigts jusqu'à la gorge, feu d'artifice !

Avant le retour au divan, passage par la case café.

Une capsule de *What else* plus tard, il retrouve l'empreinte de ses fesses imprimée sur le tissu du canapé.

Cinq heures cinquante-neuf, chaîne d'infos en continu.

Damas.

Les photos reçues par l'Agence France-Presse.

Un capitaine de l'armée syrienne les a sorties du pays. Il était photographe officiel de l'armée. Il serait quelque part en France.

Benoît Volter songe à Al-Sulta. Au corps repêché au large de Port-de-Bouc, arrimé à un radiateur. La patronne a évoqué les chairs blessées, le fracas des os, la morsure d'un chalumeau. Un martyr.

À l'écran, les photographies défilent, les commentaires, les légendes sous-titrées.

L'Unité 215 des services de sécurité, la morgue de l'hôpital militaire, les garages de l'hôpital six cent un. Des cadavres par centaines, allongés à même le sol. Des visages de femmes, d'étudiantes, des mères, des filles, des gueules noircies de coups, de souffrances indicibles. Le spectacle des civils assassinés par milliers.

Volter pense à Tarek Bsarani. Il l'imagine découvrir les geôles de Bachar el-Assad. Le choc, la déception. Sûr que l'homme d'affaires a téléphoné à Damas. Sûr qu'il a cherché à joindre son ami d'enfance, à obtenir des explications.

Face au silence, à la violence de la raison d'État, sans doute Bsarani a-t-il vacillé dans ses convictions. Sans doute a-t-il pensé au peuple de son pays, aux rebelles, aux printemps arabes. Probable qu'il ait discuté des heures avec Al-Sulta, obtenu des détails, recueilli toutes les précisions possibles. Suffisamment pour constituer un témoignage indiscutable. Un faisceau de preuves, qui, un jour, Bsarani en est convaincu, pèseront tout leur poids au Tribunal international de La Haye.

Volter est persuadé que face à ces photographies, Bsarani a changé de camp. Impossible pour lui de soutenir les coupables d'un tel crime de masse. Inimaginable de cautionner plus longtemps le régime syrien.

Volter n'imagine pas que la démarche de l'homme d'affaires fut intéressée. D'après ce qu'il a compris de Bsarani, le jeune flic stagiaire pense que ce dernier se place instinctivement du côté de ce qu'il croit être le bien. De ce qu'il considère comme n'étant pas immoral. Bsarani est un businessman redoutable, craint par certains, adulés par d'autres. Il est plus proche du loup que de l'agneau, c'est sûr, mais rien dans ce que l'on sait de lui, rien ne permet d'affirmer qu'il est un salaud.

Plus tôt dans la soirée, la commissaire a pu le joindre au téléphone. Elle lui a reproché son absence soudaine, sa mise à distance du travail collectif. Il lui a dit qu'il était taillé pour la lutte, le combat d'idées, mais pas pour la guerre de rue. Que la mort des hommes était plus qu'une épreuve. Un début d'anéantissement. Il s'est excusé. Elle a mis un moment avant de répondre et puis, sans qu'il sache pourquoi, elle s'est mise à lui parler comme si elle n'avait pas entendu ce qu'il venait de lui dire. Sans transition, elle lui a rapporté les magouilles financières de Bsarani, tout ce fric subitement détourné. Elle lui a même demandé ce qu'il en pensait.

Le jeune lieutenant est persuadé que Bsarani a pris contact avec les rebelles, qu'il leur a promis toute son aide. C'est à ce moment-là que l'idée du détournement d'argent a sans doute germé dans son esprit. Piquer une partie du fric russe destiné au PNF et le détourner pour financer les rebelles au régime de Bachar.

Sûr aussi qu'il a prélevé son petit pourcentage histoire d'assurer ses arrières, sa fuite aux States. Un aller simple famille incluse. Vol de survie.

Volter se dit que pour effacer la barre qui lui transperce le front, il lui faudra plus d'une tasse de jus. À défaut d'Aspirine, sans doute une cafetière entière.

En attendant d'avoir le courage de se lever, il pense à Manon Péan et Bsarani. Aux liens de confiance établis entre ces deux-là.

Il n'imagine pas un instant Tarek Bsarani s'exiler aux États-Unis sans avoir eu une explication avec la jeune députée. Sans doute aussi lui a-t-il montré quelques unes des photos, essayé de la convaincre de changer d'alliance. Abandonner Poutine et Bachar au profit du camp des rebelles. Ne surtout pas être à contre-courant du vent de l'Histoire. Quand les crimes de guerre du régime syrien s'étaleront au grand jour, pour tous ceux qui l'auront soutenu en connaissance de cause, l'avenir politique sera plus que compromis. Alors, autant prendre les devants. Anticiper avant que ça n'explose à la gueule du monde.

Entre les chaises, Volter navigue à vue jusqu'à la gazinière. Un filtre à remplir de café moulu, de l'eau dans le bac arrière de la cafetière, puis appuyer sur *on*. Enfin, attendre le bouillonnement final.

Debout, les mains posées sur le bord de la table, il fait face aux schémas qu'il a composés dans la nuit. Face à son hypothèse, il décide de la reconsidérer. En attendant que le café passe, il lui faut revisiter une dernière fois son raisonnement, les pistes suivies, l'invraisemblable possibilité.

Revoir tout avec précision avant de partir en expédition sur Arles. De transformer l'hypothèse en fait avéré, établi dans le moindre détail. Alors, si tout colle, il ira offrir le tout à sa patronne. Un sacré paquet-cadeau. Un truc à faire trembler le pays tout entier.

*

Posée sur la droite, la carte des Bouches-du-Rhône, à gauche, celle du Vaucluse. Entre les deux départements étalés sur la table, les photocopies des agendas respectifs de Manon Péan et de Tarek Bsarani.

Benoît Volter a décortiqué les emplois du temps une bonne partie de la nuit. Il a imaginé chaque moment de la journée des deux protagonistes.

Une danse, c'est ce qu'il a pensé, où les cavaliers virevoltent à distance.

Lundi 31 août.
Huit heures trente.

Petit-déj à Carpentras.
Rencontres Place de l'Hôtel de ville.

Il imagine Manon Péan accoudée au comptoir, un croissant dans une main, un café dans l'autre. Puis il la voit sortir du bar, se fondre dans la foule qui attend.

Entourée des militants du coin, elle déambule sur la place, serre les mains, écoute les doléances, les remarques. Les hommes l'embrassent, les petites filles aimeraient lui ressembler quand elles seront grandes.

Benoît Volter entoure d'un cercle noir le nom de Carpentras.

Huit heures quarante-cinq
Marché du Prado.

L'apprenti lieutenant n'a aucun mal à se figurer Bsarani entre les étals, les primeurs, les fleuristes. Escorté des militants PNF de l'arrondissement, à tendre la main, décocher des sourires, semer la bonne parole.

Un trait de stylo noir entoure la cité phocéenne.

En ce début de matinée, cent dix-sept kilomètres séparent la candidate et son directeur de campagne.

Chaque danseur évolue dans son périmètre.

Onze heures trente
Apéritif à Sorgues.

Il suffit de fermer les yeux pour voir le chapiteau dressé sur le cours de la République. Une autorisation de la mairie, du Ricard, du vin, des orangeades, des cocardes tricolores aux chemises blanches des enfants.

Dans cette ville où, lors des législatives de 2012, les habitants lui ont offert quarante-cinq pour cent de leurs suffrages, Manon Péan se sent chez elle. Elle claque des bises, enserre les doigts qu'on lui tend, sourit aux regards admiratifs, aux encouragements.

Elle ne pose pas les lèvres sur les joues, juste un coin du visage. Sa pudeur à elle, une façon de maintenir la distance.

Sur la carte, le stylo du lieutenant relie Carpentras à Sorgues qu'il entoure.

Onze heures trente

Réunion publique à Martigues.

Bsarani ne craint pas les villes rouges. Au contraire, quand il descend de sa voiture, il se mêle à la foule comme on rentre sur le ring.

Il serre les mains, distribue des tracts, des programmes, des portraits de Manon.

D'un geste, il évacue la bronca qui pointe. Il se laisse alpaguer, écoute les invectives, les reproches ouvriers. Il se frotte aux gens, agite les mains, frôle les visages. Il aime le peuple, les coups, l'odeur pressentie de la victoire finale.

Même s'il ne convainc pas totalement, quand il s'éloigne, Tarek Bsarani laisse derrière lui un silence admiratif. Un sillage d'indécis aux votes de moins en moins flottants.

Avant de remonter dans la berline qui l'attend, il jette un œil à la moto qui ne le lâche pas. Cette grosse cylindrée qu'il aime savoir près de lui, disponible et qu'il enfourche parfois le soir pour redescendre sur Marseille.

Un trait noir relie Marseille à Martigues.

C'est la fin de la matinée. Par la route, quatre-vingt-un kilomètres séparent Manon Péan de Tarek Bsarani.

Les danseurs sont encore loin l'un de l'autre.

Treize heures

Repas à Saint-Martin-de-Crau.

À vingt minutes d'Arles, les militants sont chauffés à blanc.

Quand la candidate ouvre la portière avec plus de trente minutes de retard sur le planning, fusent des couplets de Marseillaise, des *Manon Présidente*, des applaudissements et des *On est chez nous, on est chez nous !!!*

Elle accepte une bière tiède dans un gobelet en plastique. Les gens l'entourent, veulent la voir, la toucher. Elle se prête de bonne grâce aux *selfies*, aux dédicaces griffonnées au revers des photos portraits.

Le vin remplit les verres, les assiettes de pizza circulent.

Manon Péan mange du bout des lèvres. Elle sourit à ceux qui la photographient, à ceux qui la remercient d'être là, de partager et de leur donner de l'espoir.

Parfois, face à la ferveur militante, elle a l'impression d'être une sainte. Ou pour le moins, d'être missionnée.

Treize heures quinze

Repas à Fos-sur-Mer

Au bord de la rocade qui contourne la ville et fonce vers la plaine de la Crau, un restaurateur a prêté son établissement aux militants du parti.

Recevoir monsieur Bsarani est plus qu'un honneur.

On a tendu les nappes de papier, aligné les assiettes, les drapeaux tricolores. Dans les marmites, mijote une daube de taureau, dans les bacs des frigidaires, patientent les bouteilles de champagne et de rosé. Posées sur les tables, des carafes d'un rouge du Pays d'Aix.

Tarek Bsarani ne boit jamais d'alcool.

Les militants se chargeront d'écluser jusqu'à l'ultime goutte. Ils écouteront Bsarani jusqu'à son dernier mot.

L'homme sait parler aux foules, galvaniser les assistances. Il agite les manches de ses costumes, parle haut et fort, manie la provocation comme un torero son étoffe rouge.

Un coup de stylo fait le lien entre Martigues et Fos-sur-Mer.

À l'heure où le repas commence, la candidate et Bsarani sont distants d'à peine trente kilomètres.

C'est l'alignement des danseurs. Peut-être l'amorce d'une approche.

Quinze heures

Réunion publique à Arles.

Ils sont venus en nombre.

Le vin du banquet associé au soleil de la fin août a fait son travail. Les tempes luisent, les joues rougissent d'excitation. Les mains brassent l'air chaud de l'après-midi, applaudissent quand Manon Péan descend de la voiture.

Des *Manon Présidente* jaillissent çà et là.

Les gardes du corps ouvrent une voie dans la foule. La jeune femme se hisse sur l'estrade, d'un mouvement du visage, ramène ses mèches blondes vers l'arrière.

Elle empoigne le micro qui l'attend, laisse le silence parcourir l'assemblée. Et puis, elle parle. Évoque la Syrie, la Grèce, les vagues de migrants, l'Europe passoire. D'un ton monocorde, elle dit la peur et la colère. Elle parle de Nation, de Fierté, de Drapeau, de France souveraine. Les gens applaudissent à tout rompre, hurlent leur désir de frontières, de soldats, de barbelés.

De ses bras en l'air, elle dessine le V de la victoire, puis s'incline vers l'avant, salue comme on le fait au théâtre.

Son portable vibre dans une poche de son jean. Elle descend de l'estrade, se met quelque peu à l'écart et décroche.

Il est quinze heures vingt-sept. La conversation va durer cinquante-et-une secondes.

Quinze heures dix

Réunion publique à Saint-Rémy-de-Provence.

Place Jules-Pelissier, les platanes, la fontaine, l'hôtel de ville en arrière-plan.

Tarek Bsarani s'extirpe de la BM, sourit à la vision de carte postale. Apparemment, les militants ont rameuté la foule. La place est noire de monde.

Un coup d'œil au soleil qui chauffe les fronts. Bsarani tombe la veste, desserre la cravate.

Dos à la mairie, il grimpe sur une large table. Les bouches se ferment, les regards convergent.

En quelques phrases bien senties, Bsarani embrase la populace. Il la fait siffler, applaudir et huer. Visiblement, l'homme d'affaires savoure le pouvoir des mots. Le pouvoir du geste, ce pouvoir particulier qu'offre aux hommes la politique et qu'il découvre sur le tard.

Il donne rendez-vous aux électeurs, en décembre, pour qu'ils forment ensemble le premier parti du pays. Un rendez-vous pour la victoire finale. Celle de Manon Péan à la tête de la Région.

Bsarani rejoint la terre ferme. Il demande à s'isoler quelques instants, le temps d'un coup de fil.

Un peu à l'écart, il compose le numéro de la candidate. Il est quinze heures vingt-sept. L'échange durera un peu moins d'une minute.

Au responsable départemental du Parti qui l'accompagne, Bsarani fait part de sa décision d'annuler la réunion qu'il doit tenir à Maussane-les-Alpilles. Un contretemps.

Dans la voiture, il s'empare d'un blouson de cuir, se coiffe de son casque, enfourche sa moto avant de disparaître derrière la foule qui tarde à s'éparpiller.

À cette heure de l'après-midi, vingt-quatre kilomètres le séparent de Manon Péan.

Les danseurs vont pouvoir s'abandonner à l'*abrazo*[5] serré ...

*

Dans l'esprit de Benoît Volter, l'idée d'une rencontre Manon Péan/Tarek Bsarani le 31 août s'est imposée comme une hypothèse quasi incontournable.

Dans les salons de l'hôtel Jules César, quand Aïcha Sadia et lui ont pris congé de la candidate, la commissaire a demandé à la jeune femme quand elle avait vu Bsarani pour la dernière fois. À sa façon de dire, *avant-hier, je crois*, Volter a ressenti la réponse de Manon Péan comme empreinte d'incertitude. Nimbée du doute qui s'empare parfois des hommes quand ils sont encore sous le coup de l'émotion. Et puis, dans le TGV en partance pour Paris, quand il lui dit vouloir photographier son agenda en page du 31 août, au froncement de ses sourcils, au sourire à contre-courant qu'elle lui a offert, il s'est dit que ce qu'il avait pris pour de l'incertitude tenait sans doute de l'inexactitude volontaire

Une forme travestie du mensonge. Ne restait plus qu'à le prouver.

Une partie de la soirée, il a consulté les photocopies des agendas, s'est accroché à cette journée du 31 août. Il a songé à Bsarani et son départ programmé pour New York. Il s'est dit que cet homme qui allait planter tout

5 Au tango, l'*abrazo* est cet enlacement mesuré, cette manière de positionner ses bras pour danser.

le monde, trahir la candidate dont il était le directeur de campagne, cet homme se devait d'avoir une explication avec elle. Porter à sa connaissance les photos des massacres syriens, lui faire comprendre les raisons de son revirement soudain et de son exil.

Plus tard dans la nuit, il a noté le rapprochement des trajectoires, a remarqué sur chacun des agendas, le trait qui élimine la réunion que chacun devait tenir vers seize heures trente.

Vers deux heures, il a passé un coup de fil au commissariat. Il est tombé sur Fred Pichon, officier de permanence. Il lui a demandé de lui énumérer ce qu'on avait trouvé dans les poches de Tarek Bsarani, dans son blouson de motard, Avenue des Chartreux.

Après quelques minutes d'attente, Pichon lui a fait l'inventaire des objets récupérés. Des papiers, des clopes, un briquet, son téléphone portable, une arme de poing, une liasse de soixante-quinze mille euros, des tickets de caisse en boule au fond des poches.

Volter a transmis à Pichon le numéro de téléphone de Manon Péan. Il lui a demandé de vérifier l'historique du portable de Bsarani. Le 31 août, à quinze heures vingt-sept, Bsarani a composé le numéro indiqué. L'appel a duré cinquante-et-une secondes précises.

Dans les veines de Volter, les frisons de l'adrénaline. Il la tient sa preuve, putain, il la tient !

Machinale, la dernière question. Histoire de ne rien laisser au hasard.

— Tu peux me parler des tickets de caisse ?

— Tu fais chier, Volter. T'as vu l'heure qu'il est. Et puis, t'es stagiaire, merde. Qu'est-ce que tu cherches, au juste ?

— Un paquet-cadeau pour la patronne, ça te va ?

Pichon préfère ne pas relever. Et puis, il refait le détail des poches du Franco-syrien.

Des tickets de station-service, des fiches de repas, et puis une facture de boissons. Un ticket sorti d'une caisse automatique : dix-sept heures vingt-huit, lundi 31 août, deux bières, deux eaux gazeuses. L'addition provient de l'hôtel de l'Abbaye, à Arles.

— Tu connais, Fred ?

— Ouais, c'est entre Arles et Fontvieille. En pleine brousse, en face de l'abbaye de Montmajour, je crois. Ce que je sais, en tout cas, c'est que le patron de l'hôtel dirige la cellule du PFN d'Arles ou quelque chose de ce genre.

Benoît Volter sait que Bsarani ne boit pas d'alcool. Il sait aussi que Manon Péan aime à déguster une bonne bière. Il l'a lu quelque part, une interview de la candidate dans un magazine.

Sur son ordinateur, il a localisé l'abbaye de Montmajour et son auberge, juste en face.

Il s'est dit qu'il se pointerait vers les dix heures, après le service du matin.

De son frigo, il a sorti le pack de mousse belge. Cul sec, la première canette.

Tranquille, les autres, jusqu'à la dernière.

Jusqu'à ce que ça tangue sérieux.

37

JEUDI 3 SEPTEMBRE, DIX HEURES CINQUANTE

Vu l'état de sa Clio, Benoît Volter préfère éviter l'autoroute. Il se dit que même sur les voies rapides, il aura du mal à pousser l'aiguille au-delà du cent.

Une thermos de café posé sur le siège passager, les vitres avant baissées à fond. Programme dégrisement.

Les yeux planqués derrière des lunettes de soleil, une clope grecque coincée entre les lèvres, il fait hurler le moteur sur la rocade qui défigure les collines de l'Estaque. Puis, une fois l'étang de Berre en vue, apparaissent les premières pistes de Marignane et leur halo de kérosène. Volter s'accroche à la courbe d'asphalte qui vire à gauche et file sur Martigues

Pour le jeune lieutenant, les voies express qui s'étirent à perte de vue sont, depuis longtemps, propices à l'élucubration de tous les scénarios. Facile pour lui d'imaginer les silhouettes de Bsarani et de Manon Péan se rejoindre sur la terrasse de l'hôtel. Soucieux de ne pas être vus, il les imagine avoir un bref entretien avec le directeur de l'établissement. Qu'il leur prête une piaule, une heure ou deux, histoire de pouvoir parler tranquillement, à l'abri des regards.

Après Fos-sur-Mer, la plaine de la Crau trace son interminable ligne droite. Des kilomètres de goudron entre les arbres fruitiers et la pétrochimie. À l'horizon, les vapeurs d'asphalte surchauffé en rajoutent une couche tandis qu'au loin, dans le bleu déjà brûlant du jour, le massif des Alpilles tente une brisure géographique.

Vingt minutes plus tard, entrer dans Arles et contourner une partie de la ville en direction de Fontvieille. Quatre kilomètres d'une petite route entre talus d'herbes sèches et rocailles.

Au détour d'un virage, sur la droite, surgit l'abbaye de Montmajour. Debout depuis douze siècles.

Sur un terre-plein aménagé, son petit parking, ses visiteurs. De l'autre côté de la route, quasiment face à l'abbaye, l'auberge-hôtel indiquée par Pichon.

Un coup d'œil dans le rétro, histoire d'ajuster son catogan, d'équilibrer les vieilles Ray-Ban sur le bout de son nez. D'un geste vif, il enfourne son portable au fond de la boîte à gants. Pas le moment d'être dérangé.

Volter claque la portière et se dirige vers la terrasse couverte du restaurant où des amoureux pas pressés finissent leur petit-déjeuner.

Le jeune flic stagiaire se dirige vers la réception. Il est dix heures cinquante.

Gérard Blacher n'est pas du genre à se laisser emmerder. Aussi, le crasseux à Ray-Ban pourries qui vient lui coller sa carte de police sous le nez, il se dit que ça pue le début des embrouilles. Le genre de fouille-merde dont on a un mal de chien à se débarrasser.

— Qu'est-ce que je peux faire pour vous, lieutenant ?

Volter se dit que ce genre de gros facho, il rêve de le suspendre à un portemanteau, et de lui pisser dessus, comme ça, debout, à lui arroser les guibolles en lui susurrant du Karl Marx ou quelques petites pensées de Lénine.

— Juste consulter votre registre en date du 31 août. Et vous poser quelques questions.

Blacher semble flotter un instant. Le temps de boutonner sa veste croisée, de jeter un coup d'œil à sa montre, de resserrer un peu son nœud de cravate.

— Pas de souci, mais j'ai pas plus de dix minutes. C'est pas qu'on aime pas la police, au contraire, mais le service de midi commence dans un peu plus d'une heure et faut superviser, si vous voyez ce que je veux dire.

Ce que Volter voit, c'est la sueur qui gagne le front du gros porc. Ce qu'il note, c'est la manière précipitée que Blacher a de lui servir sa phrase à rallonge, sans même un point, ni même une petite seconde pour reprendre son souffle. Comme une précipitation protectrice. Ce qu'il remarque aussi, ce sont les postillons qui brillent dans la lumière de l'abat-jour de décoration.

Le vrai portrait-robot du connard de service.

Le connard pianote le clavier de son ordinateur.

— 31 août, 31 août… Voilà, j'y suis. Qu'est-ce que vous voulez savoir, au juste ?

Le lieutenant contourne le comptoir, se place contre Blacher, pile face à l'écran.

— Si ça ne vous dérange pas, j'aime mieux voir par moi-même.

Blacher aimerait lui dire qu'il aille se faire foutre, lui et ses odeurs de shit. Parce qu'on ne la lui fait pas. Les fumeurs de beuh, lui et sa petite milice de quartier, ils leur ont suffisamment botté le cul pour les renifler à deux cents mètres.

— Y'a qu'à regarder. Tout est là.

Sur l'écran, des colonnes d'entrées et de sorties. Des noms de famille, des heures, des numéros de chambre.

— Ce que j'aimerais voir, précise Volter, c'est ce qui s'est passé l'après-midi.

— Les réservations pour le soir ?

— Non. C'est pas ça.

Le lieutenant s'écarte un peu, pose le cul sur un tabouret de bar disposé derrière le guichet.

— Autant être clair avec vous, monsieur Blacher. Ça nous fera gagner du temps.

L'autre fait tout ce qu'il peut pour éviter d'avoir la gueule de celui qui s'attend au pire.

— En fait, poursuit Volter, je pense que le lundi 31 août, vers seize heures, vous avez reçu la visite de deux clients. Un couple. Disons une sorte d'arrivée surprise.

L'autre a ouvert la bouche, toute ronde.

— D'après mes infos, ils sont repartis vers dix-sept heures trente. Alors, ce que je veux savoir, c'est ce qu'ils ont foutu chez vous pendant une heure et demie. C'est tout. Pas plus compliqué. Je récolte les infos, et je vous laisse superviser le service, comme vous dites.

Blacher fait virevolter les colonnes sur son écran.

— Par couple, vous voulez dire le genre qui se retrouve pour une partie de jambes en l'air incognito ?

— Jambes en l'air, j'en sais rien. Disons un homme et une femme qui n'avaient pas envie qu'on les voie ensemble.

D'un tiroir, Blacher extirpe un cahier grand format.

— C'est mon planning personnel. Moi, je suis de l'ancienne école. Faut que je note.

D'un coup de langue, il s'humecte les doigts, puis tourne les pages.

Sur ses lèvres, le sourire réjoui de celui qui vient de dégotter l'alibi imparable.

— Je me disais aussi. L'après-midi du 31 août, j'étais pas là.

— On peut dire que ça tombe bien, non ?

— J'y peux rien. J'étais à Arles, au meeting de Manon Péan. Pour tout vous dire, je dirige la section de la ville.

— C'est bon, monsieur Blacher, c'est bon. Votre cellule PNF d'Arles, on connaît pas cœur. Votre militantisme, c'est pas la question. Dites-moi plutôt qui était à la réception en votre absence, cet après-midi là.

En quelques secondes, il inspecte les feuillets du planning.

— C'est Julie, une fille de Fontvieille. Mais elle n'est pas là, aujourd'hui. C'est son jour de repos.

Il revient sur l'écran de son ordi.

— En tout cas, ce qui est sûr, c'est que l'informatique, ça ne peut pas se tromper. Regardez là, tout est inscrit. Aucune chambre n'a été louée l'après-midi du 31. Pas même une petite heure. C'est clair, ni entrée, ni sortie. Ça vous va, comme ça ?

Benoît Volter fait à nouveau le tour du guichet, s'installe sur un des tabourets de comptoir et pose les coudes sur le rebord en bois.

— Vous avez raison, monsieur Blacher, l'informatique, ça ne peut pas mentir.

L'autre semble se détendre, voit arriver l'heure d'aller distribuer les consignes en cuisine. Les gueulantes et les coups de pied au cul, à l'occasion.

— Dites-moi, pour voir, combien ça fait deux Carlsberg et deux Perrier.

Blacher empoigne un stylo, griffonne nerveusement des chiffres sur un bout de papier.

— Vingt-deux euros. Pourquoi ?

— C'est le tarif du bar ?

— Du bar et du restaurant. Quel rapport avec…

— Excusez-moi de vous couper, mais j'imagine que chaque chambre dispose de son frigo intégré.

— Évidemment. C'est pas une guinguette, ici. On a des étoiles.

— Et pour les consos prises en chambre, j'imagine que le tarif est majoré.

— Exact.

— Vous pouvez me dire combien coûteraient les mêmes boissons si elles étaient consommées dans une de vos chambres.

— C'est pas bien compliqué. En chambre, le tarif est majoré de soixante pour cent. Donc, ça nous ferait…

— Trente-cinq euros vingt, coupe Volter.

Le lieutenant a sorti un ticket de caisse de son portefeuille.

— Regardez voir, monsieur Blacher. Ça vaut le coup d'œil.

L'autre s'approche et fait descendre les lunettes jusqu'ici coincées sur son crâne dégarni.

— Il n'y a qu'à lire. Lundi 31 mai, à dix-sept heures vingt-huit, votre Julie de service a encaissé la note de la chambre onze. C'est marqué là. Deux Carlsberg et deux Perrier.

Une nouvelle vague de sueur sur le front. Le souffle se fait court.

— Maintenant, vous allez m'emmener jusqu'à la chambre onze et m'y laisser, le temps d'une petite inspection. Pendant ce temps-là, vous me recherchez les vidéos extérieures.

— Les vidéos ?

— Oui, en arrivant, j'ai remarqué la caméra sur le parking, celle dans l'entrée aussi, et celle au-dessus de vous qui enregistre ce qui se passe à la réception. J'imagine que vous gardez les images quelques jours avant de les effacer, non ?

— Ça dépend. Disons une petite semaine.

— Parfait. Alors, pendant que je jette un coup d'œil à la piaule de nos visiteurs, vous me préparez une petite compile des allées et venues du 31 août entre seize et dix-sept heures trente. OK ?

Blacher saisit des clés au tableau, et dégage son bide du comptoir.

— D'accord, mais faut me laisser une bonne heure. Il y a les cuisines, les clients qui vont arriver. Faut que j'assure le début du service. Sans le chef d'orchestre, vous savez, c'est vite le bordel. Mais ne vous inquiétez pas, je vous prépare les vidéos sur mon ordi perso, dans mon bureau. Vous serez tranquille et pourrez les regarder le temps que vous voulez.

Blacher contourne le bar de l'hôtel, délaisse l'ascenseur, puis ouvre une porte donnant sur des escaliers.

— La onze est au premier. On y sera aussi vite à pied.

En gravissant les marches, la question lui vient d'un coup, sans préméditation.

— Dites, moi, monsieur Blacher, à la fin de la réunion publique à Arles, le 31, Manon Péan, vous ne l'avez pas trouvée pressée de partir ?

— Comment ça, pressée ?

— Je sais pas. Du genre qui file en vitesse. Après un coup de fil. Une sorte de départ précipité.

Blacher s'est arrêté au milieu de l'escalier. Le front en dégoulinade, le souffle presque haletant.

— Non, franchement, je ne vois pas.

— En fait, vous l'avez vue quand, Manon Péan, pour la dernière fois.

Froncement des sourcils. Une main qui balaie le gras des cheveux.

— Au meeting d'Arles, je crois.

Il pousse la porte sur le couloir du premier étage.

Benoît Volter le suit jusqu'à la chambre onze.

Le jeune lieutenant sourit au *je crois*.

À l'incertitude feinte de ceux qui ne savent pas mentir.

*

Bleu lavande, jaune citron, vert olive. Tout y passe. Jusqu'au lit en fer forgé, la frise en lisière du plafond chargée de grappes noires, sans oublier la mosaïque de la salle d'eau à l'effigie de la Camargue, taureaux, guitares et danseuses de flamencos. Disposés sur une étagère, de petits sacs de romarin diffusent les senteurs locales.

Benoît Volter s'assoit sur le bord du lit, ferme les yeux. Puis il s'allonge, se laisse bercer par le ronflement de la clim.

D'après ses calculs, Manon Péan et Bsarani ont dû se retrouver ici vers seize heures quinze. Si on se fie au ticket de caisse, Bsarani a réglé les consos à dix-sept heures vingt-huit. Ils sont donc restés une bonne heure dans cette chambre.

Volter tente de se déconnecter de l'instant présent. De se projeter quelques jours en arrière.

Il imagine la candidate s'asseoir sur le fauteuil en osier, près de la fenêtre. Se tourner vers Bsarani, l'air étonné. Impatiente, même.

Cet homme en qui elle a toute confiance, a l'habitude de la bousculer, certes. De lui imposer un planning d'enfer, de lui organiser des journées qu'elle qualifierait presque de marathoniennes. Mais être directeur de campagne ne donne pas tous les droits. En tout cas, s'il a décidé de chambouler son emploi du temps à la dernière minute et de l'inviter dans cette piaule, il a intérêt à avoir de bonnes raisons.

Dans l'esprit du lieutenant, Tarek Bsarani n'y est pas allé par quatre chemins. Son départ pour New York est fixé au lendemain, et le Franco-syrien n'a pas de temps à perdre.

Il a baissé les stores, plongé la pièce dans la pénombre. Il a ouvert son ordinateur, fait défiler les photos d'Al-Sulta. Dans la chambre onze, hormis le souffle des respirations, un silence de catacombe. Et le regard médusé de la candidate.

Elle écoute son directeur de campagne. Entend les mots de tortures, de massacres, de civils martyrisés par milliers.

Bsarani évoque le crime contre l'humanité, le génocide. Il veut la convaincre de changer de camp. Abandonner Bachar el-Assad et ceux qui le soutiennent, les Russes, notamment.

En conclusion, il lui dévoile ses détournements de fonds en vue d'aider les rebelles syriens. Et en point d'orgue, son départ, demain, pour les États-Unis.

Impossible à l'heure qu'il est de décrire la réaction de Manon Péan. Aucun élément ne permet de le faire.

En revanche, ce qui ne fait aucun doute, c'est que quelques heures après cet entretien, Bsarani a été assassiné en pleine rue. Peut-on établir un lien entre la confession de Bsarani à Manon Péan et sa mort, quelques heures plus tard ? Rien, en l'état, ne permet de l'affirmer. Même la présence de la députée ici auprès de Bsarani, n'est encore qu'une vue de l'esprit.

Volter fait l'inventaire de ce qui est sûr et de ce qui ne l'est pas.

Le 31 mai, en milieu d'après-midi, Bsarani a téléphoné à la candidate qui tenait réunion à Arles. L'historique de son téléphone est indiscutable.

Suite à ce coup de fil, la jeune femme a annulé sa réunion suivante. Une flopée de témoins peuvent attester du coup de fil et du départ précipité de la candidate.

À dix-sept heures trente, Bsarani a réglé une note de quatre boissons, dont deux bières, à l'hôtel de l'Abbaye à Arles. Le ticket de caisse en est la preuve. On sait que Bsarani ne boit pas d'alcool, et il est de notoriété publique que Manon Péan a une petite inclinaison pour la bière. Les boissons ont été consommées dans la chambre onze. Le ticket de caisse fait foi.

Quand la commissaire Aïcha Sadia a demandé à Manon Péan quand elle avait vu Bsarani pour la dernière fois, cette dernière a menti. Elle a sciemment occulté cette rencontre, si rencontre il y a eu.

Il est clair que pour ce qui est de la présence de Manon Péan dans cet hôtel, rien n'est absolument certain pour l'instant. Tout n'est encore qu'hypothèse, construction intellectuelle.

Pour donner corps à son raisonnement, Volter sait qu'il va pouvoir interroger Julie, la serveuse de service l'après-midi du 31. Et puis, il va pouvoir consulter les images vidéo du parking et de la réception. Si Manon Péan y apparaît, il sera temps d'informer Aïcha Sadia de ses investigations. Elle n'aura plus qu'à convoquer la candidate du PNF et de lui demander des explications.

Les vibrations du téléphone de la chambre le font sursauter.

Blacher l'attend dans son bureau.

*

Aux murs, alignés comme à la parade, des photographies de Gérard Blacher en compagnie des membres du Parti National de France. Les fondateurs, les historiques, la garde rapprochée de la présidente.

— J'ai adhéré en 84. Un des premiers. C'est beau la fidélité, non ?

— La fidélité ? Ouais. Moi, j'aime bien ceux qui savent changer d'avis, aussi. Ceux qui ne sont prisonniers de rien.

Blacher préfère la fermer.

— Je me mets où ?

L'autre lui désigne un canapé.

Posé sur la table de salon, face au divan, un ordinateur portable.

— Installez-vous, lieutenant.

Il lui tend une clé USB.

— Vous y trouverez les enregistrements de toutes les caméras depuis huit jours. Je vous éteins les loupiotes, ce sera mieux.

Obscurité à peine dissipée par la lumière de septembre entre les interstices des volets de PVC. Dans le dos de Benoît Volter, la porte se referme. Dans le couloir, le pas lourd de l'hôtelier qui s'éloigne.

Démarrage de l'ordi, éclairage de l'écran, introduction de la carte-mémoire.

Volter retient son souffle.

Défilement des jours, des heures, des identifications de caméras.

Sélectionner celle du parking, lundi 31 à partir de seize heures.

Prise de vue en plongée du terre-plein aménagé où quelques voitures sont stationnées. Les minutes passent, comme figées dans la chaleur de l'après-midi.

Volter se dit qu'il pourrait accélérer le défilement des images, mais il ne veut rien perdre de la seconde qu'il attend. Qui va surgir, il en est sûr. Il a déjà imaginé le scénario.

Et puis les choses se précisent.

Seize heures neuf, une grosse cylindrée avance jusqu'à la partie couverte du parking. Un alignement de tôles fixées sur des poteaux de bois. Le motard coupe le contact, descend de la bécane, jette un coup d'œil à sa montre. Chaussures de ville, costume de bonne facture, Tarek Bsarani ôte son casque. Le Franco-syrien, d'un geste de la main, remet ses mèches en place. D'une poche, il sort un portable qu'il consulte avant de le ranger à nouveau.

Seize heures douze : la silhouette noire d'un Renault Espace soulève la poussière de l'aire de stationnement.

Le monospace rejoint la partie couverte, s'y enfonce jusqu'à disparaître aux trois-quarts du champ de vision de la caméra.

Bsarani s'approche du véhicule. De dos, on le devine parler, on le voit agiter les mains comme le ferait un Italien.

Du véhicule, on ne voit que le coffre et les portières arrière.

À l'éclat de lumière qui frappe un des vitrages, on devine la portière côté chauffeur s'ouvrir. Une silhouette dans l'ombre s'avance vers Bsarani. L'homme ouvre grand les bras, accueille celle qui lui embrasse les joues. Elle apparaît dans la lumière vive de l'après-midi.

Volter se mord les lèvres. Le scénario attendu se déroule avec précision. Après l'*abrazo*, la danse va pouvoir enfin commencer.

Il ne quitte pas l'écran des yeux, suit les protagonistes traverser le parking. Puis, dans le hall d'entrée, il ne les lâche pas, les dos qui se frôlent, avancent dans les lumières artificielles de l'hôtel. Face à la réception, Julie leur tend la clé de la chambre onze. Puis, ils s'éloignent vers l'ascenseur. Quand la porte s'ouvre, Manon Péan a ce geste surprenant, d'affection et de fatigue. Elle incline la tête sur le côté, la laisse, une seconde ou deux, reposer sur l'épaule de Tarek Bsarani. Une forme brève d'abandon.

L'attention de Volter est telle qu'il ne peut entendre la porte du bureau attenant s'ouvrir avec précaution. Ne peut percevoir le pas feutré de celui, dans son dos, qui s'avance vers lui. Silhouette massive, veste de treillis, gants de cuir noir. Tendu entre les mains, un sachet de plastique sombre. Une sorte de sac-poubelle.

Une demi-seconde pour saisir le piège.

Quelques secondes encore pour admettre que celui qui lui enserre le visage sous la poche plastique a la force d'un taureau.

Puis, entendre la voix de Blacher qui l'insulte, le traite de bâtard, d'enculé de flic de merde. Lui promet la fin toute proche, un trou quelque part dans la terre sèche.

Dans le sachet, Volter n'entend bientôt plus que son souffle. Respiration haletante. Goût du plastique, contact, comme une peau qui tue, du sachet contre ses lèvres, contre sa bouche ouverte qui cherche et ne trouve plus rien. Prison de gaz carbonique.

Bander les biceps, battre des jambes. Tenter de se dégager, de se faufiler. Essayer quelque chose, putain ! Une fuite, un hurlement, une plainte qui pourrait attirer une serveuse, un client qui sort des toilettes attenantes.

Camisole de muscles, pas de sortie. Dans la tête, un bourdonnement, une vibration continue. Le souffle du sang privé d'oxygène. Les tempes cognent comme des tambours, le cœur s'emballe. Envie de hurler, de hurler ! Plus fort que tout. Crier sa colère, sa peur. Cette immense déception qui lui tombe dessus de tout laisser, comme ça, sans s'y être préparé. La jeunesse à vivre, les copains, les apéros sans fin, le sourire bienveillant d'Aïcha Sadia, les femmes dans la rue, leurs jupes affolantes et toutes les bouches parfumées qu'il n'embrassera pas. Et puis, cette mère adoptive, sa grande sœur aussi qu'il n'a pas revues depuis si longtemps. Fratrie d'occase, lambeaux de famille éparpillée…

Les joues s'engourdissent, la tension abandonne les membres, l'engourdissement gagne le cou, le fond des yeux qu'il ferme.

Dernière vision que celle de la tête inclinée de Manon Péan sur l'épaule de Bsarani. Elle va le laisser se faire assassiner, sans rien dire. Filer tout droit dans l'embuscade.

Il en est sûr, maintenant. C'est la raison qu'ils ont de le tuer aujourd'hui. Que le lien entre Manon Péan et la mort de son directeur de campagne ne puisse jamais être établi. Secret enfoui pour l'éternité sous deux mètres de garrigue.

Qu'il crève, lui, petit lieutenant stagiaire qui a voulu épater sa patronne. Crève la gueule dans son sachet.

Emporte avec lui sa rage et toutes ses tempêtes.

38

LILLE, VINGT-ET-UNE HEURES VINGT-CINQ

Carole Vermeer écoute Kapriski lire les dernières pages, laisse les images venir à elle, comme à la traîne des mots.

Matin du 3 septembre. Retour du commissariat.

Elle se revoit pousser la porte de son appartement, rejoindre la chambre et se désaper sans rien dire. Dans le miroir de la penderie, ses jambes blanches, ses cuisses comme des poteaux enflés, son ventre aussi et ses seins coincés dans ce foutu bonnet C qui lui laisse des sillons rouges sur la peau. Des mamelles XXL qui ont toujours déformé les pulls, les tee-shirts, fait dévier le regard des hommes.

Dans la cuisine, elle se rappelle avoir rempli un bol de café froid, l'avoir laissé tourner sur le plateau du micro-ondes.

Dans la cuisine, elle a essuyé ses joues sur un bout de Sopalin.

De la fenêtre, elle a vu Martin, dans la voiture, qui attendait que les lumières de l'appart s'allument. Du troisième étage, elle a deviné un signe de la main avant que les feux arrière ne disparaissent pour de bon.

Elle s'est dit qu'elle allait dormir, lire des trucs, voir des films, des séries qui n'en finissent pas, essayer de ne plus penser à tous ces cons. Se reposer, comme a dit Kapriski, se reposer.

Deux semaines pour reprendre un maximum de forces.

Et quand elle débarquerait à nouveau dans son bureau, elle reprendrait l'affaire en main. Qu'ils le veuillent ou pas.

Dimanche 8 novembre.

En fait, j'ai repris le boulot que le 19 octobre.

J'ai voulu m'y remettre plus tôt, mais mon médecin a préféré prolonger mon arrêt.

Il m'a dit que je faisais un début de dépression, alors il m'a refilé des antidépresseurs.

Moi, j'ai pas posé de questions et j'ai pris mon traitement. Trois pilules le matin et trois le soir.

Je sais pas ce qu'il y a dans ces merdes, mais ce qui est sûr, c'est qu'avec cette dope, la vie, elle devient carrément boréale. Des nuits de vingt-quatre heures, sept jours sur sept pendant six semaines. En un mois et demi, j'ai pas vu le jour. J'ai pioncé comme une vache, dès fois, je me suis traînée jusqu'à la cuisine pour me faire chauffer du lait et des céréales avant de retourner au pieu et dormir jusqu'au lendemain. Naviguer dans des rêves à la con, être juste contente de ne plus penser.

Florian, les blacks, les gamines, les vigiles, Kapriski, le maire ! Évacués. Virés de mon esprit.

Le jour où j'ai fini mes boîtes de cachets, j'ai téléphoné au docteur. Il m'a dit de rester chez moi encore un jour ou deux. De bouffer ce qui me fait plaisir, pizzas, plaques de Crunch ou trucs de ce genre, et de venir à sa consultation, vendredi matin.

Bonne pour le service.

C'est son verdict pendant que je me rhabillais.

Reprendre en douceur, c'est qu'il m'a conseillé.

En douceur, faudra qu'il m'explique…

Le lundi, quand je me suis pointée au commissariat, je sais pas pourquoi, j'avais envie de raser les murs. Que personne ne me remarque et que j'arrive jusqu'à mon bureau pour m'y enfermer une heure ou deux, le temps de retrouver mes marques. Pas de bol, autour de la machine à café, il y avait toute l'équipe. Ils m'ont regardée, m'ont serré la main. Beaurepaire a dit que j'avais bonne mine. Tu parles ! Cinq kilos de plus et les paupières bouffies aux anxiolytiques.

Au sourire de Forster et Martin, j'ai compris qu'ils étaient contents de me revoir. Et puis Kapriski est descendu aux nouvelles. Il m'a saluée, m'a dit qu'ils étaient sur une affaire de trafic de came. De la daube qui venait des Pays-Bas et qui transitait dans le coin avant d'aller arroser la capitale.

À écouter Kapriski lire l'avant-dernière page de son carnet de bord, Carole Vermeer ressent encore tout ce qui la traversait ce matin du 19 octobre. Une vague dans le ventre prête à tout submerger. Un tsunami en attente. Elle aurait dû se méfier, revoir le toubib, se faire prescrire de nouveaux cachets.

Impossible de lutter. Une partie d'elle entendait les mots de son patron, les trafiquants, les planques à mettre en place, la coopération avec les flics de Belgique. Et puis l'autre côté de son hémisphère, son cerveau avait envie de hurler. De cogner sur les vitres, les murs, de frapper jusqu'à ce qu'on lui demande ce qu'elle a, qu'ils s'assoient tous autour d'elle et qu'ils la bouclent. Qu'ils écoutent ses questions et qu'ils lui répondent. C'est pas compliqué, elle veut juste savoir la fin de l'histoire. Ce qu'on a fait du corps des Érythréennes, ce que sont devenus les blacks et l'équipe de Fontani.

Qu'on lui raconte le déroulé de l'affaire et puis point barre. Rien de plus. Mais qu'on ne fasse pas comme si cette histoire n'avait pas existé.

Le petit Florian, c'est autre chose. Elle en fera son deuil.

Bosser comme une damnée et tracer droit devant pour éviter de penser, elle sait comment faire. Elle n'a jamais fait que ça, d'ailleurs. Une pro de l'oubli, du rejet en arrière. Enterrer les plaies sous des couches de silences. Foncer comme une folle en évitant de regarder dans le rétro. En ignorant le mur, aussi, qui approche, droit devant…

*

Lundi 26 octobre.

Huit jours que j'ai repris.

C'est con, mais je vais pas pouvoir tenir. S'ils continuent, je vais me pointer au deuxième étage, là où se planquent tous les chefs, et je vais vider le chargeur de mon Manhurin sur tout ce qui bouge. Alors qu'ils se grouillent de me parler. Qu'ils se grouillent !

J'en peux plus.

Mercredi 27 octobre.

Vingt-trois heures trente. Je viens de rentrer.

C'est Beaurepaire qui m'a ramenée. Il a dû voir que j'étais à bout. Alors, il m'a proposé sa bagnole.

Au début, j'ai eu peur qu'il m'invite à boire un verre chez lui. J'aurais dit non, il aurait insisté et là, j'aurais dû hausser le ton et lui dire des choses désagréables. Sur ses doigts tout maigres qui me font penser à ceux des squelettes, son eau de toilette qui rappelle le déodorant pour chiottes, sans compter sa baraque qui pue la solitude et que j'espère ne jamais visiter. Des choses vexantes.

Et puis, il m'a déposée directement à ma résidence, sans dire un mot. Juste avant que j'ouvre ma portière, il m'a demandé si je voulais savoir pour l'enquête. Je me suis rassise au fond du siège, je lui ai dit que j'attendais que ça. Il m'a dit qu'il savait.

Les mots de Beaurepaire, elle les entend encore. Concis. Un rapport de légiste. Point barre.

Le père et les frères de Betiel et de Yohanna, quelque part dans une prison de la région. Mis en examen pour coups et blessures ayant entraîné la mort.

Contre eux, ils ont la sauvagerie des traditions, les violences subies par les femmes de leur pays. Contre eux, ils ont leurs mains écorchées, la brutalité de leurs propos, l'absence d'alibi. Ils risquent vingt ans de réclusion.

Les vigiles de NSF, mis en examen pour avoir été clients de la prostitution. Ils ont pour eux d'avoir avoué sans difficulté, comme des gamins qui ont fait une belle connerie et qui demandent qu'on ne les punisse pas trop sévèrement. Faute avouée…

Pour eux, ils ont l'argent retrouvé dans les poches des filles, preuve de l'échange délictueux. Preuve aussi de la véracité de leurs dépositions. Pour certains, leur casier irréprochable, pour d'autres, leurs états de service.

Ils ne se sont pas comportés comme des bêtes, mais malheureusement comme des hommes. C'est les mots de Beaurepaire, à la virgule prés. Ils risquent entre mille et deux mille euros d'amende chacun.

Le maire est ravi. Pas de vagues, pas de crime raciste. La campagne des Régionales peut suivre son cours sans perturbations.

Quant à Kapriski, impossible de savoir ce qu'il pense. C'est lui qui a bouclé l'affaire, mais sans grande conviction.

D'après Beaurepaire, le patron, à quelques semaines de la retraite, a choisi de ne pas se compliquer la vie.

On ne trouble pas l'eau apparemment calme du lac, c'est ce qu'il a conclu. Trop peur que la boue remonte à la surface.

Quand je suis descendue de la bagnole, j'ai repéré des gamins assis sur le perron de leur immeuble, en train de faire un selfie.

Je ne sais pas pourquoi, mais ça m'a fait penser à Dragan Lukic, l'adjoint de Fontani. À la manie qu'il avait de ne pas lâcher son portable. À sa façon de faire défiler les photos sur son écran, comme un manège d'images, et de s'arrêter sur une, au hasard, avant de la fixer longuement.

Je me suis rappelé les mots de son patron quand il m'a dit, faites pas attention, la photo, c'est sa drogue dure. Tout ce qui bouge, il shoote tout ce qui bouge...

Et puis Fontani a ajouté : Combien de photos t'as dans ta collection ? Hein, Dragan, combien ?

Et l'autre nous a regardés avec ses yeux gris.

J'en sais rien, qu'il a dit. Parce que je veux garder tout. Rien perdre. Mes photos, elles sont toute une vie. Même la merde.

Il m'a fixée avant de braquer son téléphone sur moi et de prendre une rafale de clichés.

C'est comme ça, Madame Capitaine, qu'il a conclu avec son accent serbe à la con, parce que j'ai pas beaucoup de rien d'autre.

J'ai oublié le regard de Beaurepaire qui ne me lâchait pas les fesses jusqu'à ce que je rentre dans mon immeuble.

J'ai claqué la porte de l'appart et je me suis jetée sur mon lit. Longtemps que j'avais pas été heureuse comme ça. Parce que maintenant, j'avais un plan.

Une idée de ouf, c'est sûr. Mais personne ne m'arrêterait.

Personne.

39

Lille, vingt-et-une heures trente-cinq

Ça se met à biper, brutalement, sans s'arrêter.

Les médecins envahissent la chambre, les infirmières écoutent les consignes.

Kapriski se lève. Carole Vermeer entend la chaise qu'il pousse contre le mur. Devine la porte qu'il ouvre avant de disparaître dans le couloir.

Ce qui la surprend, c'est qu'elle le voit marcher entre les box des patients, se diriger vers la sortie du service de neurochirurgie. Elle le voit de dessus, comme si elle planait au ras du plafond. Elle ne le quitte pas et, en même temps, elle suit les gestes dans sa chambre. Les câbles qu'on débranche, les notes qu'on griffonne, bientôt le silence de l'écran.

Kapriski s'installe dans la salle d'attente. Il lit les deux dernières pages du cahier.

Jeudi 12, quinze heures.

J'ai garé la voiture au bord d'un talus. Avant de partir, ce matin, dans la boîte à gants, j'ai balancé mon cahier à spirales. Je ne l'emporte jamais, mais là, je sais pas pourquoi, je l'ai pris avec moi.

Il y a cinq minutes, j'ai eu envie d'escalader le fossé, de m'asseoir à l'abri de la route en contrebas et écrire cette putain de page.

Ce sera la dernière. Juste raconter ce qui s'est passé.

Je peux penser à rien d'autre et je me dis qu'il y a des jours où la vie peut se mettre à trembler, comme la terre...

Dans la chambre, une infirmière fait s'incliner les lamelles du store intérieur. Elle éteint la lumière principale, prend soin de laisser une veilleuse allumée.

Carole Vermeer se dit qu'elle n'aurait jamais pensé devenir un drone. Se détacher à ce point de son enveloppe physique et se retrouver, comme collée au plafond, l'esprit scindé en deux écrans. Un qui demeure dans la chambre, à veiller le corps débranché, l'autre qui surveille le commissaire Kapriski, assis dans la salle d'attente, à lire la dernière page du journal de bord. Elle l'entend parcourir les lignes à voix basse, presque chuchoter. À suivre le mouvement de ses lèvres, elle retrouve le texte.

Jusqu'à se revoir garer la Mégane de service sur le parking cabossé de NSF.

... quand j'ai appelé, à sept heures trente, je suis tombée directement sur Fontani. Je lui ai dit que je voulais le voir avec son adjoint. Il a eu l'air étonné. Enquête terminée, affaire bouclée. Y'avait plus qu'à

attendre de passer en justice. Alors, il voyait pas ce que je pouvais lui vouloir.

— On m'a dit que vous étiez hors-jeu.

C'est ce qu'il a rajouté, cet enculé.

— Une dépression, c'est ça ?

La dépression, je lui ai dit que c'est lui qui allait la faire s'il ne me recevait pas. J'avais du nouveau pour lui et Dragan Lukic. Du lourd. Valait mieux pour eux qu'ils m'écoutent. Dix minutes, pas plus.

Elle se rappelle, à l'autre bout du fil, le craquement du briquet, le début de la quinte après la première taffe.

Il lui a dit que c'était OK. Qu'elle avait qu'à venir pour neuf heures, une fois toutes les équipes sur la route. Il l'attendrait avec Lukic.

Elle se revoit courir sous une pluie glacée, apercevoir son reflet dans la vitre de la porte d'entrée. Doudoune orange, tignasse rousse imbibée jusqu'au crâne, bottines pourries par la boue des flaques. Elle a pensé à Michelin. Si la boîte de pneus recherchait un mannequin pour ses boudins-intempéries, elle pouvait postuler, elle avait toutes ses chances.

Fontani m'a proposé une chaise. J'ai dit que je préférais rester debout. J'ai peut-être l'air d'une conne à dégouliner sur le parquet. Comme une chienne qui pisse, une vieille qui sait pas se retenir. C'est comme ça. Plus envie d'obéir.

J'ai demandé à Lukic s'il avait son iPhone.

Il a eu l'air surpris. Gêné, aussi. Un drôle d'éclat dans son regard.

Je lui ai demandé de me le prêter.

Il a pas bronché. A laissé son patron répondre à sa place. Me dire que j'avais pas de mandat et encore moins l'autorisation de venir ici.

Il a pris son téléphone, m'a dit que ça commençait à bien faire et qu'il appelait Kapriski.

J'ai dit que je voulais voir les photos sur l'appareil de Lukic. Celles de la nuit du 31 août. Juste les consulter.

Fontani a raccroché. Après, il a déboutonné sa veste Hugo Boss, l'a posée soigneusement sur le dossier de son fauteuil cuir à roulettes.

Il s'est planté un cigarillo entre les lèvres, n'a pas trouvé son briquet.

Il m'a demandé si j'avais du feu.

Je fume pas, mais j'ai toujours un briquet sur moi. Besoin d'être utile, c'est comme ça. Ou peur d'être inutile, c'est pareil.

Fontani s'est penché vers moi, au-dessus de son bureau. J'ai tendu la main, fait craquer la pierre de mon Bic à deux balles.

J'aurais dû me méfier…

Comme un piège à loup qui se referme. Clac ! D'un coup.

De la main gauche, il m'a accroché la manche, de la droite, il m'a chopé la nuque. D'un coup, il a tout ramené vers le bas, m'a claqué la gueule sur le bureau.

Même pas eu le temps de penser à la bosse qui allait me décorer le front.

Lukic a pas perdu de temps. En une seconde, il était allongé sur mon dos, sa putain de ceinture collée contre mes fesses.

C'est là que Fontani m'a prise par la tignasse et m'a soulevé la tête.

Son regard, elle ne l'oubliera jamais. Son sourire, non plus. Encore moins ses mots et tout ce qui a suivi.

— Tu veux les voir, les photos ? Tu ne vas pas être déçue.

Il a tendu une main dans laquelle Lukic a posé son téléphone.

— Tiens-la bien.

Fontani a lâché prise, laissé le Serbe empoigner la nuque, maintenir le visage de Carole contre le bois du bureau.

Il a fait défiler les images, est remonté jusqu'à la dernière nuit d'août.

... Il m'a empoignée par les cheveux, m'a collé l'écran devant les yeux.

— Regarde bien, connasse. C'est mieux qu'Envoyé Spécial...

Je sais pas comment écrire ce que j'ai vu.

Des couleurs, des peaux, des mains. Des types qui baissent leur froc, qui empoignent et qui se servent. Des gifles, des insultes, des bouches qui saignent. Des hommes qui transpirent et se marrent.

Cette nuit-là, Lukic a mis son appareil en mode vidéo.

Rien n'échappe à l'objectif. Les boucles des ceintures qui sautent, les fesses blanches des hommes, les contrastes. Il y a même la main de Fontani, facile à reconnaître avec sa chevalière, qui cogne sur les filles. Il y a sa voix, aussi, qu'on entend traiter de salopes, de putes, de putain de blacks.

Et puis, des fois, entre deux ventres qui vont chacun leur tour, il y a les joues noires des filles, leurs bouches qui apparaissent, comme pour reprendre un peu d'oxygène.

Leurs yeux aussi, affolés.

Ce qui est sûr, c'est que sur les dernières images, elles sont encore vivantes.

Écran noir, fin de la séquence.

À l'aide de son ongle, Fontani ouvre le Samsung de son adjoint, extirpe la carte SIM.

— La suite, commente Fontani, on ne l'a pas filmée. Mais t'inquiète, je vais te raconter puisque tu veux tout savoir.

... Avec Lukic, ils les ont jetées dans le coffre du 4x4 du boss. Direction, le bois du Pommier, près de la base de loisirs.

— On ne pouvait pas passer pour des baiseurs de négresses, tu comprends. On a une réputation. Alors, on les a finies dans la boue. Dragan s'est occupé de la grande, moi de la plus jeune. On s'est dit qu'avec tous les réfugiés qui traînent dans le coin, il y en a bien qui finiraient par porter le chapeau. C'est pas plus compliqué. Il n'y a rien d'autre à savoir.

… il a rangé la carte SIM *dans une poche de son pantalon. Et puis, il a demandé à Lukic de me lâcher. Il m'a dit que j'étais libre. Que je pouvais aller ramener ma gueule au commissariat, les dénoncer, faire un rapport, je n'aurais jamais aucune preuve. Jamais. Et que de toute façon, j'étais qu'une merde et que je serais jamais à la hauteur…*

Il a fait signe au Serbe d'ouvrir la porte, et puis il m'a chopée par le col de ma doudoune et m'a jetée dehors.

Je suis montée dans ma voiture et j'ai regardé le ciel, les petits nuages blancs qui se baladent. J'ai pensé à Fontani, à Lukic, aux autres aussi qui avaient débouclé leur ceinture. J'ai pensé aux mains, aux coups, aux cœurs paniqués des filles d'Afrique.

J'ai pensé que je respirais le même air que ces enculés de vigiles, que je parlais la même langue, qu'on était de la même espèce, du même continent.

J'ai réalisé que j'avais aucune preuve contre eux. Que la parole d'une flic en pleine déprime, ça pèserait pas bien lourd.

Je me suis dit que l'honneur perdu des filles, je pourrai pas leur rendre. Jamais.

Avant de démarrer, j'ai fermé les yeux, quelques secondes.

Tenter d'oublier ma honte.

Elle voit Kapriski refermer le cahier. Rester immobile à fixer le sol ou je ne sais quoi.

Elle pense à ce qu'il ne saura jamais avec précision. À tout ce qu'il devra deviner.

Ses dernières heures à elle. Qui lui appartiennent. Qu'elle a décidées.

L'après-midi passé sur le talus à regarder les terrils, au loin, les lueurs des supermarchés quand le soir enveloppe les villes.

L'après-midi à ressasser le rouge du tee-shirt dans l'étang, la silhouette de Florian qui file droit vers les tôles tranchantes, et le regard perdu des filles d'Érythrée.

Et elle sur la berge ou dans son bureau, ignorant les mains tendues, incapable de venir en aide. Une vraie quiche, handicapée de l'assistance. Sourde à tout, aveugle au monde. Autocentrée sur ses propres douleurs, ses putains de souvenirs impossibles à détortiller, comme un sac de nœuds dans du linge trempé.

Ses dernières heures jusqu'à la douche de l'appartement.

Tout habillée, elle s'y est allongée. A laissé l'eau la réchauffer, chasser le froid du soir qui lui était tombé dessus.

Dans une main, la tiédeur de la crosse, sous son menton, la dureté froide de l'acier.

Une dernière minute à laisser errer ses pensées. Vagabondage.

Et puis elle a fermé les yeux.

A senti son doigt se replier sur la détente.

L'eau sur son crâne était tiède. Sur ses joues, une cataracte.

Elle a même souri à son départ.

Et puis le feu et le bruit. Comme si la vitesse du son avait dépassé celle de la lumière.

Une brûlure en course folle, des étoiles rouges, des souvenirs en flammèches.

Enfin, le noir complet.

La vie au ralenti, planète qui s'éloigne.

Les lueurs du passé prennent de la distance, filent à des années-lumière.

Et cette eau qui lui noie les épaules, se glisse sous ses fringues. Cette eau en jet continu qu'elle devine souillée du sang. De ce rouge qui envahit la cabine, se dilue et file avec peine vers la bonde et son petit tourbillon. Ce rouge qui ne s'efface pas. Qui entraîne avec lui toutes les lueurs, les miroitements.

Un reflet de tee-shirt dans l'eau noire d'un étang…

40

Même jour, dans les Bouches-du-Rhône

Aux premiers mots du capitaine de gendarmerie, Aïcha Sadia sait qu'il s'agit de Benoît Volter. Un corps abandonné au fond d'une champignonnière sauvage, à quelques kilomètres de Maussane-les-Alpilles, en direction des Baux-de-Provence. Putréfaction avancée, le visage emprisonné dans un sac-poubelle.

Des promeneurs égarés ont découvert le corps un peu par accident. Guidés par les aboiements de leur chien, ils se sont avancés dans la pénombre de la petite grotte creusée dans le massif de calcaire et de bauxite. Repoussés par une odeur épouvantable, dès leur retour en ville, ils ont alerté les forces de l'ordre de ce qu'ils pensent être la présence d'un mort.

— Du corps, il ne reste pas grand-chose, précise l'officier.

Dès leur arrivée sur place, les gendarmes ont minutieusement fouillé la veste de treillis que porte le cadavre.

— Absence de portefeuille et de papiers. Mais on a tout de suite pensé au lieutenant-stagiaire que vous recherchiez début septembre.

La commissaire demande un bref descriptif.

— Notre homme est en état de sérieuse décomposition. Pour en savoir plus, il faudra attendre les observations d'un légiste. Vous pensez, en deux mois, les insectes ont fait leur boulot de nettoyage. Pour ce qui est de la tenue vestimentaire…

L'officier évoque une veste de treillis, des Adidas, un catogan qui semble avoir glissé du crâne et s'être fixé à la base du cou. Et puis, comme un coup de grâce involontaire, il évoque le paquet de cigarettes cubaines et, dans une autre poche, un paquet de clopes Grecques.

— Vous ne touchez à rien. J'arrive.

Deux minutes plus tard, escortée du capitaine Pichon, de Sébastien Touraine et de Théo Mathias, elle aimante un gyro sur le toit de sa 407 avant de se fondre sur la rocade sud de la ville.

Il est dix-sept heures trente. Au-delà des massifs de l'Estaque, le ciel de fin d'après-midi a déjà pris ses teintes orangées.

Pas un mot dans l'habitacle. Chacun dans ses pensées.

Le viaduc de Martigues, la rocade au travers de Port-de-Bouc, puis Fos-sur-Mer et ses cuves posées sur la plaine. Les paysages s'enchaînent, les cités de parpaings, les zones en friches, les souvenirs aussi, un peu à la dérive.

Début septembre et sa frénésie de recherche. Toute l'équipe lancée sur les traces du jeune Benoît Volter. Chez lui, sous les combles de la Belle de Mai, au milieu d'un pack de canettes vides, des cartes étalées, des notes, sur deux feuilles côte à côte, l'emploi du temps de Manon Péan et de Tarek Bsarani. Et puis le coup de fil que Volter a passé au capitaine Pichon, de permanence ce soir-là au commissariat central.

Quelques heures plus tard, la commissaire et ses hommes avaient investi l'hôtel de Montmajour. Tout retourné, les piaules, les cuisines, les annexes. Le personnel interrogé jusqu'à la nuit, le patron, un certain Gérard Blacher, secoué juste ce qu'il faut. Aux dires du directeur, Volter était bien passé, la veille, en fin de matinée. Il voulait vérifier la liste des clients du 31 août. Une fois avoir consulté les registres d'entrées et de sorties, il avait quitté les lieux. Pas plus compliqué. En tout, d'après Blacher, Volter était à peine resté une demi-heure.

Aïcha Sadia avait voulu visionner les enregistrements des caméras de surveillance, mais le système était en panne depuis plus d'une semaine.

À la hauteur de Saint-Martin-de-Crau, abandon de la route d'Arles. Quelques kilomètres entre les routes bordées d'oliviers, traversée de Maussane et puis direction Saint-Rémy-de-Provence.

La route grimpe entre les massifs de calcaire, sur la pointe des cyprès, on distingue les lueurs du soir qui tombe.

— Tu sais exactement où c'est ? s'inquiète Touraine.

— Les gendarmes nous attendent sur la route. On ne devrait pas tarder.

*

Au détour d'un virage, stationnés en bordure de talus, des hommes en uniforme. Salut militaire, présentations, pas de temps à perdre.

— J'ai fait installer un groupe électrogène, précise le capitaine de gendarmerie en dévalant la pente. Déjà que dans cette champignonnière on y voit pas grand-chose, dans moins d'une heure, il fera nuit noire. Alors, j'ai pensé…

La commissaire a décelé aux premiers mots du capitaine qu'elle avait affaire à un bavard. Le genre d'officier efficace mais qui a besoin de se justifier en permanence et de commenter sans fin.

— Bien vu, capitaine. Mais dites-moi, c'est encore loin ?

— Non, on y est. Encore quelques mètres et c'est là, sur la droite, entre les pierres.

Calée entre deux rochers, une ouverture à peine visible.

Le capitaine ordonne le démarrage du groupe électrogène.

Vacarme de tondeuse à gazon, envol des derniers oiseaux du coin.

Suivie de ses hommes, Aïcha Sadia fait quelques pas dans une cavité d'une cinquantaine de mètres carrés.

Théo Mathias fait circuler le gel mentholé que chacun frotte sous son nez, histoire d'échapper à la puanteur qui sature l'atmosphère.

Sur la droite, en position assise, adossé à la paroi, le corps abandonné là depuis plusieurs semaines.

Le légiste s'accroupit près du cadavre tandis que le reste de l'équipe s'assoit en demi-cercle.

— Tu peux commencer, intime la commissaire.

Mathias, après avoir enfilé une paire de latex, ouvre la mallette qu'il a posée près de lui. Muni de deux pinces, genre pince à épiler, il fait glisser le sac-poubelle vers le haut.

— Contrairement au reste du corps, commence Théo, comme vous pouvez l'observer, le plastique a protégé le visage du travail des larves et autres bestioles.

En dépit de la peau noircie et de la tête qui a doublé de volume, l'identité de Benoît Volter ne fait plus de doute.

— L'autopsie nous le confirmera, mais le décès semble être consécutif à une asphyxie. Vu l'état de décomposition du reste du corps, j'estime que la mort doit remonter à bien deux mois. Mais tout ça reste à confirmer.

Une fois revenue dans le sous-bois, la commissaire distribue les consignes. Qu'on appelle le Samu afin que le corps soit transféré aux services de médecine légale. Autopsie sans attendre, prélèvements ADN de toutes sortes. Les ongles, les cheveux, la bouche, tout ce qui est possible doit être exploité. Volter ne s'est quand même pas laissé étouffer sans se défendre, sans s'agripper, griffer ou mordre son ou ses agresseurs.

— Dites-moi, capitaine, à part la route que nous avons suivie, il n'y a pas d'autre chemin pour venir jusqu'ici ?

— Si, commissaire. En contrebas, à vingt ou trente mètres, il y a un sentier forestier. Mais ça n'est pas une route, c'est une voie privée. En fait, la propriété d'un hôtelier des environs d'Arles. L'hôtel de Montmajour, si vous connaissez…

Il y a des silences qui en disent long, des regards entre Aïcha et ses hommes, des sourires à peine dissimulés.

— C'est drôle comme le monde est petit, capitaine.

— Comment ça ?

— Ne vous inquiétez pas. Je pense à voix haute. Ça m'arrive. En attendant, on file à l'hôtel de Montmajour. Si vous voulez bien nous accompagner.

— À cette heure-ci ?

— Il n'y a pas d'heure pour une petite visite à Gérard Blacher.

— Blacher, vous le connaissez ?

La commissaire se lève, entame la remontée vers la départementale.

—Disons qu'on a un petit bout d'histoire en commun. Et cette histoire, maintenant, il va falloir qu'il nous la raconte jusqu'à la fin.

Et puis ça tombe, comme ça, sans qu'on s'y attende. Tel une foudre silencieuse, sans vacarme ni éclat.

Se prendre le monde sur la gueule.

À peine le groupe est-il parvenu à hauteur de la route, que le téléphone du capitaine vibre.

Quelques mots, une impression de surprise sur le visage de l'officier.

Quand il coupe la communication, quelque chose a changé. Une tension.

— C'est grave, capitaine ?

L'officier regarde sa montre. Il est vingt-et-une heures cinquante-cinq.

— C'est Paris. Il y a moins d'une demi-heure. Ça ressemble à une tuerie. Des victimes par dizaines. Je n'en sais pas plus. On m'attend à la préfecture.

À peine montée dans sa voiture, la commissaire empoigne son portable.

Aïcha Sadia écoute les consignes, les ordres, les priorités. Rejoindre Marseille au plus vite.

Sur la route qui file à travers la plaine de la Crau, elle a bloqué le poste sur France Info.

Là-haut, à trois heures de TGV, des hommes et des femmes agonisent aux terrasses des bars, des amoureux de musique s'écroulent sur le plancher d'une discothèque branchée. Dans les rues du onzième, l'acier des balles a perforé les têtes et les ventres. Au Stade de France, on a évacué le président. Dans les travées, la foule des familles quitte le stade, découvre la nuit qui va s'imprimer en eux comme une cicatrice.

La commissaire se cale sur la file de gauche, fonce vers ce qui l'attend. Ce qui les attend tous. Un pays qui doit réapprendre la guerre.

Elle sait que la sécurité nationale va devenir l'unique priorité. Que les Volter, les Bsarani vont être relégués au fond des tiroirs. Oubliés sous les morts, les hommages, les fleurs en gerbes. Elle songe aux mesures d'exception, à l'état d'urgence en voie de banalisation.

— À quoi tu penses ? murmure Touraine.

Elle réfléchit un instant, distingue l'ombre de Mathias et de Pichon dans son rétroviseur.

— Je pense qu'on file tout droit dans une obsession. Tous. Le pays tout entier. On va s'y écraser…

Elle a du mal à trouver les mots, à exprimer ce qu'elle ressent comme inévitable. Que désormais la vie va s'organiser autour du mal, de la peur du mal, de la chasse du mal, et que finalement, c'est le glorifier, ce putain de mal. Lui offrir l'apparence du vainqueur.

Elle songe au jour lointain de la déroute des semeurs de mort. Si loin encore.

Dans les phares, les papillons de nuit filent s'éclater sur le pare-brise, les voitures dépassées disparaissent dans le noir des campagnes.

Au-delà des rambardes métalliques, les lueurs des villes, inhabituelles clartés des résidences aux fenêtres longtemps éclairées.

Derrière les vitres, le halo des téléviseurs qui resteront allumés jusqu'au matin.

Par-delà les collines qui ceinturent Marseille, le 13 novembre 2015 se consume en nuit blanche généralisée.

41

LILLE, AU MÊME MOMENT

La salle d'attente ne cesse de s'emplir et de se désemplir. Les gens murmurent un bonjour, s'assoient en évitant de faire crisser les chaises sur le carrelage.

Kapriski ferme le cahier de Carole Vermeer. Il le plie en deux, l'enfouit dans la poche de sa gabardine. Autour de lui, certains des arrivants se forcent à lire les revues proposées, d'autres croisent les doigts sur leurs genoux, d'autres encore ont fermé les yeux, fait le choix de se soustraire aux choses de la vie et de la mort.

— Commissaire ?

Une infirmière a entrouvert la porte.

— Le chef de service voudrait vous voir.

Kapriski la suit dans les couloirs au sol de linoléum.

Dans son bureau, le chirurgien l'accueille main tendue.

En quelques phrases, il dit l'inéluctable, les dégâts irréversibles, la mort comme sage conclusion.

Kapriski se lève, dit qu'il va prévenir les proches, faire en sorte qu'on enlève le corps dans les vingt-quatre heures.

L'ascenseur jusqu'au rez-de-chaussée, longer la cafétéria, laisser l'immense coulissant s'ouvrir sur les parkings désertés, les rares voitures, les derniers visiteurs prêts à rentrer chez eux. La vie.

Kapriski descend les quelques marches, repère un banc posé sur le gazon, juste sous un lampadaire. Avant de s'asseoir, il enfile son imper dans l'air frais de la nuit qui s'annonce.

Il sort le cahier, l'ouvre à la dernière page écrite.

... la parole d'une flic en pleine déprime, ça pèserait pas bien lourd.

Je me suis dit que l'honneur perdu des filles, je pourrai pas leur rendre. Jamais.

Avant de démarrer, j'ai fermé les yeux, quelques secondes.

Tenté d'oublier ma honte.

— Je vais te le rendre ton honneur, Carole. À toi, aux filles assassinées. À nous tous, en fait.

Fermer les yeux, élaborer une stratégie.

Débarquer chez Fontani, demain à la première heure. Un groupe dans ses bureaux, un à son domicile, un troisième chez le Serbe. Une fois la carte-mémoire de Lukic en main, l'affaire sera bouclée.

Parallèlement, isoler chaque membre de l'équipe de vigiles. Interrogatoire individuel en règle. Ne pas les lâcher tant que l'un d'entre eux n'aura pas craché le morceau. Pour ce qui est de faire s'affaler un homme, Kapriski en connaît un rayon.

Le commissaire se bouffe les doigts de ne pas s'être intéressé au capitaine Vermeer. Dès l'instant où il l'a soupçonnée d'être de mèche avec le PNF, il l'a éjectée de ses préoccupations. S'est évertué à l'ignorer au point de ne rien savoir d'elle. Ni enfance, ni passé, ni parents. Rien.

Il compose le numéro de Beaurepaire. Le toubib a toujours eu l'air d'en pincer un peu pour la jeune officier de police. Il y a des chances qu'il possède un minimum d'infos à son sujet.

Le docteur décroche à la seconde sonnerie.

Les mots de Kapriski racontent le coma, la lente extinction. Le commissaire parle du cahier, des mots écrits à la va-vite, de ce qu'il a compris d'elle.

— J'ai tout de suite vu, commente le médecin, que c'était une écorchée vive. Elle m'a parlé une fois de son petit frère noyé dans un étang. À trois mètres du bord. Elle n'avait pu rien faire. En fait, sous ses allures de shérif en doudoune, Carole, c'était une blessure ambulante, vous savez.

— Oui, je sais.

— C'est bien, Kapriski, que vous l'ayez compris. C'est un peu tard, mais là où elle est, ça doit lui faire plaisir. Pour ce qui est de l'éventuelle famille, ça va se réduire à la plus simple expression.

— C'est-à-dire ?

— Que dalle. Le vide intégral. D'après ce qu'elle m'a dit, son père est mort il y a quelques années. Un infarctus sur une voie ferrée. Il était cheminot, je crois. Quant à sa mère, elle ne s'est jamais remise de la noyade du petit. Elle a fini par faire une dépression sévère. À moitié folle, si vous voyez le topo. Je crois qu'elle est internée quelque part depuis plus de dix ans. Si on ajoute que Carole n'avait ni frère, ni sœur, ça fait pas grand monde.

— Qu'est-ce qu'on va faire ? On ne va pas la laisser partir à la fosse commune !

— J'ai une petite idée.

— On peut savoir ?

Quelques mots pour évoquer les fonds secrets de la police. Suffisamment pour régler la note d'un petit enterrement de province. Une petite ville, au sud-est de Valenciennes. Dans le caveau de famille, reposent déjà son père et le petit Jason.

— C'est où, exactement ?

— À Le Quesnoy. Vous savez, les fortifications de Vauban, les étangs…

— Je connais, je connais.

Kapriski a encore en tête les images d'un pique-nique familial dans les années 80. Les remparts, le moto-cross, la guinguette. Les enfants qui jouent dans l'herbe haute, et le reflet des bastions de briques dans l'eau gris cendre de l'étang du Pont Rouge.

Il allume le contact, jette un œil à l'heure qui s'affiche sur les cadrans lumineux.

Vingt-et-une heures quinze.

Rallumer le portable qu'il avait éteint en arrivant à l'hôpital.

Quatorze appels en absence. En moins de dix minutes, comme une rafale. Tous proviennent du divisionnaire.

Il appuie sur la touche rappel.

— Putain, Kapriski, vous êtes où, merde !

— Au CHRU de Lille. La capitaine Vermeer est décédée. J'étais…

— On verra ça plus tard, Kapriski. Ici, c'est alerte générale. Grouillez-vous, on a besoin de tout le monde.

— Comment ça, alerte générale ?

Et l'autre qui gueule comme un taré dans le téléphone.

— Putain ! Il est même pas au courant.

— Au lieu de hurler, si vous m'expliquiez.

Le divisionnaire marque un temps d'arrêt, histoire d'endiguer la rage qui lui monte à la gorge.

— Deux attentats-suicide à l'explosif au Stade de France en moins de cinq minutes, des terrasses mitraillées dans le onzième, un attentat à l'explosif rue Voltaire et, depuis un quart d'heure, un groupe de terroristes s'est emparé du Bataclan. Ça vous va ou faut vous envoyer un mail ?

— OK. J'arrive. Le temps de faire la route.

— Grouillez-vous mon vieux. Les islamistes ont peut-être choisi ce soir pour nous faire une déclaration de guerre totale. Ça peut péter n'importe où. Alors, fermeture des restaurants, des boîtes, des cinémas.

Sécurité maximum, si vous voyez ce que je veux dire. Le grand jeu…

Gyrophare aimanté sur le toit, le break Laguna de Kapriski s'engage sur les premières bretelles menant à l'autoroute.

À la radio, édition spéciale. Partout dans Paris, c'est la course à l'info. Dans la voix des journalistes, un mélange d'excitation et de peur. Les hommes et les femmes, derrière leur micro, commentent l'action à mesure qu'elle se déroule. C'est une course au *scoop*, au premier témoignage. Sur les trottoirs, on masse des poitrines, on recouvre des corps.

La nuit parisienne va livrer ses blessés et ses morts à la face du monde.

Bloqué à cent soixante sur la file de gauche, le commissaire Kapriski s'excuse par avance auprès de Carole Vermeer. S'excuse d'avoir à la reléguer au rang d'affaire secondaire. De devoir, face aux priorités nationales qui vont s'imposer, renvoyer l'interrogatoire de Fontani et de Lukic aux calendes grecques. L'honneur des jeunes Érythréennes pourra bien attendre…

Aux fenêtres des rues d'Hénin-Beaumont, le halo des téléviseurs teinte le voile des rideaux. Derrière les murs, on vide des canettes fraîches devant l'info en continu. Derrière les portes, s'installe la nuit blanche.

Sur le parking des supérettes, des hommes et des femmes venus d'Afrique explorent le fond des poubelles, traquent l'épluchure, le fruit abîmé.

Kapriski balaye de ses phares les silhouettes sombres, se dit que tous ceux qui ont franchi les mers, les frontières barbelées pour fuir la guerre sont plutôt mal tombés.

À la radio, la BRI a investi le Bataclan. Les corps sans vie se comptent par dizaines.

Kapriski s'engouffre sur le parking du commissariat. Il éteint le contact. Au deuxième étage, seul le bureau de Carole demeure éteint.

Il claque la portière, devine l'agitation dans les couloirs. L'effarement aussi.

Avant d'entrer dans la mêlée, il a une dernière pensée pour la capitaine Vermeer. Se dit qu'à sa manière, Carole a su s'épargner le spectacle du jour d'après. Ce matin qui nous trouvera demain un peu désemparés, sidérés et sans repère face à la fin possible du reste du monde…

Épilogues

Mardi, quatre jours plus tard

Ce matin, souffle un vent d'ouest à faire s'incliner les peupliers, claquer les capotes sanglées des semi-remorques.

Sous les averses incessantes, l'autoroute du Nord traverse les campagnes, les plaines détrempées. Sur les côtés, au-delà des vallons qu'on devine, la pointe grise des clochers trahit la présence, au creux des champs de betteraves, des bourgades de briques rouges. De gros villages drainés en leur centre par l'unique route principale. Une voie de goudron entachée de la trace boueuse des tracteurs, bordée de trottoirs étroits, de bistrots aux comptoirs encombrés déjà des bières matinales.

Dès leur descente d'avion, Aïcha Sadia et Sébastien Touraine ont pris possession de la 308 louée pour la journée.

Roissy laissé derrière eux et puis l'Oise et la Somme avant la Picardie de la Grande Guerre. Après cent kilomètres à doubler sans interruption, ils bifurquent sur l'autoroute qui mène à Valenciennes.

La commissaire a laissé le volant à son compagnon. Besoin de se laisser bercer par le paysage, les pâtures, les plaines imbibées.

À droite, la succession éprouvante des camions de toutes sortes, à gauche, la rambarde de sécurité, les gerbes grises de l'eau qui gicle sous les roues. Alors, ne reste que le ciel à regarder. Une portion grise encombrée de nuages bas qui se font la course.

Neuf heures cinquante-cinq. Dans un peu plus d'une heure, l'enterrement du lieutenant Benoît Volter.

— Une fois Volter dans son trou, on va essayer de passer à autre chose, t'es d'accord ?

Touraine murmure un vague oui d'approbation.

La commissaire allume une clope, fait légèrement coulisser sa vitre et poursuit.

— Je sais bien que c'est pas simple. Bsarani exécuté, Al-Sulta idem, Grenier tiré comme à la chasse et, pour finir, Volter assassiné comme les trois autres. Et pas une piste, pas une mise en examen. Que dalle. C'est une histoire de dingue, et je ne sais pas comment on va pouvoir en sortir. Je veux dire, tu crois qu'on pourra tourner la page comme ça ?

Elle s'imprègne de la première bouffée et continue de dérouler.

— Tu ne crois pas, toi, qu'il y a quelque chose qui nous a échappé ? Un truc qu'on a laissé filer, comme ça entre nos doigts et qui nous aurait permis de conclure comme il faut. Je veux dire de coffrer tous les enculés qui le méritent et de rendre justice à ceux qui sont tombés.

Touraine ne quitte pas la route des yeux. Cambrai, vingt kilomètres.

Et puis, il lui répond. Pas pour calmer les frustrations, non. Juste pour dire ce qu'il pense.

— Au contraire, je crois qu'on n'a rien laissé passer. C'est comme ça, Aïcha. Il y a des affaires où on a tout en main : les personnages, leurs profils psychologiques, le déroulement du scénario, les motivations de chacun, le passage à l'acte. Bref, le film dans les moindres détails…

Il suspend sa phrase quelques secondes, à la recherche de ce qui, peut-être, leur a manqué.

— … Et ce qui nous tue aujourd'hui, c'est qu'on n'a pas été capables d'aligner une preuve. Rien d'autre qu'une suite d'intuitions. Rien d'autre. Une compréhension totale des événements, mais rien de vérifiable. En fait, ce qui…

Elle ne l'écoute plus. Aïcha entend la voix de son compagnon comme si elle s'était mise en retrait. Dans sa tête, défilent le regard impénétrable de Blacher, sa putain de vidéo-surveillance en panne, le mutisme de Julie, la serveuse du 31 août.

Impasse.

Elle se refait la liste de tous ceux qui pouvaient en vouloir à Bsarani au point d'organiser sa mort. L'inventaire des trahis : les Russes pour le fric détourné, les Syriens pour le retournement de veste et l'aide apportée aux rebelles du régime de Damas.

Enfin Manon Péan pour la soudaine trahison, l'exil, l'abandon en rase campagne.

Elle ouvre les yeux.

— Je te coupe. Tu sais pourquoi ils ont descendu Grenier ?

Touraine laisse passer le panneau indiquant la sortie Cambrai.

— On peut penser qu'ils ont voulu nous déstabiliser.

— Comment ça ?

— Tu sais comme moi ce que c'est quand on perd un homme dans une équipe de flics. Un putain de traumatisme. Je pense que c'était ça leur but. Briser l'élan. Te faire vaciller, Aïcha. Désintégrer ton groupe.

— OK, Seb. Mais il y a autre chose. Je n'y avais pas pensé jusque-là, mais je crois qu'il y a un point commun entre la mort de Volter et celle de Grenier.

Elle se tait, ignore les talus herbeux qui défilent. Puis, elle laisse les phrases couler, sortir toutes seules.

Sur les traces de Volter, elle a parcouru les agendas de Bsarani et de Manon Péan, noté les convergences, l'habile tango à distance, soupesé la probabilité du rendez-vous de Montmajour.

— Volter est mort parce qu'il a vu quelque chose. Sans doute la preuve de la présence de Bsarani et de Manon Péan à l'hôtel, l'après-midi du 31 août. On ne pourra jamais le prouver, mais je sais qu'il est mort simplement parce qu'il a vu ce qu'il n'aurait jamais dû voir.

Elle balance son mégot par la vitre entrouverte.

— Et pour Grenier, ça obéit au même processus. Quand on y réfléchit, ils auraient pu me buter. Là, c'en était fini de l'équipe. Mais non. C'est Grenier qu'ils ont tué. Juste parce qu'ils pensaient qu'il avait vu quelque chose. Comme pour Volter, élimination d'un probable témoin.

Péage d'Hordain.

— Et qu'est-ce qu'il aurait pu voir que nous, on aurait pas vu. Et où ?

— Dans l'appart du vieux Firas Soufi. C'est le seul endroit lié à l'affaire où Grenier a foutu les pieds avant nous. En revanche, ce qui est sûr, c'est que si Grenier avait remarqué quelque chose de particulier, il m'en aurait parlé. Je le connais suffisamment pour savoir qu'il n'aurait rien gardé pour lui. En fait, ces enfoirés l'ont buté pour rien.

— Donc ?

— L'appart. C'est ça, Sébastien, j'en suis certaine. Quand il a fait sa première visite au vieux, juste après l'exécution de Bsarani, Grenier a fait une vidéo de l'intérieur.

Elle pianote les touches de son portable.

— Il me l'a envoyée le soir même. Putain, je l'ai complètement zappée. Même jamais consultée, c'est pour te dire…

Sur son portable, elle retrouve le message de Grenier et enclenche la vidéo. Le vieux Soufi debout, une main en appui sur l'unique table. Soufi qui indique le balcon, puis suit une vue sur l'extérieur. À pas cent mètres, on distingue la moto couchée de Bsarani, les flics, les mecs en combi, l'éclat des gyrophares. Pour finir, une courte prise de vue de l'unique chambre. Un matelas posé au sol, un cendrier, une bouteille d'eau aux trois-quarts vide. Au fond, à droite, un mur. Sur ce qui reste de papier blanc, des mots écrits en arabe. Des lignes par dizaines, du plafond jusqu'au sol.

— Le mur…

— Quoi, le mur ?

Elle se dresse sur son siège, prend appui sur la vitre et regarde Sébastien conduire.

Valenciennes douze kilomètres.

— Tu te rappelles de la piaule dans l'appart de Soufi ?

À peine le temps de hocher la tête.

— Décris-moi la pièce, s'il te plaît.

Un panneau indique une sortie Douchy-les-Mines. Touraine se concentre, cherche à être le plus précis possible.

— Carrelage à moitié défoncé, un matelas de merde, une couverture, une bouteille de flotte, un cendrier.

Dans sa tête, il fait le tour de la pièce, a du mal à se remémorer des images précises.

— Et le mur du fond. Opposé à la fenêtre, sur la droite, insiste Aïcha.

Une seconde ou deux de réflexion.

— Ça me revient. Celui-là était encore plus pourri que les autres. Comme si on avait scotché de la tapisserie à la va-vite. Un truc de chiottes dans les gris-vert.

Elle lui brandit son téléphone devant les yeux.

— Ça, c'est le mur tel qu'il était lors de la première visite de Grenier. Tapisserie claire recouverte de mots en arabe écrits au stylo. Pas trois phrases, non, griffonné du sol au plafond

— C'est quoi, ce micmac ?

— J'imagine qu'Al-Sulta, pour tromper le temps, a écrit ce qui lui passait par la tête. Un peu comme les mecs, en taule, qui transforment les murs de leur cellule en fresque, tu vois. Il devait se douter qu'il aurait du mal à en sortir vivant. Alors, en dehors des photos qu'il avait réussies à exfiltrer de Syrie, il a voulu laisser un dernier témoignage. Il n'avait pas d'ordi, ni d'imprimante, ni de portable. Alors, il a tout balancé sur un mur, comme ça lui venait, à l'ancienne.

Sortie de l'autoroute, voie rapide direction Maubeuge. Face au ciel qui se calme, Touraine ralentit la cadence des essuie-glaces.

— Et Grenier, là-dedans ?

— Le pauvre, avec la dose de pastis qu'il avait ingurgitée chez sa copine, il n'a rien remarqué. Sinon, il se serait fait un plaisir de m'offrir l'info en faisant le malin. En revanche, les tueurs de Bsarani, quand ils se sont pointés chez le vieux Soufi pour lui faire la peau, les écrits d'Al-Sulta, ils ne sont pas passés à côté. Au point de tout planquer à l'arrache avec du vieux papier. Et c'est de ça que tu te rappelles quand on a fait la visite tous ensemble.

Sortie de la voie rapide. Direction l'Avesnois.

— C'est pour ça qu'ils ont buté Grenier. Pour éliminer le seul flic à être entré dans l'appart avant qu'ils ne dissimulent les écrits d'Al-Sulta. On ne sait jamais. Ça pouvait être un témoin gênant.

— J'entends bien ce que tu me dis, mais il y a un truc qui ne colle pas.

— Je t'écoute.

— Quand on est allés dans cet appart avec Grenier, il n'a pas réagi devant les inscriptions recouvertes de tapisserie. Comment tu expliques ça ?

Aïcha ferme les yeux, mentalement se refait le film de leur visite.

— Normal, Seb, qu'il n'ait pas tiqué. Rappelle-toi, il n'est pas rentré dans la piaule. Il est resté dans la cuisine à boire de la flotte pour soigner sa cuite de la veille. Tu te souviens ? Je lui ai même dit qu'il picolait trop et qu'il ferait bien de consulter.

Touraine acquiesce d'un mouvement de tête.

Sur l'écran de son portable, Aïcha fait défiler les numéros de ses contacts.

— Oui, c'est moi, Pichon. Non, pas de souci. On est presque arrivés. Dites-moi, je voudrais que vous filiez chez Firas Soufi. Vous verrez, dans la piaule, le mur du fond est recouvert de morceaux de tapisserie collée n'importe comment. Vous me les détachez et vous mettez le mur à nu. Là, vous allez tomber sur des phrases, des dizaines de lignes écrites en arabe. Surtout, ne pas les effacer. Prenez Blanchard avec vous. C'est un minutieux, il vous donnera un coup de main. Et puis, trouvez un interprète, aussi. Un mec qui sait lire l'arabe. Dès que vous avez un début de traduction, vous me rappelez.

Elle raccroche, s'intéresse à la route qui amorce la traversée d'un village.

Dans la descente d'Orsinval, l'eau a envahi la chaussée.

La commissaire jette un œil au GPS.

— On arrive, je crois.

— Oui, dans cinq minutes. Le temps d'aller jusqu'en ville récupérer la couronne mortuaire commandée au fleuriste du coin, on sera dans les temps.

*

Le Quesnoy, au même moment

Avant la ville, sur la droite, coincé entre la voie ferrée et l'extension des zones commerciales, le cimetière communal. Son mur de briques grises et ses deux grilles de fer forgé. Une à l'entrée principale, près de la maison du gardien, et l'autre à l'extrémité ouest.

Depuis quarante-huit heures, Jean-Marc Gressier, le conservateur du cimetière, ne sait plus quoi penser de la journée qui s'annonce. Depuis les deux coups de fil qu'il a reçus à une heure d'intervalle, il est un peu perdu.

Tôt ce matin, aidé de Simon, son fils destiné à la relève, il a fait glisser la pierre tombale sur le côté, a pris soin de dérouler une bâche, manière de protéger le caveau de la pluie incessante.

À dix heures trente précises, est arrivé le fourgon des pompes funèbres escorté d'une Laguna bleu-marine. Une fois la grille ouverte, la camionnette noire s'est glissée sur les allées de graviers, a contourné la fosse destinée aux fleurs fanées avant de s'arrêter à proximité du caveau de la famille Vermeer.

Kapriski, Beaurepaire, Martin et Forster sont descendus. Chacun dans son silence. Ses regrets.

Au-dessus de la fosse, Grenier et son fils, aidés de deux employés centrent le cercueil. Puis, ils laissent glisser les cordes, contrôlent la descente jusqu'au fond du caveau.

Le commissaire Kapriski note que le gardien ne cesse de regarder sa montre. De jeter un œil sur l'arrière, aussi, en direction de l'entrée.

— Ils sont nombreux ? questionne Kapriski.

Devant l'air étonné de Gressier, il précise.

— Je veux dire, là-dedans.

Jean-Marc Gressier répond en gardant le regard rivé au sol.

— Jusque-là, ils étaient deux. Le père Vermeer qui est tombé mort sur la voie ferrée, et puis le petit Jason. Je sais pas si vous savez, mais il s'est noyé dans l'étang du Pont Rouge, il y a de ça…

— Si, si, on est au courant. Dites-moi, il y a combien de places en tout dans ce caveau ?

L'autre n'en peut plus de regarder sa montre.

— Et arrêtez de regarder l'heure et de vous retourner tout le temps, grogne Kapriski, vous me donnez le tournis.

Gressier bredouille une excuse que personne ne comprend.

— C'est un caveau pour cinq. Le père et Jason qui y sont déjà, une place pour la mère qui a été internée quelque part rapport à la mort du petit, une autre pour Carole qu'on enterre aujourd'hui et la dernière pour le gamin qu'ils ont eu à garder pendant des années. Je dis gamin, mais il doit bien avoir dans les vingt-cinq ans, à cette heure. Du temps où il vivait ici, il a bien dû passer quinze ans chez eux. Un gamin de l'Assistance. Une sorte de fils adoptif, si vous voyez. Benoît qu'il s'appelle. Mais je crois que Carole et lui ne s'étaient pas vus depuis au moins dix ans. Une brouille à cause du père. C'est ce qu'on a dit, à l'époque.

La pluie recommence à tomber, à marteler la bâche pliée sur la tombe d'à côté.

— Pour faire court, dans cette famille, ils n'ont jamais eu de chance.

Face à l'entrée principale s'annonce un fourgon mortuaire. De la voiture qui suit et qui vient de se garer sur le trottoir, descendent un homme et une femme. Dans les bras de l'homme qui s'avance, une gerbe. Autour des roses blanches et rouges que porte Touraine, Kapriski reconnaît le ruban doré de la police nationale.

— Pour tout vous dire, poursuit Gressier, c'est le petit Benoît qu'on nous amène là. Frère et sœur d'adoption enterrés le même jour. C'est pas du malheur, ça ?

*

Après la mise en terre, les deux équipes se retrouvent chez Nino, le seul bar du coin. Chacun à raconter son impuissance, son impossibilité à collecter des preuves.

Récit d'enquêtes en impasse, de destins qui filent droit dans le brouillard.

Touraine évoque les trajectoires, la géographie secrète des vies.

Beaurepaire, lui, ne dit pas un mot. Il écoute les autres d'une oreille distraite. Ne peut s'empêcher de penser à Carole allongée entre ses deux frangins.

À la sortie du bistro, poignées de mains, promesses de se donner des nouvelles. De temps en temps, presque jamais, la roue tourne…

Avant de monter dans la berline Renault, Kapriski chope Beaurepaire par le bras. Il l'entraîne un peu à l'écart, d'une poche de sa gabardine sort le cahier à spirales.

— C'est pour vous, Beaurepaire.

— Pourquoi moi ?

— Parce que ça ne peut être que vous. L'unique bienveillant. Un peu son ange gardien, quelque part…

En regagnant le véhicule, Beaurepaire songe à Carole. Il se dit qu'il viendra le plus souvent possible. Qu'il lui parlera, lui racontera la course folle du pays, lui offrira des fleurs. Peut-être, il lui demandera d'être sa bonne étoile. Un esprit qui ne vous quitte pas et qui veille…

Une heure plus tard, sur l'autoroute Nord

Les vibrations du portable

— Alors, Pichon, du neuf ?

Quelques mots du capitaine pour dire qu'il est avec Blanchard dans la piaule du vieux Soufi, qu'il n'a pas eu le temps de dégotter un interprète et qu'il s'est débrouillé autrement.

— J'ai embarqué Kader. C'est un patron de bar, à côté de chez moi. Un Libyen. Vous inquiétez pas, j'en réponds, c'est un ami. De toute façon, je prends sur moi.

Quelques mots de plus pour raconter le mur aujourd'hui barbouillé de peinture beige.

— Un putain de crépi, je vous dis pas. Avec Kader, on a gratté, mais en dessous tout est effacé. C'est comme ça.

Aïcha Sadia imagine que les assassins de Bsarani ont attendu que les choses se tassent. Elle les voit, comme si elle y était, se pointer un beau matin, gratter les mots à la spatule avant de tout barbouiller au rouleau.

Elle a enclenché le haut-parleur afin que Sébastien en profite.

Lui a les bras tendus, les doigts enroulés autour du volant.

— On s'en serait douté…

La commissaire se penche vers l'appareil qu'elle a posé sur ses genoux.

— Vous me décevez, Pichon. C'est vrai, vous m'avez habitué à mieux que ça. Je ne sais pas, moi, une touche finale, un truc pas conventionnel…

Elle entend le capitaine allumer une blonde. C'est bizarre, mais elle a la sensation qu'il sourit.

— C'est vrai qu'on a un final inattendu. Mais j'y suis pour rien, c'est Kader.

Il sourit quand il raconte la passion du Libyen pour les cactus. Surtout les petits, un peu comme des bonsaïs du désert.

— Sur l'appui de fenêtre de la chambre, poursuit Pichon, il y a comme un genre de pot de fleurs. Dedans, de la terre sèche et un cactus en train de crever.

Aïcha Sadia, à mesure des mots, imagine le Kader du bar creuser du doigt autour de la plante, la sortir de la terre en prenant soin de ne pas abîmer les quelques racines.

— … C'est là, à l'emplacement du cactus, qu'on a dégotté une carte SD. Une vulgaire carte-mémoire de téléphone. Orange, pour tout dire.

Il tire sur sa clope, semble apprécier le silence au bout du fil.

— Avant de quitter l'appart, le photographe syrien a pris des clichés du mur de sa piaule, et puis il a planqué la carte dans le pot de fleurs. Ni vu, ni connu. Et je vous dis pas la netteté. Il y a toutes les phrases, tous les mots. Kader a commencé à traduire, et je vous promets que ça vaut son pesant d'or.

— Et ça dit quoi, en gros, ce que votre type a commencé à déchiffrer ?

— Ça parle de l'armée syrienne, des exactions, des viols, des civils aussi, tués par milliers. Ça parle de Bsarani, de son émotion, de sa prise de conscience. De Manon Péan, aussi, plusieurs fois. Mais je peux pas vous en dire plus. Kader n'a pas fini son boulot. Il en a pour un moment.

Elle entend le capitaine faire couler de l'eau, l'imagine éteignant sa cigarette au robinet pourri du coin-cuisine attenant.

— Qu'est-ce qu'on fait, maintenant, patronne ?

— Vous rentrez au bercail, Pichon. Super boulot. Nous, on sera là en début de soirée. Je vous retrouve au bureau. Pour ce qui est de votre Kader, le mieux, c'est qu'il termine la trad. Je verrai ce qu'on peut faire pour le remercier.

— Justement, hasarde Pichon, à propos de ses papiers…

— J'ai dit que je verrai, capitaine.

Elle raccroche, baisse sa vitre à moitié, laisse l'air lui fouetter les joues. Elle pose une main sur celle de Touraine.

— Tu vois, Seb, Volter et Grenier ne sont peut-être pas morts pour rien. C'est par des voies qu'on attendait pas, mais on va peut-être finir par les avoir, nos preuves.

*

Onze minutes que l'avion a décollé. Atterrissage prévu à Marseille-Marignane pour dix-sept heures cinquante-cinq.

La tempe appuyée contre le hublot, Aïcha observe la terre d'en bas. Vue du ciel, comme l'écrit un célèbre photographe.

Elle suit du regard la géométrie calculée des parcelles, passe d'un village à l'autre, note le vert des forêts, la sinuosité des routes. Elle constate la rectitude des voies de chemins de fer, la sinuosité calculée de l'autoroute.

Contrairement au fameux reporter de la planète, elle estime que la distance ne révèle rien, n'offre au fond qu'un recul illusoire.

En bas, les gens absents sur les photos aériennes s'occupent de tout.

En bas, les femmes et les hommes du pays verdoyant ont peur.

Peur de partager la misère du monde, peur d'y perdre.

Quoi ? Elle n'en sait rien.

En bas, les hommes et les femmes ont refermé les portes des maisons, des usines. Ils ne sourient plus qu'entre eux. On est chez nous ! On est chez nous !

Bande de cons !

Au sud du Bassin parisien, un voile de nuages s'interpose en douceur.

La commissaire songe à Carole Vermeer, au déchaînement de violence qui lui est tombé dessus. Elle ne peut extraire Benoît Volter de ses pensées, anarchiste rêveur qui a pris, lui aussi, la fureur des hommes en pleine gueule.

Sans oublier Grenier et ses dreadlocks parfumées au pastis du coin. Elle revoit son visage à moitié arraché, sa poitrine perforée.

Elle se dit que ces trois morts-là ne peuvent se résumer à un accident de travail. Trois flics de pas trente ans qu'on va passer en pertes et profits. Non, ce n'est juste pas possible. Ces trois-là sont avant tout les signes de la tempête qui s'annonce. Une trombe de haine qui va submerger le pays tout entier. Elle le sent venir.

Et là, quand la terre qu'elle aime sombrera dans la haine des autres, que régneront les lois nouvelles, quand les frontières rétablies ne seront plus que barbelés, que lui restera-t-il, sinon se cacher pour pleurer son chagrin et sa honte citoyenne.

— Ça ne va pas ? s'inquiète Sébastien.

Elle lui prend la main, ne quitte pas le ciel des yeux.

— Si, si, t'inquiète. C'est rien, on va s'en sortir.

Elle fait l'inventaire du reste de l'équipe, Pichon, Blanchard, Perridon, Mathias et son Touraine de compagnon.

Elle sait que dans les mois qui viennent, ça va sérieusement tanguer. Comme dans un pays qu'on assassine. Et que les six qui composent son groupe ne baisseront pas la tête. Malmenés dans un puissant chaos, ils resteront debout.

Dans la collection

1-Alarme en Béarn, Thomas Aden, 2013
2-Trou noir à Chantaco, Jacques Garay, 2013
3-Coup tordu à Sokoburu, Jacques Garay, 2013
4-Estocade sanglante, Jacques Garay, 2014
5-Ultime dédicace, Thomas Aden, 2014
6-Gaz in Marciac, G.D. Noguès, 2014
7-Notre père qui êtes odieux, Violaine Bérot, 2014
8-De la blanche sur le Somport, Claude Casteran, 2014
9-Les gens bons bâillonnés, Jean-Christophe Pinpin, 2014
10-Ville rose sang, Stéphane Furlan, 2014
11-Le 9 bordelais était chargé, Éric Becquet, 2015
12-Mourir à la San Fermín, Alejandro Pedregosa, 2015
13-L'assassin était en rouge et blanc, Poms, 2014
14-Requiem à Donibane, Jacques Garay, 2015
15-Abattez les grands arbres, Christophe Guillaumot, 2015
16-De chair et d'oubli, Karline Nivet & Pascal Suhard, 2015
17-Sans jeu ni maître, Stéphane Furlan, 2015
18-J'aurai ta Pau, Cesare Battisti, 2015
19-Balles perdues à Moliets, Maxbarteam, 2015
20-Un, deux, trois, sommeil !, Gilles Vincent, 2016
21-Pas d'orchidées pour Miss Armagnac, G.D. Noguès, 2016
22-Du pin et des larmes, Philippe Mediavilla, 2016
23-Estouffade à Guéthary, Jacques Garay, 2016
24-Coup de piolet, Juliette Manet, 2016

25-Palombes, tursan et sale ami, Maxbarteam, 2016
26-Nous n'irons plus au bois, Philippe Lescarret, 2016
27-Toutes taxes comprises, Patrick Nieto, 2016
28-Jeux de dames, Philippe Beutin, 2016
29-Le sang de la forêt, Serge Tachon, 2017
30-Mandrake ne peut pas mourir, Daniel Contel, 2017
31-Ras la coquille en Amikuze, Jacques Garay, 2017
32-Riquet m'a tuer, Yves Carchon, 2017
33-Galeux, Bruno Jacquin, 2017
34-Ça flingue sur la Grande Boucle, Maxbarteam, 2017
35-Chemin de croix, Poms, 2017
36-Y a plus d'enfants !, Jean-Jacques Cripia, 2017
37-Blanc sec et série noire, Philippe Lescarret, 2017
38-Sans homicides fixes, Thierry Benoît, 2017
39-Euskal barbecue, Aitor Behro, 2017
40-Implantés, Stéphane Furlan, 2017
41-Mauvaise passe pour le 10, Éric Becquet, 2017
42-Quand passent les chocards, Michel Brome-Tonne, 2017
43-Croix blanche sur fond blanc, Antoine Léger et G.D. Noguès, 2017
44-Éthique de l'assassin, Maxime Sanous, 2018
45-Sous les pavés la jungle, Simone Gélin, 2018
46-L'œuf de la haine et de la vengeance, Pierre Olhagaray, 2018
47-Les douze sales polars, Collectif, 2018
48-Les vieux démons, Yves Carchon, 2018
49-Ils vont tous mourir, Raphaël Grangier, 2018
50-Noir Vézère, Gilles Vincent, 2018
51-Musique de chambre close, Serge Tachon, 2018
52-Superman ne volera plus, G.D. Noguès, 2018
53-Le cocu sort du nid, Maxbarteam, 2018
54-Le mort est dans le pré, Patrick Caujolle, 2018
55-Erreurs d'aiguillage, Philippe Beutin, 2018
56-L'affaire Jane de Boy, Simone Gélin, 2018
57-Léon et les jambons, Jacques Garay, 2018
58-Flic de papier, Guy Rechenmann, 2018
59-L'ombre des derniers Cathares, Alain Roumagnac, 2018

60-Funestes randonnées, Patrick Nieto, 2018
61-Retour de lame, Philippe Mediavilla, 2018
62-L'heure de notre mort, Philippe Lescarret, 2018
63-La fille du port de la Lune, Simone Gélin, 2018
64-Les pêcheurs de sable, Serge Nicolo, 2018
65-Fausse Note, Guy Rechenmann, 2019
66-Otage en réanimation, Pierre Sagnet, 2019
67-Truc Vert, Simone Gélin, 2019
68-Peine maximum, Gilles Vincent, 2019
69-Le Dali noir, Yves Carchon, 2019
70-Vies et morts de Marco Mariotti, Régis Tomàs, 2019
71-Le syndrome de Louhossoa, Jacques Garay, 2019
72-Amères pilules, Pierre Olhagaray, 2019
73-Fallait pas enterrer un épouvantail, Renaud Talavera, 2019
74-Barcelone aller simple, Jacques Lavergne, 2019
75-Quand disparaît la Dame, Maxbarteam, 2019
76-Nuit tragique à la feria, Philippe Lauga, 2019
77-L'envol de la chauve-souris albinos, Michel Brome-Tonne, 2019
78-Le dernier dinosaure, Pierre Willi, 2019
79-Nuit bleu marine, Philippe Lescarret, 2019
80-Corrompu, Patrick Nieto, 2019
81-Le chat du Marcadieu, Jean-Luc Cochet, 2019
82-La femme parfaite, Patrick Caujolle, 2019
83-Des larmes d'or et de sang, Éric Dupuis, 2019
84-Adieu Lola, Simone Gélin, 2020
85-Le sanctuaire des destins oubliés, Yves Carchon, 2020
86-La victime raisonnable, Serge Nicolo, 2020
87-Une étoile en enfer, Guy Rechenmann, 2020
88-Violence, Philippe Charrac, 2020
89-Dieu, le diable et le boucher, Alain Roumagnac, 2020
90-Le venin d'Hippocrate, Éric Dumont, 2020
91-Camargue blanche et série noire. Jacques Lavergne, 2020
92-Tambour tuant à Donostia, Jacques Garay, 2020
93-Le silence des abîmes, Philippe Lauga, 2020
94-Quand hurlent les hyènes, Bruno Jacquin, 2020

95-Olagarro, Ludovic Bouquin, 2020
96-La cure arrive à terme, MaxBarteam, 2020
97-Guet-apens, Jean-Louis Farvacque, 2020
98-Moktar, Jérémy Bouquin, 2020
99-Neige écarlate, Anne Waddington, 2020
100-Sang pour cent dans le noir, Collectif, 2020
101-Brive-la-Galère, Marie Wilhelm, 2020
102-Le phare des âmes perdues, Rose Penn, 2020
103-Le journal de Julia, Simone Gélin, 2020
104-Alice doit mourir !, Diego Arrabal, 2021
105-La punition de l'océan, Daniel Contel, 2021
106-La tour des enfants perdus, Pierre Willi, 2021
107-Le clodo des Carmes, Pierre Dabernat, 2021
108-Ce pays qu'on assassine, Gilles Vincent, 2021

ABONNEZ-VOUS À LA NEWSLETTER

Vous souhaitez être averti(e)
des parutions en exclusivité,
bénéficier d'offres spéciales, etc. ?

Abonnez-vous, gratuitement
et sans engagement, à notre newsletter
en nous retournant le coupon ci-après.

Rejoignez-nous vite et n'hésitez pas
à inviter votre entourage.

Vous pouvez également suivre notre
actualité sur Facebook et Instagram :
#Du noir au sud

Je désire recevoir gratuitement le catalogue
de la collection Du Noir au Sud des Éditions Cairn.

Nom

Prénom

Adresse

Code Postal Ville

Pour encore plus d'offres et d'infos
être averti(e) des parutions des polars
et autres ouvrages, ainsi que de l'actualité Cairn,
indiquez votre adresse e-mail :

E-mail

Bon à compléter et à retourner par courrier postal
ou mail à l'adresse suivante :

Mise en page et suivi de fabrication
Atelier Graphique Cairn
Achevé d'imprimer en février 2021
par G.N.Impressions
pour le compte des Éditions Cairn
14 rue des Bruyères - 64160 Morlaàs
Tél. : 05 59 27 45 61 Fax : 05 59 98 84 89
communication@editions-cairn.fr – www.editions-cairn.fr
Dépôt légal : février 2021